Anni Deckner

Inselglück im Schneegestöber

Das Buch

Winterküsse auf Sylt

Semra fällt aus allen Wolken, als ihr langjähriger Freund sie von einem Tag auf den anderen für eine Jüngere verlässt. Und das in der Vorweihnachtszeit. Um auf andere Gedanken zu kommen, schließt sie vorübergehend ihre kleine Schneiderei und fährt für zwei Wochen nach Sylt. Doch die Insel, die sie bisher nur aus warmen Sommermonaten kannte, erscheint ihr karg und kalt. Erst auf den zweiten Blick entdeckt sie die Schönheit des Winters zwischen den Dünen. Vielleicht hat das etwas mit dem gutmütigen Pubbesitzer Rick zu tun. Denn ganz allmählich erobert nicht nur die Nordseeinsel Semras verletztes Herz ...

Von Anni Deckner sind bei Forever by Ullstein erschienen:

Barfuß am Strand

Leuchtturmtage

Die Sehnsucht der Inselärztin

Friesenglück

Sylter Meeresrauschen

Die Krabbenfischerin

Das kleine Blumencafé am Strand

Die kleine Apotheke in St. Peter-Ording

Inselglück im Schneegestöber

Die Autorin

Anni Deckner, geboren 1961 in Winnert bei Husum, lebt mit ihrer Familie in Hanerau-Hademarschen. Ihre Liebe zur »Grauen Stadt am Meer« kann man in ihren Werken spüren. Die kreative Luft des Nord-Ostsee-Kanals inspiriert die Autorin genau wie damals den berühmten Dichter Theodor Storm, der an diesem Ort seinen Schimmelreiter zu Papier brachte. Ihre Leidenschaft zum Schreiben entwickelte sich schon in früher Jugend, ihr erstes Buch »Heimathafen Husum« erschien jedoch erst im März 2014, gefolgt von »Knocking Out« 2015. In ihrer Freizeit geht die Autorin gern mit ihrem Mann auf Reisen. Ihr Beruf und gleichzeitig Berufung ist ihre Arbeit bei der Kirchengemeinde Hanerau-Hademarschen.

Anni Deckner

Inselglück im Schneegestöber

Ein Sylt-Roman

FOREVER

Forever by Ullstein
forever.ullstein.de

MIX
Papier
FSC® C083411

Originalausgabe bei Forever
Forever ist ein Verlag der Ullstein Buchverlage GmbH, Berlin
November 2019 (1)

Umschlaggestaltung:
zero-media.net, München
Titelabbildung: © FinePic®
Innengestaltung: deblik Berlin
Gesetzt aus der Quadraat Pro powered by pepyrus.com
Druck- und Bindearbeiten: CPI books GmbH, Leck

ISBN 978-3-95818-529-6

Semra

Frau Wagner positionierte sich vor dem Standspiegel mit den goldenen Verzierungen. Es war ihr anzusehen, wie stolz sie war. Ihre schwarze Gucci-Hose musste um zwei Zentimeter eingenäht werden. Heimlich verdrehte ich die Augen. In wenigen Wochen würde sie erneut in meiner Schneiderei stehen, aber dann mit der frustrierenden Bitte, die Naht wieder aufzutrennen.

Frau Wagner war durch ihre Essstörung eine regelmäßige Kundin. Aus ihren Berichten wusste ich, dass es nicht am Geldmangel lag, dass sie die Änderungen bei mir in Auftrag gab. Ich an ihrer Stelle hätte mir sämtliche Konfektionsgrößen in den Kleiderschrank gelegt, um immer passende Hosen vorrätig zu haben. Frau Wagners Besuche in meinem Atelier gehörten zu den wichtigsten Terminen in ihrem Terminkalender, was sie an ihren Kaffeeklatschtagen gern erwähnte. Was nicht unbedingt zu meinem Nachteil war. Ich gehörte inzwischen zu den angesagtesten Adressen für die Damen mit künstlich aufgeblasenen Terminkalendern.

Mir sollte es nur recht sein, wenn gelangweilte Damen mich mit ausreichend Arbeit versorgten und mein Gehalt sicherten. Ich konnte mich vor Einladungen kaum noch retten, denn viele meiner Kundinnen hatten sich vorgenommen, mich an ihren Kaffeetisch zu bitten. Ohne Erfolg natürlich. Diesen sicher gut gemeinten Einladungen nachzugehen, würde bedeuten, dass ich eine Aushilfe einstellen müsste. Die Sahnetorten hätten dann zur Folge, dass ich auch bald meine Kleider ändern musste. Dafür fehlte mir dann doch der Sinn.

Meine Schneiderei lief zufriedenstellend. Änderungen gehörten zwar nicht unbedingt zu meinen Lieblingsbeschäftigungen, aber die Folgeaufträge hatten es meistens in sich. Da ich regelmäßig neue Modelle schneiderte und sie in mein Schaufenster stellte, kam bei manchen Änderungen auch ein neuer Auftrag dazu.

Frau Wagner zappelte ungeduldig.

»Bitte stillstehen«, sagte ich gespielt streng.

»Hach, ich habe nicht viel Zeit. Geht es ein bisschen schneller?«

»Sie wissen doch, Frau Wagner, wenn Sie nicht stillstehen, dauert es länger.« Die etwa sechzigjährige Frau duzte mich, während ich lieber beim Sie blieb. So kurz vor der Adventszeit konnte ich mich über die Auftragslage nicht beklagen. Mein Auftragsbuch war gefüllt mit einigen kleinen, aber auch größeren Arbeiten.

»Hast du zwischen den Weihnachtstagen und Silvester wieder geschlossen?«, erkundigte sie sich besorgt.

»Wie immer, nur kurz vor Weihnachten. Zwischen den Tagen habe ich meinen Laden geöffnet, Frau Wagner. Wenn Sie zum Jahreswechsel noch Wünsche haben, müssen Sie trotzdem in den nächsten Tagen vorbeikommen.«

»Woher soll ich das denn wissen, Semra? Meine Diät ist momentan recht erfolgreich, aber bei den Angeboten auf dem Weihnachtsmarkt kann ich nie vorhersehen, was meine Taille für Pläne hat.« Sie lachte glockenhell und fuhr mit der Hand über ihren Po. »Du hast wohl nie Probleme mit deinem Gewicht, oder?«

Ich grinste hinter ihrem Rücken. Natürlich hatte ich meine Problemzonen, aber mit Frau Wagner darüber zu diskutieren, war nicht in meinem Interesse.

Mit hochgezogenen Augenbrauen drehte sie sich zu mir um. »Nein, offensichtlich nicht, du Glückliche.« Seufzend legte sie ihren Zeigefinger unter mein Kinn. »Aber etwas blass bist du. Du musst ins Solarium.«

»Ich vertrage die Sonne nicht«, log ich. Sanft drehte ich sie zurück vor den Spiegel. »So, fertig. Bitte Vorsicht beim Ausziehen, nicht dass Sie sich an den Nadeln pieken.«

»Darf ich das gute Stück morgen abholen?«

»Morgen kurz vor Geschäftsschluss, dann müsste ich es fertig haben.«

Frau Wagner bedankte sich überschwänglich und stolzierte grußlos auf die Straße hinaus. Ich blies die Wangen auf und ließ die Luft laut entweichen.

Nach meinem Studium zur Designerin hatte ich eine Anstellung in einem Brautmodengeschäft angenommen. Meine Hauptaufgabe waren Änderungen der Traumkleider gewesen. Ich wusste schon vor der Anstellung, dass mir das bald zu öde werden würde, zumal meine Chefin mich nach Strich und Faden ausnutzte. Mein Arbeitstag endete nicht selten spät in der Nacht und begann morgens um acht Uhr mit dunklen Augenringen. Privatleben gab es für mich in der Zeit kaum.

Nur dank eines glücklichen Zufalls wurde mir dann der kleine Laden im Sandberg zur Pacht angeboten. Endlich konnte ich meine kreative Seite ausleben. Auch wenn dies nach Ladenschluss geschah, weil ich am Tag nur wenig Gelegenheit dazu hatte, war ich durchweg zufrieden. Tagsüber war ich mit den Änderungsaufträgen beschäftigt und nebenbei lief der Verkauf von Stoffen hervorragend. Ich bot zusätzlich Nähkurse an, die meistens ausgebucht waren. Erstaunlich viele junge Mütter versuchten ihr Glück an der Nähmaschine.

Ich begab mich in die Teeküche und spülte die Kaffeetassen ab. Nachdem ich das erledigt hatte, sortierte ich die Stoffballen neu. Die Kunden hatten keine Mühen gescheut, sie durcheinanderzubringen. Die Baumwolldrucke legte ich an den Platz ans Fenster zurück. Dort wurden sie sofort von Kunden entdeckt und unter die Lupe genommen, während ich die Strickwaren weiter hinten im Laden platziert hatte.

Prüfend sah ich mich um. Nun schien meine Ordnung wiederhergestellt. Mit der Fusselrolle entfernte ich die Fadenreste von meiner schwarzen Hose. Mein Blick wanderte zu dem goldenen Standspiegel. Frau Wagner hatte nicht übertrieben, als sie meinte, ich sei blass um die Nase. Meine großen braunen Augen wirkten mit den leichten Augenrändern noch größer. Ich arbeitete eindeutig zu viel. Einer der wenigen Vorteile meiner Selbstständigkeit war, dass ich ein Schild ins Fenster stellen konnte, wenn ich eine Auszeit brauchte. Kurz vor Weihnachten war das in der Regel der Fall. Meine Kunden machte ich frühzeitig darauf aufmerksam. Es kam zwar viel zu selten vor, aber immerhin. Ich liebte meinen Beruf sehr, aber ich war urlaubsreif.

Mit einer Hand holte ich meinen Mantel vom Haken und mit der anderen betätigte ich die Lichtschalter. Diesen Moment, wenn im Laden alles dunkel und still war, liebte ich. Für Sekunden schloss ich die Augen und atmete den Geruch von Maschinenöl und Stoffen ein. Dies war mein Reich, auf das ich unendlich stolz war.

Mit einem lauten Klingeln der Türglocke öffnete ich die Ladentür und trat ins Freie. Die Hektik des Feierabendverkehrs zehrte sofort an meinen Nerven. Aber ich freute mich auf Sven, meinen Freund, mit dem ich in der Kanzleistraße eine kleine Wohnung hatte. Wir waren ein Paar, seit wir uns auf dem Flensburger Tummelum kennen- und lieben gelernt hatten.

Damals war es Liebe auf den ersten Blick gewesen. Mit seinen himmelblauen Augen hatte er mich verzaubert. Er studierte in Flensburg Maschinenbau, mit der Absicht, später als Maschinist zur See zu fahren. Mir zuliebe unterschrieb er nach Beendigung des Studiums einen Arbeitsvertrag als Ingenieur bei der Flensburger Schiffswerft in der Batteriestraße. Zwar war auch dieser Job mit Reisen verbunden, aber die dauerten nur wenige Tage statt mehrerer Monate, wie es in der Seefahrt üblich war. Irgendwann stellte sich heraus, dass er seeuntauglich war. Bei einer Schiffsreise von Kiel nach Oslo wurde er seekrank und bewachte während der gesamten Überfahrt die Kloschüssel in unserer Kabine. Meine Witze darüber fand er weniger lustig. Seither ist er nie wieder auf einem fahrenden Schiff gewesen. Mein schlechtes Gewissen, weil er auf seinen Traumberuf hatte verzichten müssen, hielt sich in Grenzen.

Auf Skibrettern fühlte er sich dagegen wohler. Wir buchten regelmäßig Winterurlaube in den Bergen. Auch in diesem Jahr freuten wir uns auf den Urlaub.

Seit einigen Wochen spürte ich, dass sich eine Veränderung in meinem Leben anbahnte. Nur konnte ich nicht ausmachen, was es war. Ganz entgegen meiner Natur war ich nervös. Warum ich jetzt, so kurz vor der Adventszeit das Gefühl hatte, dass etwas nicht stimmte, konnte ich mir nicht erklären. Lag es an mir? Oder an Sven? Eigentlich hatte ich an ihm nichts Ungewöhnliches bemerkt. Ich verwarf den Gedanken an eine Beziehungskrise.

Ich eilte durch Flensburgs Straßen, um für ein Abendessen zu zweit einzukaufen. Sven hatte mich gebeten einen Fischtopf zuzubereiten. Ich hatte keinen Appetit auf Fisch, aber ich machte ihm gern die Freude.

Die lange Schlange vor dem Verkaufstresen des Fischgeschäftes machte es mir nicht gerade leichter, mich auf die Meeresfrüchte zu freuen. Ungeduldig wartete ich darauf, endlich an die Reihe zu kommen. Nach einem langen Arbeitstag stand mir der Sinn nach wichtigeren Dingen. Zum Beispiel danach, mich von Sven verwöhnen zu lassen. Unsere Zweisamkeit hatte unter der Menge an Arbeit, die ich vor Weihnachten hatte, bedenklich gelitten. Aber das eine schloss schließlich das andere nicht aus.

Auch Sven kam meist erst spät von der Arbeit nach Hause. Erschöpft und völlig fertig warf er sich dann auf das Sofa, schaltete den Fernseher ein und war, wenn auch nicht körperlich, zumindest gedanklich von der Bildfläche verschwunden. Ich wertete seinen Wunsch auf ein gemeinsames Essen als einen Hinweis darauf, dass auch er etwas an unserer Beziehung ändern wollte. Ein romantischer Abend mit guten Gesprächen. Anschließend würden wir unser Sexleben in Schwung bringen.

Bei dem Gedanken, dass Sven mich nach allen Regeln der Kunst verwöhnen würde, zogen wilde Schmetterling in meinen Magen ein. Dies geschah immer seltener, umso mehr freute ich mich auf unseren Winterurlaub in den Bergen.

Genervt verließ ich das Fischgeschäft. Mit dem einsetzenden Nieselregen sank meine Laune auf den Nullpunkt. Ich zitterte vor Kälte. Die feuchte Luft drang mir bis auf die Haut. Mit dem Beutel Fisch in der Hand eilte ich durch die Einkaufsstraße und machte bei unserem Lieblingsbäcker halt. Hier kaufte ich ein Rosinenbrot für das morgendliche Frühstück ein.

Als ich auf die Straße trat, erblickte ich meine beste Freundin Moni. Schon von Weitem winkte sie mir stürmisch zu. Natürlich konnte ich ihr nicht klarmachen, dass ich für ein Schwätzchen keine Zeit hatte. Also lief ich auf sie zu, um sie zu begrüßen, in der Hoffnung, sie nicht zu verärgern, wenn ich mich gleich wieder vom Acker machte.

»Semra, dass ich dich hier mal treffe! Hat Sven dir Ausgang gegeben?«

Typisch Moni. Selbst gab sie vor, überzeugter Single zu sein, aber sie beschwerte sich laufend, dass ich zu viel Zeit mit Sven verbrachte.

Ich verzog das Gesicht. »Sehr witzig«, konterte ich. »Ich würde dich ja zum Essen einladen, aber ich fürchte, das, was darauf folgt, willst du nicht mitbekommen«, sagte ich, nicht ohne damit anzugeben, dass ich mich in einer glücklichen Beziehung befand.

»Ach, ist das Jahr wieder um? Es ist doch erst in vier Wochen Weihnachten«, witzelte meine Freundin.

Ich kicherte albern. Natürlich hatte ich meiner Freundin nie verraten, dass im Bett bei uns so ziemlich nichts mehr lief. Sie wusste also nicht, wie nah sie an der Wahrheit dran war. »Spricht da etwa der Neid aus deinem schönen Mund?«

Ich umarmte Moni zur Begrüßung flüchtig. Am liebsten hätte ich mich gleich wieder verabschiedet, diese Art von Unterhaltung hielt ich nicht lange aus. Aber wir sahen uns in letzter Zeit so selten, dass ich sie nicht gleich wieder stehen lassen mochte.

»Trinken wir einen Glühwein dort am Stand?« Moni ignorierte meine Bemerkung.

Ich zögerte, dann sagte ich lächelnd zu. »Dann los, so wird der Fischtopf eben ein bisschen beschwipst.«

Lachend hakten wir einander unter und liefen zum Südermarkt. Dort hatten sich etliche Buden aneinandergereiht. Allesamt mit der Botschaft, dass Weihnachten vor der Tür stand. Die Abendluft war geschwängert vom Duft gebrannter Mandel, Donuts und Glühwein. Ich liebte den Geruch, auch wenn es meiner Meinung nach zu früh für den Weihnachtsrummel war, denn der erste Advent war erst in einer Woche. Aber im Vergleich zu den Supermärkten, die bereits im September ihre Schokoweihnachtsmänner ausgepackt hatten, waren die Buden am Südermarkt harmlos.

Auch wenn ich fror, war das Wetter für diese Jahreszeit und für Glühwein entschieden zu mild. Wir bestellten ihn trotzdem. Ich musste grinsen, als ich Monis strahlend blaue Augen sah, voller Vorfreude auf den Absacker des Tages.

»Mit Schuss?«, fragte die Verkäuferin.

Ich wollte verneinen, aber Moni kam mir zuvor. »Klar, was sonst?«, meinte sie fröhlich.

Ich stöhnte. »Puh, ich muss noch das Essen machen. Ich hoffe, der Fisch wird nicht betrunken.« Ich hielt den Beutel hoch, in dem der Fisch auf sein Schicksal wartete, und stellte ihn auf dem Verkaufstresen ab.

Monis Lachen klang bitter, als sie sagte: »Dein Held wird es verschmerzen, wenn es vorher kein Essen gibt.«

Fragend sah ich sie an. Was war los mit ihr?

»Ist alles in Ordnung?«, fragte ich besorgt. Monis Gesicht verfinsterte sich für den Bruchteil einer Sekunde, dann zeigte sie wieder das Strahlen, das ich von ihr kannte.

»Bei mir? Klar, warum fragst du?«

Ich zuckte mit den Schultern. »Ach, nur so.«

Ich musste gestehen, der Glühwein schmeckte fantastisch. Das Heißgetränk rann wärmend durch meine Kehle. Ich entspannte mich und ein glückliches Grinsen legte sich auf meine Lippen.

Moni schloss beim ersten Schluck die Augen. Sie war eine Genießerin durch und durch. Umso weniger verstand ich ihre Einstellung zu festen Beziehungen. Sie spreizte den kleinen Finger vom Becher und deutete damit auf mich.

»Wusste ich es doch, du siehst gleich viel entspannter aus. Ist bei dir denn alles okay?« Sie hielt den Kopf schief und ließ mich nicht aus den Augen. Daher entging ihr auch nicht, wie ich versuchte, die Ahnungslose zu spielen. Ich umklammerte mit beiden Händen meinen Becher und trank vorsichtig einen Schluck, um Zeit zu gewinnen. Dabei presste ich die Lippen aufeinander.

»Wenn ich das nur wüsste«, stieß ich hervor. »Mein Gefühl sagt mir, da kommt etwas auf mich zu. Habe aber keine Ahnung, was es sein könnte.«

Moni wurde ernst. »Dein Gefühl täuscht dich selten.« Besorgt musterte sie mich. »Ist zwischen dir und Sven alles in Ordnung?«

Sie traf mal wieder den wunden Punkt. Ich hatte es vermieden, ihr von unserem letzten Streit zu erzählen. Ich hatte ihn ja selbst verdrängt. Aber wir fanden einfach keinen Weg in den Liebesalltag zurück. Es hatte sich eine große Mauer zwischen uns gebildet und keiner von uns vermochte es, die Hürde zum Einstürzen zu bringen. Moni verzog ihre perfekt gezupften Augenbrauen.

»Ach, es ist alles wie immer ...«

»Glaub ich dir nicht«, meinte meine Freundin kühl.

»Es ist nur, Sven hat momentan viel zu viel Arbeit, er braucht dringend Urlaub«, sagte ich wenig glaubhaft.

»Na, den habt ihr ja bald. Aber was ist danach? Vor allem, was ist mit deinem Gefühl?«, bohrte sie weiter.

Ich seufzte schwer. »Ich muss abwarten«, sagte ich.

»Warten worauf? Auf ein Weihnachtswunder?« Jetzt klang Monis Stimme spöttisch. Ich schluckte den Ärger darüber hinunter und setzte eine zuversichtliche Miene auf. Doch der Versuch, mit einem Lächeln die Situation abzumildern, misslang. Moni hob die Hand, winkte der Bedienung und ließ mich nicht aus den Augen. »Noch mal dasselbe«, rief sie der freundlichen Wirtin zu und zeigte auf unsere Becher.

»Für mich nicht«, protestierte ich.

Zu spät, zwei neue Becher mit dem dampfenden Weihnachtspunsch wanderten auf den Tresen, direkt neben meinen Beutel mit dem Fisch.

»Fisch muss schwimmen, je mehr, desto besser«, verkündete meine Freundin und stieß ihren Becher gegen meinen.

»Aber doch nicht vor dem Essen«, entgegnete ich skeptisch.

Moni fuhr mit der Hand durch die Luft. »Das ist egal, danach kannst du ihn mit einem Weißwein taufen.« Sie kicherte.

Erleichtert glaubte ich zu bemerken, dass Moni die Ernsthaftigkeit meiner Probleme vergessen hatte. Dem Glühweingott sei Dank.

Doch ich täuschte mich. Moni meinte ärgerlich: »Bin ich nun deine Freundin oder nicht? Du kannst mir alles anvertrauen.«

»Bitte, Liebes, ich möchte heute nicht darüber sprechen.«

»Nur heute nicht?«

Ich atmete tief ein und aus. »Es ist nicht wichtig, verstehst du?«

»Nein.« Monis Blick wurde durchdringender.

Mit dem Becher in der Hand ging ich auf die rechte Seite der Bude und steuerte auf eine Holzbank zu. Schwerfällig ließ ich mich sinken. Meine Freundin folgte mir schweigend und ich spürte ihren forschenden Blick auf mir ruhen. Natürlich, im Stillen stimmte ich meiner Freundin zu. Wozu waren Freundinnen da? Wir hatten immer alle unsere Sorgen geteilt, diskutiert und anschließend nach Lösungen gesucht. Und meistens wurden die Lösungen auch gefunden.

Wortlos setzte sie sich dicht neben mich. Beide starrten wir geradeaus auf die Nachbarbude, wo Zuckerwatte verkauft wurde. Ich liebte dieses Naschwerk, aber ich musste auf meine Figur achten. Auf keinen Fall wollte ich eine neue Basis für einen Streit mit Sven schaffen. Erst vor wenigen Tagen hatte er gemeint, dass wir uns ungesund ernährten. Er hatte mir die Pralinenschachtel entzogen und mich angegrinst. Mich hatte das wütend gemacht. Schließlich war ich erwachsen und brauchte von ihm keine Erziehung in Sachen Ernährung. Das sagte ich ihm auch.

»Das sehe ich anders, du hast ordentlich zugelegt«, hatte er mit vorwurfsvollem Ton gemeint, obwohl es gar nicht stimmte.

Ich erinnerte mich an jedes Wort. Für gewöhnlich klärten wir unsere Streitgespräche im Nachhinein sachlich. Aber diese Auseinandersetzung hing wie eine dunkle Wolke über uns. Plötzlich kam mir der erlösende Gedanke. Sven ging es sicher genauso wie mir. Wir mussten unseren Streit beilegen. Ob das mit meinem unguten Gefühl zusammenhing?

Ich schlürfte an meinem Getränk und ignorierte Monis fragende Blicke. Der Nieselregen entwickelte sich zu einem unangenehmen Dauerregen. Nun bot der Dachüberstand der Hütte wenig Schutz.

Ich sprang auf. »Tut mir schrecklich leid, Moni, aber ich muss mich sputen.«

»Ja, ja, ich weiß, dein Held wartet aufs Abendessen.«

»Wir reden morgen, versprochen! Bis dahin weiß ich bestimmt, was los ist«, meinte ich zuversichtlich.

Moni stöhnte genervt. »Also gut, du musst wissen, was du tust. Lass deine Freundin ruhig im Regen stehen, während du dich von Sven verwöhnen lässt.«

»Da bin ich mir nicht so sicher, aber ich weiß jetzt, was zu tun ist.«

Monis Gesicht glich einem einzigen Fragezeichen und es tat mir leid, dass ich mich ihr nicht öffnen konnte.

Schließlich umarmten wir uns, dann ging jede ihres Weges. Moni musste zum Nordermarkt, weil sie dort ihr Auto geparkt hatte. Ich ging zu Fuß weiter. Inzwischen glich ich einem begossenen Pudel.

Erleichtert betrat ich unsere Wohnung, nass bis auf die Knochen. Rasch ging ich ins Bad, um meine Kleider zum Trocknen aufzuhängen und mir etwas Trockenes anzuziehen. Danach trat ich in die Küche. Während ich den großen Topf hervorholte, stellte ich mit der freien Hand den Kaffeevollautomaten an. Ich fühlte mich ein bisschen beschwipst, der Kaffee würde mir zu einem klaren Kopf verhelfen. Nebenbei wollte ich den Fisch aus der Tüte befreien.

Verzweifelt drehte ich mich in der kleinen Küche im Kreis. Wo war mein Einkauf geblieben? Ich schlug die Hände vor das Gesicht. NEIN! Bitte nicht! Ich hatte ihn auf dem Tresen der Glühweinhütte vergessen. Wie hatte ich nur so blöd sein können? In einer halben Stunde kam Sven nach Hause. Ich wollte ihm doch mit seinem Lieblingsgericht eine Freude machen.

Ich warf einen Blick auf die Uhr. Ob ich meinen Einkauf wiederfinden würde? Noch waren die Stände geöffnet. Ich schnappte mir die Haustürschlüssel und schlüpfte im Gehen in meinen Mantel.

Ein Piepton meines Handys hielt mich zurück. Ich lächelte sanft, da ich vermutete, eine Nachricht von Moni erhalten zu haben. So schnell gab sie nicht auf. Aber als ich auf das Display sah, entdeckte ich eine Nachricht von Sven. Wenn er jetzt ankündigte, später zu kommen, wäre das heute ein Glücksfall. Mein Lächeln erstarb, als ich die SMS las.

> Warte nicht auf mich, ich komme spät nach Hause.
> Fischtopf muss verschoben werden. Sven.

Ich ließ mein Handy sinken. Glücksfall? Frustriert warf ich mich auf das Sofa und starrte die Wände an. Der Beutel mit Fisch war mir nicht mehr wichtig. Warum sollte ich im strömenden Regen zurück zur Innenstadt laufen, für etwas, was niemand essen würde? Gedanklich bedauerte ich meinen Freund, der offenbar bis zur Halskrause in Arbeit steckte. Da spielte der teure Fisch keine Rolle mehr.

Langsam vertiefte sich das ungute Gefühl, das unnachgiebig auf meiner Seele brannte. Was konnte nur dahinterstecken? Ich nahm mir fest vor, mich später mit Sven darüber auszutauschen. Vielleicht erging es ihm nicht besser. Zusammen würden wir sicher eine Lösung finden.

Ich lächelte und begann mich auf ihn zu freuen, auch wenn unklar war, wann er nach Hause kommen würde.

Fahrt ins Blaue

»Ich glaub das jetzt nicht, Semra, du willst in der Weihnachtssaison nach Sylt? So spontan wirst du dort keine Unterkunft finden.« Moni hockte auf dem abgewetzten Sessel ihrer Vorfahren und ließ die Beine baumeln.

Moni liebte ihren alten Sessel, den sie bei der Wohnungsauflösung ihrer Oma vor dem sicheren Sperrmülltod gerettet hatte. Meine Freundin war eine fanatische Sammlerin von alten Möbeln. Nicht etwa antike Stücke, sondern die abgenutzten Siebzigerjahremöbel hatten es ihr angetan. Ihr Wohnzimmer schmückte eine Schrankwand in Eiche brutalo. Zu schade, um sie wegzuwerfen, lautete Monis Motto. Die restliche Einrichtung, inklusive der Stehlampe mit den bunten Bommeln, vermittelte den Eindruck, aus einer längst vergangenen Zeit zu stammen.

Regelmäßig begleitete ich Moni auf Flohmärkte, und genauso regelmäßig hatte ich versucht, ihren Einrichtungsgeschmack in die Neuzeit zu lenken. Vergeblich. Trotzdem, oder vielleicht aus diesem Grund, war ihre Wohnung urgemütlich. Eben wie zu Großmutters Zeiten.

Gerade versuchte meine Freundin, mir auszureden, so kurz vor Weihnachten für einige Tage nach Sylt zu fahren. Sie ärgerte sich, dass ich mich nicht von meinem Vorhaben abbringen ließ. Doch meine Ahnung, dass etwas Unbekanntes, Bedrohliches in der Luft lag, hatte sich leider bestätigt.

Sven hatte mir am ersten Advent sachlich, wie er nun mal war, offenbart, dass unsere langjährige Beziehung für ihn keine Zukunft mehr hatte. Ich glaubte zuerst an einen schlechten Scherz, auch wenn ich nicht völlig unvorbereitet gewesen war. Dennoch, wir hatten einen Skiurlaub gebucht, mit allem Drum und Dran. Berghütte, Kaminfeuer und nicht zuletzt ein festliches Essen in der Alm-Gaststätte, die wir aus den Vorjahren kannten. Sex vor dem Kaminfeuer mit unseren noch heißeren Körpern. Wie wir es in den letzten Jahren zelebriert hatten. Plötzlich sollte das alles vorbei sein? Für mich war eine Welt zusammengestürzt. Meine Welt. Unsere Welt.

In den vergangenen Tagen hatte ich in meiner Wohnung gesessen, die einmal unsere gemeinsame gewesen war, und zur Tür gelauscht, weil ich meinte, einen Schlüssel im Schloss zu vernehmen. Es kam mir immer noch vor, als könnte er jeden Moment hineinschneien, mich in die Arme nehmen und fragen, was er mir kochen sollte. Aber es kam niemand, nicht einmal die Katze der Nachbarin stattete mir einen Besuch ab. Sven hatte stets behauptet, die Samtpfote komme nur seinetwegen vorbei. Ich hatte dann gelacht und ihm gesagt, er solle nicht so angeben. Nun, sie kam tatsächlich nicht mehr. Seit fast vier Wochen ging das nun so.

Der Sinneswandel meines Freundes war mit langen Beinen und blonden Engelshaaren dahergekommen. Zwanzig Jahre jünger als er, vollbusig und temperamentvoll. Ich fragte mich, wie lange Sven das schaffen wollte. Seine Bandscheiben rebellierten normalerweise bereits, wenn er für seine Mutter einen Sack Holz vom Baumarkt holen musste. Ich konnte mir beim besten Willen nicht vorstellen, dass eine Zwanzigjährige auf ihn abfuhr. Aber inzwischen war es mir fast egal.

Nach der Weihnachtsbotschaft, so nannte Moni meine Trennung von Sven, ging ich täglich zur Arbeit in mein Studio. Meine Kreativität hatte unter dem Trennungsschmerz gelitten, aber die vorhandenen Aufträge meiner Kunden erledigte ich dennoch zuverlässig. An den Wochenenden heulte ich mir die Seele aus dem Leib, um am Montag mit verquollenen Augen meinen Laden aufzuschließen. Ich erholte mich nur langsam von dem Schock. Das Sahnehäubchen auf meinem geschundenen Selbstwertgefühl war gewesen, dass diese Affäre bereits über sechs Monate bestanden hatte. Mir hatte es nochmals mit voller Wucht den Boden unter den Füßen weggezogen.

Nachdem ich meine Wunden wie eine verletzte Katze geleckt hatte, beschloss ich, mich für paar Tage auf meine Lieblingsinsel Sylt zurückzuziehen. Danach würde ich pünktlich zu Weihnachten zu meiner Schwester fahren und im Kreis meiner Lieben versuchen, einige schöne Stunden zu verbringen, zumindest würde ich das Beste aus meiner Lage machen. Eigentlich konnte mir Weihnachten in diesem Jahr gestohlen bleiben.

»Das ist mir wurscht. Irgendwo werde ich unterkriechen. Darauf kannst du wetten«, konterte ich.

Moni schmollte eine Zeit lang. Ihr wäre es lieber gewesen, wenn ich die Feiertage bei ihr verbracht hätte. Ich hatte meiner Schwester aber versprochen, den Heiligabend mit ihr und ihrer Familie zu feiern. Ich freute mich auf die leuchtenden Augen meiner Nichten und Neffen, die für mich in dieser Zeit ein helles Licht bedeuteten. Ihre zärtliche Freude konnte nichts und niemand trüben. Ich fand die Aussicht darauf recht positiv.

Maja, meine ältere Schwester, hatte dafür gesorgt, dass die Rentenkasse gefüllt wurde. Mit ihren vier Kindern leistete sie den Tribut einer treusorgenden Hausfrau. Ihr blieb auch nichts anders übrig, denn die vier kleinen Racker forderten ihre volle Aufmerksamkeit. Maja war eine super Mami. Bevor ich nach Sylt reiste, musste ich ihr unbedingt noch einen Besuch abstatten. Sie wäre sonst sehr von mir enttäuscht.

Moni starrte mich mit ihren grauen Augen an. Ihre langen blonden Haare fielen locker über die Sessellehne. Ich beneidete sie für diese Mähne. Ich trug meine dunkelbraunen Haare kurz, alles andere würde in kurzer Zeit zu einem Mopp mutieren, weil meine Haare mich ab einer bestimmten Länge mit ihrem Eigenleben zur Verzweiflung brachten. Moni hatte einmal gemeint, dass mir lange Haare nicht standen. Für mein schmales Puppengesicht mit den unschuldig dreinblickenden braunen Augen müsste ich eher einen Waffenschein beantragen, weil ich die Männerwelt damit um den Verstand brächte. Davon hatte ich allerdings nie etwas bemerkt. Ich hatte immer nur Augen für Sven gehabt, den ich über alles geliebt hatte. Und wenn ich meinem Bauchgefühl trauen konnte, war es immer noch so. Er war ein Teil von mir gewesen. Leider war ich es nicht mehr für ihn.

»Aber warum willst du auf blauen Dunst versuchen eine Unterkunft zu bekommen? Ruf doch vorher die Vermieter an und erkundige dich, dann musst du zumindest nicht unter der Brücke schlafen.«

Ich kicherte bei der Vorstellung, obwohl ich mir nicht sicher war, ob es auf Sylt Brücken gab. »Ich fahre mit dem Autozug. Wenn es sein muss, penne ich in meiner Karre. Ich habe keine Lust auf Absagen, ich werde fahren, mir einen Schlafsack in den Kofferraum werfen und gut.«

Moni beugte ihren Oberkörper vor. Ihre Augen blitzten mich verärgert an. »Hast du eine Ahnung, was da alles passieren kann, du Wahnsinnige?«

Ich winkte lässig ab. »Du guckst zu viele Krimis. Auf der Insel gibt es keine Fluchtwege, da wäre es dumm, Straftaten zu begehen.«

Moni schnaubte. »Es gibt auch dumme Menschen. Wenn einer davon dich erwischt, ist es für dich zu spät.«

Moni konnte wunderbar schwarzmalen, wenn es darum ging, mir etwas auszureden. Ich fand es lustig, denn sie wusste genau, dass sie sich an mir die Zähne ausbiss. Wenn ich mir etwas in den Kopf gesetzt hatte, ließ ich mich weder mit Engelszungen noch mit Vorwürfen davon abbringen. Unsere Freundschaft währte inzwischen über fünfzehn Jahre und Moni kannte mich gut. Daher wusste ich auch, dass Moni noch nicht bereit war aufzugeben.

Ich hockte mich auf die Lehne des Sessels und gab meiner Freundin einen Knuff, bevor ich unser Gespräch in eine andere Richtung lenkte. »Was machen wir beiden Hübschen eigentlich zum Jahreswechsel?«

Mein Plan ging auf, Moni bekam augenblicklich leuchtende Augen. Im letzten Jahr hatten wir beide mit einer fiesen Grippe das Bett gehütet. Das Feuerwerk am Himmel Flensburgs hatten wir verschlafen. Als wir dann im Morgengrauen wach wurden, lag die Stadt im Tiefschlaf. Der Neujahrsmorgen hatte Flensburg wie eine Geisterstadt wirken lassen. Zumindest hatten wir die Nacht gemeinsam in einem Bett verbracht, wobei eine lauter schnarchte als die andere. Mit triefenden Nasen hatten wir später am Frühstückstisch gehockt und uns gefragt, ob es tatsächlich der Neujahrsmorgen war und nicht etwa ein anderer verschlafener Tag.

Moni rückte näher an mich ran. »Wie wäre es mit dem Silvesterball in der Bärenhöhle?« Meine Freundin zwinkerte mir zu. Im vorletzten Jahr hatte sie sich in dem Kultlokal in einen jungen Mann aus Hannover verguckt, der ihr hoch und heilig versprochen hatte, im nächsten Jahr zum Jahreswechsel wiederzukommen. Aus diesem Grund war die Grippewelle, die uns ans Bett gefesselt hatte, für Moni äußerst tragisch gewesen.

Ich lachte auf. »Meinst du, er wartet auf dich? Fast zwei Jahre? Das kannst du dir abschminken. Dazu war er zu gut aussehend. Wenn er nicht sogar in jeder Stadt eine andere hat. Warum habt ihr auch eure Handynummern nicht ausgetauscht?«

»Du Biest, mach mir doch nicht alle meine Illusionen zunichte. Vielleicht hatte er ja auch eine Grippe.«

»Gut möglich, die hat ihn sicher völlig der Damenwelt entzogen. Träum weiter. Aber wenn du es möchtest, tanzen wir in der Bärenhöhle ins neue Jahr.«

»Abgemacht«, meinte Moni und schmollte trotzdem eine Weile weiter.

Den Jahreswechsel hatten Sven und ich nur selten miteinander gefeiert. Er hatte es vorgezogen, mit seinem besten Freund um die Häuser zu ziehen. Ich hatte zwar mit Moni viel Spaß gehabt, hatte aber um Mitternacht die starken Arme meines Liebsten vermisst. Seit wir ein Paar waren, hatten wir die Silvesternacht nur ein einziges Mal zusammen erlebt. Selbst als wir beschlossen hatten, die Weihnachtsfeiertage in den Bergen zu verleben, hatte Sven darauf bestanden, spätestens zum Jahreswechsel nach Hause zu fahren. Sven war danach meistens drei Tage nicht zu gebrauchen, da der Alkohol in Strömen floss, obwohl er ihn nicht vertrug.

Moni zwinkerte mir zu. »Hast du Zeit, mir ein hübsches Kleid zu entwerfen?«

Ich gluckste. »Wie stellst du dir das denn vor? Ich habe noch einige kleine Aufträge zu erfüllen, danach fahre ich auf die Insel.«

»Schade«, meinte Moni. Ihrem Gesichtsausdruck konnte ich entnehmen, dass sie realistisch genug war, um vorher gewusst zu haben, dass es mit dem Kleid nichts werden konnte.

»Dann hättest du mich im Herbst fragen müssen«, sagte ich verständnisvoll. Ich hätte ihr zu gerne ein neues Kleid geschneidert. Moni war eine meiner treuesten Kundinnen. Wobei Kundin etwas übertrieben war, denn ich nahm ihr kein Geld dafür ab.

Wir bestellten uns bei einem Lieferservice eine große Pizza. Dazu gönnten wir uns eine Flasche Rotwein. Später lagen wir satt und einigermaßen zufrieden auf Monis Sofa aus der Gründerzeit. Mit den Gläsern in der Hand plauderten wir bis nach Mitternacht.

Es tat gut, eine Freundin wie Moni zu haben. Wir warfen uns Dinge an den Kopf, stritten uns, aber genauso schnell vertrugen wir uns wieder. Am allerwichtigsten war das gegenseitige Vertrauen. Moni würde mich nie enttäuschen, aber mir den Kopf zurechtrücken, wenn ich mal aus der Spur geriet. Dasselbe konnte sie von mir erwarten. Ich hatte ihr zwar von dem Streit mit Sven nichts erzählt, dennoch hatte Moni längst bemerkt, dass etwas in meinem Leben nicht rund lief. Auf schmerzliche Weise hatte ich mir das letztendlich auch eingestehen müssen.

»Nun ist das seltsame Gefühl verflogen und einem Scheißgefühl gewichen«, flüsterte ich am Ende unseres Abends.

Moni streichelte meinen Arm. »Er war es nicht wert. Bitte, werde ganz bald die alte Semra. Kein Mann ist es wert, dass du seinetwegen den Kopf in den Sand steckst.«

»Ich dachte, er wäre mein Leben«, murmelte ich. »Nun ist es leider eine bittere Enttäuschung geworden.«

Nie hätte ich geglaubt, dass unsere Beziehung ein dermaßen jähes Ende nehmen könnte. Ich war froh, dass ich meine kleine Schneiderei hatte. Davon konnte ich immer noch meinen Lebensunterhalt bestreiten. Ich überlegte, ob ich mich vergrößern sollte, einen Laden in der Innenstadt eröffnen. Aber ich scheute die hohen Kosten der Ladenmiete. Dass mein Geschäft die Mehrkosten auffangen würde, bezweifelte ich. Außerdem war ich nicht spontan genug für eine Veränderung.

»Dein Leben ist nicht vorbei, nur weil ein Mann es nicht mit dir teilen will«, belehrte meine Freundin mich.

»Ich bin aber nicht gern allein, nicht so wie du«, merkte ich an.

»Ach, Semra, wer ist das schon? Ich versuche doch auch nur, eine blendende Fassade aufrechtzuerhalten.«

»Hast du wirklich geglaubt, dass ich dir das abgenommen habe?«

»Nein, aber ich habe es gehofft«, gestand Moni augenzwinkernd.

Ich grinste. »Wir sind nicht gerade gut darin, ein Geheimnis für uns zu behalten, nicht wahr?«

»Ich fürchte nein.«

Wir sahen uns an, dann lachten wir befreit.

Schwestern

Ich konnte einfach nicht die Stadt verlassen, ohne mich von Maja zu verabschieden. Sie lebte mit ihrer Familie in Weding, einem Vorort von Flensburg, der zur Gemeinde Handewitt gehörte. Sie und ihr Mann hatten dort ein Haus mit Garten. Immer wenn es meine Zeit erlaubte, besuchte ich sie gerne. Unsere Eltern waren leider viel zu früh gestorben. Maja, damals selbst noch ein Kind, hatte die Verantwortung für mich übernommen. Wir wuchsen bei Pflegefamilien auf, zu denen wir heute keinen Kontakt mehr haben. Meine Schwester Maja war für mich die einzige Familie, die ich je besaß. Ich musste ihr von meiner Trennung mit Sven erzählen, bevor ich auf die Insel reiste.

Bewusst wählte ich den Vormittag. So sehr ich die Kinder liebte, aber ich musste mit meiner Schwester allein reden. Ohne ihre Rasselbande, die noch in der Schule war. Ich würde an Weihnachten ausgiebig Gelegenheit bekommen, mit ihnen herumzutollen.

Ich öffnete die Haustür mit meinem Schlüssel.

»Huhu!«, rief ich schon beim Eintreten.

Maja steckte mit dem Kopf in der Waschmaschine. Was zum Teufel tat sie da?

»Kann ich dir irgendwie behilflich sein?«, rief ich laut genug, damit sie mich in der Trommel hörte. Ruckartig zog sie ihren Kopf heraus. Zuerst mit grimmigem Blick, aber dann, als sie mich erkannte, schaute sie erfreut.

»Semra! Wie schön.« Meine Schwester lief auf mich zu und umarmte mich herzlich. Ich schloss für eine Sekunde die Augen. Maja war mein

Zuhause und das spürte ich in diesem Augenblick deutlicher denn je. Ich löste die Umarmung.

»Warum turnst du in der Waschmaschine rum?«, fragte ich belustigt.

»Hach, Kinderkram. Lukas behauptete per SMS, dass seine Lego-Rakete in seiner Hosentasche stecken würde und ich sie auf keinen Fall waschen dürfte.« Maja zuckte mit den Schultern. »Na ja, die Nachricht kam zu spät. Darum suche ich die Maschine nach Teilen der Rakete ab. Leider ohne Erfolg. Vielleicht war es doch eine andere Hose oder die Teile schwimmen nun in der Kanalisation.« Meine Schwester lachte.

»Soll ich mal nachschauen?«, bot ich meine Hilfe an.

»Kommt nicht infrage. Wir machen uns einen Kaffee.« Sie überließ die raketenfressende Waschmaschine sich selbst und ging mit flotten Schritten in die Küche. »Wie lange kannst du bleiben?«

Ich hob die Schultern.

Majas Augen wurden zu Schlitzen, während sie mich im Blick behielt. »Raus mit der Sprache, was ist los?«

»Sven hat eine Neue«, sagte ich knapp.

»Was? Eine neue Vespa? Jetzt im Winter ist das wohl völlig ...«

»Tussi«, fiel ich ihr ins Wort.

Maja ließ den Kaffeelöffel sinken. Mit offenem Mund starrte sie mich an. »Sag, dass das nicht wahr ist.«

»Leider doch.« Ich kämpfte mit den Tränen.

»Der spinnt doch, wie kann er dir das antun?« Aus Maja sprach die besorgte Schwester.

»Es ist, wie es ist«, meinte ich matt. »Ich fahre morgen nach Sylt, um auf andere Gedanken zu kommen.«

Maja reagierte ganz anders als meine Freundin Moni. »Gute Idee, du wirst dich dort erholen und den Kopf freikriegen. Am liebsten würde ich dich begleiten. Denke bloß an warme Klamotten.« Maja konnte ihre Fürsorge mir gegenüber nicht einstellen. »Wann hat er dich verlassen?«

Ich zögerte mit der Antwort, denn Maja würde es nicht gefallen, wenn ich beichtete, dass ich seit fast vier Wochen solo war.

Sie kam mir zuvor. »Hab ich's mir doch gedacht. Du weißt es schon lange, stimmt's?«

Ein Nicken von mir genügte als Antwort.

»Aber warum sagst du denn nichts?« Maja wirkte traurig.

Ich druckste herum. »Weil ich dich nicht damit belasten wollte. Du hast doch so viel um die Ohren, und dann komme ich noch mit meinen blöden Problemen. Außerdem musste ich mir selbst erst darüber klar werden, wie es weitergehen soll.«

In Majas Augen schimmerten Tränen. »Ach, Mensch ... das tut mir leid. Ich wünschte, ich könnte dir helfen.«

»Ich weiß«, meinte ich bedrückt. »Ich komme klar. Wirklich.«

Meine Schwester sah mich skeptisch an. Sie trug ihre blonden Haare ebenfalls kurz. Jedoch aus einem anderen Grund. Bei vier Kindern musste die morgendliche Dusche schnell gehen. Früher hatte sie langes, glattes Haar gehabt. Die Kurzhaarfrisur stand ihr aber ausgesprochen gut. Maja war kleiner als ich. Von jeher war sie ein Wirbelwind mit großen Augen und noch größerem Herzen gewesen.

Ich setzte mich auf einen Stuhl in der Küche und zuckte erschrocken zusammen, als es unter der Eckbank raschelte. Automatisch hob ich die Füße an. Hatte Maja Mäuse? Ich kniff die Augen fest zusammen vor Angst. Als ich Maja lachen hörte, schaute ich auf. Was ich da sah, erwärmte mein Herz, und es war um mich geschehen.

»Seit wann habt ihr einen Hund?« Ich hockte mich hinunter und hielte dem Welpen die Hand hin.

Maja reichte mir rasch ein paar Leckerlis, damit ich mit ihm Freundschaft schließen konnte. Bezaubernde schwarze Knopfaugen schauten mich neugierig an, die kleine Rute wedelte wie ein Lämmerschwänzchen.

»Wird er groß?«, fragte ich unsicher. Denn vor großen Hunden hatte ich einen Heidenrespekt.

Maja lächelte sanft. »Es ist eine sie und sie heißt Bella. Sie wird nicht groß, dafür haben wir keinen Platz.«

Ich sah ihr an, wir sehr sie die Hündin liebte. Ich hob Bella vorsichtig hoch und drückte sie an mich.

»Schön, dich kennenzulernen«, flüsterte ich. Als Antwort leckte Bella mir übers Gesicht.

»Bring sie besser raus in den Garten. Nach dem Schlafen muss sie häufiger mal.«

Das musste meine Schwester mir nicht zweimal sagen. Ich stand auf und ließ die Kleine durch die Hintertür in den Garten. Bella hatte allerdingst nicht viel übrig für Nieselregen und nasses Gras unter ihrem kleinen Bäuchlein. Auf ihren kurzen Beinen rannte sie zurück ins Haus.

Lachend schob Maja sie wieder auf den Rasen. Und siehe da, Bella ließ sich überzeugen. Sie erledigte ihr Geschäft und schnupperte die Rasenfläche ab, bevor sie wieder ins Haus tapste. Die Pfotenabdrücke zeigten uns, wo sie langgelaufen war. Ich fragte mich, warum meine Schwester die Mehrarbeit auf sich nahm, aber als ich in ihre glücklichen Augen sah, lag die Antwort nahe.

Bei Kaffee und Rosinenbrot wollte Maja genau wissen, wie es zur Trennung von Sven und mir gekommen war. Ich erzählte die Kurzfassung, mit der Maja offenbar zufrieden war. Sie war wütend auf Sven und ihre Augen funkelten. Sie versuchte es zu überspielen, indem sie mich einlud.

»Du bleibst doch zum Mittagessen? Die Kinder würden sich sicher freuen, ihre Tante mal wieder zu sehen.«

Ich schüttelte bedauernd den Kopf. Ich musste in mein Geschäft und den Jahresabschluss vorbereiten. Denn am nächsten Tag plante ich, auf die Insel zu fahren.

Die Insel ruft

Mein Wagen stand am nächsten Tag gepackt und abfahrbereit vor Monis Mehrfamilienhaus. Sie hatte darauf bestanden, mich vor der Abreise noch mal zu sehen. Mit Engelszungen versuchte sie mich doch noch von meinem Vorhaben abzubringen.

»Willst du nicht lieber hierbleiben? Wir könnten doch …«

»Moni.« Ich sah meine Freundin mahnend an. »Das hatten wir alles schon besprochen, ich werde fahren.«

»Ich weiß.« Sie seufzte. Mit einer festen Umarmung versuchte sie stumm, auf meine Entscheidung einzuwirken.

Ich löste mich sanft und gab ihr einen Kuss auf die Wange. »Bis bald.«

Entschlossen verabschiedete ich mich und ließ eine verzweifelte Moni zurück. Sie hätte mich begleiten können, aber sie zog es vor, ihren Resturlaub in den Januar zu legen. Sie war bei einer großen Spedition beschäftigt. Ein Unternehmen, welches dank Moni die Frauenquote einhielt.

Mein schwarzer SUV glänzte in der Wintersonne, zumindest dort, wo der Schmutz nicht eingezogen war. Der Innenraum wirkte nicht gepflegter. Taschentücher, leere Colaflaschen und Bonbonpapier gaben sich die Ehre und ließen den von mir liebevoll »Dicker« genannten Wagen wie ein Messi-Fahrzeug aussehen.

Ich sah mich um und entdeckte einen Mülleimer. Mit raschen Handgriffen entfernte ich grob die Hinterlassenschaften der letzten Wochen. So konnte mein Dicker getrost auf der Insel der Reichen und Schönen eingeführt werden. Die Rückbank hatte ich umgeklappt und eine Gästematratze hineingeschoben. Ich hoffte inständig, dass ich dort nicht die Nächte verbringen musste, weil ich mir in den Kopf gesetzt hatte, nach Sylt zu reisen, ohne mir vorher eine Unterkunft gesichert zu haben.

Ich warf einen letzten Blick zu Monis Wohnung hinauf. Wie ich vermutet hatte, stand sie am Fenster ihres Wohnzimmers. Ihr kummervoller Blick traf mich ein letztes Mal. Ich hob die Hand, um ihr zuzuwinken. Dann ließ ich mich auf den Fahrersitz sinken.

Es hatte zu regnen begonnen. Obwohl ich in Schleswig-Holstein aufgewachsen war, staunte ich darüber, wie schnell die Sonne sich hinter den Wolken versteckt hatte. Gedanklich vergewisserte ich mich, dass ich mein Regenzeug eingepackt hatte. Kälte und Nässe waren nichts für meinen Körper, denn dann wäre mir die nächste Erkältung sicher. Ich durfte und wollte Moni nicht enttäuschen, die Silvesterparty musste steigen.

Flensburgs Straßen waren mal wieder verstopft. Jetzt, zur Weihnachtszeit, war es besonders heftig. Für gewöhnlich war ich ein absoluter Weihnachtsfan. Es konnte meiner Meinung nach nicht genug glitzern, funkeln und leuchten. Aber in diesem Jahr war alles anders. Ich konnte diesen Glitzerkram nicht ertragen. Mit Sven hatte ich die Vorweihnachtszeit geliebt. Wir hatten jedes Jahr gemeinsam Kekse gebacken und die Wohnung ausgiebig dekoriert. Wir überraschten einander mit Ideen und Basteleien, die nach den Festtagen liebevoll in Kartons verfrachtet wurden und im Keller auf ihren nächsten Einsatz warteten.

Dieses Jahr blieben die Sachen unberührt im dunklen Keller. Ich hätte es nicht ertragen, die von Sven gebastelte Dekoration in Händen zu halten. Ich wischte mir eine Träne von der Wange. Nur nicht daran denken. Vielleicht konnte ich nächstes Jahr den Karton hervorholen. Wenn nicht, würde ich alles unbesehen entsorgen.

Ich konzentrierte mich auf die Fahrbahn. Der Regen behinderte die Sicht, aber zum Glück schneite es nicht. Ich bestellte sicherheitshalber beim Universum Schnee für Heiligabend, sobald ich zurück in Flensburg war. Dann hatte ich mich hoffentlich so weit erholt, dass ich mit meinen Nichten und Neffen im Schnee toben konnte. Sie liebten es, mit ihrer Tante herumzutollen und jede Menge Blödsinn mit mir auszuhecken. Ich liebte es zum Leidwesen meiner Schwester mindestens genau so sehr. Und wir wurden nicht müde, neue Abenteuer zu erfinden.

Ich ließ mir die Tatsache, dass Sven so lange eine Affäre gehabt hatte, durch den Kopf gehen und bereute es sofort. Warum zum Teufel musste ich mich damit auseinandersetzen? Hätte ich die Anzeichen, die für ein Fremdgehen sprachen, bemerken müssen? Oder hatte Sven wirklich alles geschickt verheimlicht? Sicher, wir hatten kaum noch Sex gehabt, aber wurde das nicht sowieso irgendwann weniger? Aber mit fünfunddreißig? Da konnte das Leben doch noch nicht vorbei sein. Sven musste mit vierzig auf einen jungen Hüpfer abfahren. Ich fühlte mich wie eine tote Tante.

Übrigens war das das Lieblingsgetränk meines Ex-Freunds. Er mochte diesen heißen Kakao mit Schuss und Schlagsahne. Ich fand schon die Bezeichnung eklig. Tote Tante! Ich bevorzugte in den Wintermonaten einen Eiergrog, nach der blonden Kathrein. Passte irgendwie besser zu mir, auch wenn ich nicht blond war. Nichtsdestotrotz war ich nun die tote Tante. Mein Innerstes fühlte sich jedenfalls so an.

Ich seufzte. Da dachte ich, unsere Zukunft wäre auf ewig geplant gewesen, und nun? Es mussten neue Pläne her. Aber noch war ich wie gelähmt. Ich schimpfte mit mir. Ich wollte nicht in Selbstmitleid versinken. Ich war eine Frohnatur und wollte meine bekloppte innere Mitte zurück.

Mir gingen Schlagwörter durch den Kopf. Die Betrogene. Die Verlassene. Die Trauernde. Am besten gefiel mir die lustige Witwe. Ich umklammerte das Lenkrad und nickte kräftig. Ja! So war es gut. Allerdings hatte die Bezeichnung Witwe etwas Tragisches. Nun ja, tragisch war die ganze Geschichte. Dann sollte es wenigstens ein bisschen lustig werden.

Auf der B5 stockte der Verkehr. Nervös warf ich einen Blick auf die Uhrzeit. Dass ich rechtzeitig am Bahnhof eintraf, war immer noch möglich, wenn nicht noch etwas dazwischenkam. Die Straße nach Niebüll war unfallträchtig. Verdammt, ich hatte es doch gewusst, warum war ich nicht früher losgefahren? Nun wusste ich nicht, ob ich es rechtzeitig schaffte. Ich entspannte mich erst wieder, als ich in der Warteschlange vor dem Autozug parkte.

Auf dem Sylt-Shuttle holte ich mein Smartphone hervor. Vielleicht konnte ich eine Unterkunft googeln. Mr. Google war ein zuverlässiger Begleiter und wusste meistens Rat. Als ich mein Handy zur Hand nahm, erwischte mich das Foto von Sven, das auf meinem Display erschien, sobald ich die Home-Taste betätigte. Ich fror, trotz der Sitzheizung. Er lächelte mich an. Leider nur sein Foto. Aber was sah ich in seinen Augen? War da nicht etwas wie … Spott zu erkennen? Lachte er mich aus?

Dem würde ich es schon beweisen, dass eine Semra Sievers nicht so leicht unterzukriegen war. Spotte du nur. Ich habe es längst verstanden.

Bei meiner Suche nach Unterkünften wurde mir eine Reihe von Anbietern angezeigt. Na bitte, ging doch. Ich versuchte es zuerst bei der günstigsten Unterkunft.

»Tut mir leid, aber über die Festtage sind wir vollkommen ausgebucht«, erklärte mir die nette Dame am anderen Ende der Leitung.

Doch gleich bei der nächsten Adresse hatte ich Glück.

»Wenn Sie nur bis zum 24. bleiben wollen, kann ich Ihnen ein Zimmer geben.«

Na, ging doch. Ich gab meine Ankunftszeit bekannt und wir verabschiedeten uns freundlich. Danach änderte ich das Bild von Sven zu einem meiner Nichten und Neffen. Eine Aufnahme aus dem letzten Sommer, als wir Urlaub auf Rügen gemacht hatten. Die fröhlichen Augen der Kinder berührten mein Herz. Diese Rasselbande mit ihrem ansteckenden Lachen.

Entspannt lehnte ich mich mit dem Handy in der Hand zurück und schloss die Augen. Erholung stand für die nächsten Tage auf dem Programm, so viel war sicher. Hier auf dem Autozug konnte mein Kurzurlaub beginnen. Ich schrieb Moni eine Nachricht, um sie zu informieren, dass sie sich keine Sorgen machen musste. Ich würde nicht unter einer Brücke schlafen, die es wahrscheinlich auf Sylt gar nicht gab.

Ich genoss die Fahrt über den Hindenburgdamm. Um die Insel Sylt zu erreichen, musste man schon seit vielen Jahren kein Schiff mehr betreten. Bereits in den Dreißigerjahren war nach langer Baumaßnahme der neun Kilometer lange Damm fertiggestellt worden, der Sylt mit dem Schleswig-Holsteinischen Festland verband. Der damals eingleisige Damm konnte ab den Siebzigerjahren zweigleisig befahren werden. Durch regelmäßige Landgewinnungsmaßnahmen dauerte die Fahrt mittlerweile nur noch eine gute halbe Stunde.

Ich interessierte mich dafür, wie es damals in Schleswig-Holstein zugegangen war. Moni lästerte gern darüber und meinte, ich solle aufpassen, nicht einzustauben, wenn ich auf Vergangenheitsreise ging. Ich schaute aus dem Fenster. Die herrliche Sicht, die weiter hinten das Wattenmeer vermuten ließ, war atemberaubend.

Das Rattern der Schienen und das Geschaukel meines »Dicken« führten dazu, dass ich für einen Moment einnickte. Ich fühlte mich geborgen wie lange nicht mehr.

Ein kräftiger Ruck weckte mich unsanft. Verwirrt sah ich mich um. Ich musste mir erst einmal darüber klar werden, wo ich mich befand. Richtig, auf dem Autozug nach Westerland. Der Ruck bedeutete nichts anderes, als dass ich angekommen war. Schleunigst richtete ich mich auf und sah durch die Windschutzscheibe. Die Bremsen quietschten. Gleichzeitig überkam mich ein Gefühl von Vorfreude.

Ich ließ das Seitenfenster herunter, um frische Luft einzuatmen. Selbst hier am Bahnhof roch es nach Salz und Meer. Traumhaft. Das Thermometer zeigte null Grad. Vielleicht fiel ja doch noch ein bisschen Schnee zu Weihnachten. Nur ein wenig Pulverschnee, der die Landschaft sauber und rein wirken ließ. Ich liebte das Knirschen der weißen Pracht unter meinen Stiefeln und lächelte vor mich hin.

Bis mir wieder einfiel, dass Sven und ich einen Winterurlaub gebucht hatten. Massenweise Schnee war eingeplant gewesen. Ob er nun mit der Blonden Ski fahren würde? Ich wünschte ihm, dass die Klimaerwärmung ihm den Urlaub verregnete. Aber selbst in Schleswig-Holstein waren Minusgrade angesagt worden. Dies war äußerst selten und trotzdem, oder gerade deshalb, hungerte ich nach einer weißen Weihnacht.

Die Bahnangestellten, die für den reibungslosen Ablauf der Entladung sorgten, wirkten hektisch. Ich vermutete, dass der Weihnachtstress auch an ihren Nerven zehrte. Ich war froh, den Zug verlassen zu dürfen, und machte mir keine Gedanken mehr darum.

Ich sah schnell noch mal auf die Adresse der Unterkunft. Richtig, ich musste nach List. Ich schlängelte mich durch den Verkehr und bog rechts ab in Richtung List.

Der Sender im Radio hatte es sich heute zur Aufgabe gemacht, alle Weihnachtslieder der Welt über den Kanal zu schicken. Genervt suchte ich einen anderen Sender. Keine Ahnung, wer den ganzen Tag Weihnachtslieder hören wollte. Ich gehörte definitiv nicht dazu. Ich versuchte es mit N-Joy und tatsächlich war meine Suche erfolgreich. Rockige Musik forderte meine Lautsprecherboxen heraus. Ich drehte die Lautstärke aufs Maximum. Einige Passanten blieben kopfschüttelnd stehen, sobald ich an ihnen vorbeigerauscht war. Mein Opa, der verstarb, als ich noch klein war, hätte sicher gefragt, ob ich mit dem Druck der Lautsprecher die Beulen am Auto beheben wollte. Tatsächlich schien es, als ob die Außenwand des Autos leicht vibrierte. Aber ich brauchte das jetzt einfach.

Normalerweise war ich nicht so ein Straßenfeger. Mein Lieblingssong »Heavy Cross« von Gossip stürmte das Innere des Autos und es war um mich geschehen. Es begann im Nacken mit leichter Gänsehaut und meine Nackenhaare stellten sich auf. Ich zuckte mit den Schultern und der Song zog mich in seinen Bann. Ich prüfte, ob der Lautstärkeregler wirklich bis zum Anschlag aufgedreht war. Diesen Song konnte ich nur laut hören. Mein Musikgeschmack ging eigentlich in Richtung Pop und, wenn es nicht Helene Fischer war, hin und wieder auch Schlager. Aber »Heavy Cross« löste bei mir das Gefühl aus, als ob ich jeden Augenblick aus der Haut gleiten würde. Schwerelos und frei. Frei!

Mit zitternden Fingern suchte ich den Drehknopf am Radio. Plötzlich konnte ich den Lärm nicht mehr ertragen. Ich war frei! Eine Freiheit, die ich mir so nie erträumt hätte. Verdammt.

Ich konzentrierte mich nun besser auf die Straße, die nach List führte. Hoffentlich war die Pension leicht zu finden. Mein Orientierungssinn war nicht der beste. Aber ich glaubte, dass meine wenigen Talente ausreichen würden, um auch ohne Navi mein Ziel zu erreichen. Sollte ich doch Probleme bekommen, wäre mir die Hilfe meines Navigationssystems sicher.

Ich fuhr an Dünenlandschaften und reetgedeckten Häusern vorbei. Ein typisches Landschaftsbild auf Sylt. Nicht so gut gefielen mir die Außenbeleuchtungen, die auch hier Einzug gehalten hatten. Weihnachten machte auch vor der Insel nicht halt. Als besonders nervig empfand ich die Lichterketten mit Blinkeffekten, die in Blau, Rot oder Lila daherkamen. Wenn nur das Christkind nicht die Flucht ergriff.

Aber mir sollte es recht sein. Hinter dem Ortsschild von List setzte ich den Blinker, fuhr rechts ab und rollte durch eine kleine Straße, die am Ende nur noch aus einem Sandweg bestand. Zur Linken befand sich ein Haus mit einem unscheinbaren Schild vor der Einfahrt. Pension Tilda. Ich freute mich, mein Ziel war erreicht.

Zufrieden stellte ich fest, dass die Betreiber der Herberge es mit der Kitschbeleuchtung nicht so wild hielten wie die umliegenden Nachbarn. Lediglich ein traurig dreinblickender Schneemann aus Styropor hockte vor der Eingangstür. Damit er nicht dem Sturm zum Opfer fiel, hatte man kurzerhand einen dünnen Draht durch seinen dicken Bauch gebohrt und in der Erde verankert. Ich klingelte brav an der Tür, die zu meiner Überraschung sofort geöffnet wurde.

»Moin, moin, Sie müssen Frau Sievers sein, habe ich recht?« Fröhliche stahlblaue Augen sahen mich prüfend an.

»Semra, richtig. Ich freue mich sehr, hier zu sein«, sagte ich erleichtert.

Die Wirtin musste etwa in meinem Alter sein. Mit einem festen Händedruck hieß sie mich willkommen und bat mich herein. Offenbar wurden im Haus Plätzchen gebacken, denn der Weihnachtsduft zog durch die Räume. So einfach kam ich also nicht davon. Aber wenn ich ehrlich war, duftete es köstlich.

»Am besten zeige ich dir gleich dein Zimmer. Es befindet sich im oberen Stockwerk. Wir sind ausgebucht und haben noch andere Gäste im Haus. Frühstück gibt es von 7 Uhr bis 10 Uhr. Und ich heiße Tilda Klein, ich denke, das Du ist okay, oder?« Tilda hörte nicht auf zu reden. Ihre erfrischend unverblümte Art gefiel mir gut. Ihr Nachname stand im Widerspruch zu ihrer Körperlänge, denn sie war bestimmt an die eins achtzig groß.

»Völlig, Tilda, danke für den netten Empfang.«

Tilda blieb auf der Treppe stehen und sah mich überrascht an. »Aber das ist doch das Mindeste!«, sagte sie offensichtlich verunsichert. »Also, hier auf der Insel werden alle freundlich behandelt.«

»So habe ich es nicht gemeint.« Ich sparte mir weitere Diskussionen, denn ich wollte endlich auf mein Zimmer.

Wir gingen einen Gang entlang, von dem mehrere weiße Zimmertüren in weitere Räume führten. Die kleinen Schilder gaben jedem Zimmer einen Namen. Es gab Sturmnacht, Möwe, Wattenmeer und viele weitere. Ich war gespannt, wie mein Zimmer heißen würde, und hoffte, dass ich nicht das Zimmer mit dem geheimnisvollen Namen Liebesglück bekam. Das wäre in meiner Situation reichlich makaber.

Im Inneren des Hauses hatte Tilda dann doch nicht auf Dekorationen verzichtet. Am Ende des Flures war ein Fenster mit Tannengrün geschmückt und links daneben befand sich eine Bodenvase, in der ebenfalls Tannenzweige steckten. An den Zweigen hingen zierliche Strohsterne und getrocknete Orangenscheiben, die einen himmlischen Duft verbreiteten.

Tilda stoppte an der vorletzten Tür auf der rechten Seite. Mir stockte der Atem. »Liebesnest«, stand auf dem dazugehörigen Keramikschild. Na Mahlzeit, was würden die anderen Gäste denken, wenn ich allein zum Frühstück erschien? Moni und ich hätten sicher darüber gelacht, aber allein im Liebesnest? Nun gut, ich würde das Beste daraus machen. Es war keine Option, aus diesem Grund im Auto zu übernachten. Trotzdem stellte ich bereits Überlegungen an, mein einsames Frühstück am Hafen von List einzunehmen.

Tilda öffnete mit einem Schwung die Zimmertür und strahlte mich an. »Ich hoffe, es gefällt dir.«

Ich schob mich an Tilda vorbei und trat ein. Beim Anblick meiner Bleibe ging mir das Herz auf. Liebevoll eingerichtet und nach frischer Bettwäsche duftend, empfing sie mich auf eine sanfte, leise Weise. Ich trat an das Fenster und der Ausblick raubte mir den Atem. Ich hatte das Meer direkt vor Augen. Über die Dünen wanderte mein Blick zu Heide und Schilfgras.

Tilda stand plötzlich hinter mir. »Es ist eines meiner schönsten Zimmer. Aber bitte nicht über die Dünen zum Hafen gehen, das ist absolut verboten.«

Stumm schüttelte ich mein Haupt. Ich war zu keinem Wort fähig, der Anblick dieses Naturschauspiels verschlug mir die Sprache.

»Wunderschön«, stammelte ich ergriffen.

Ich hörte Tilda leise lachen. »Ich weiß, und ich lebe diesen Traum jeden Tag. Wir haben ihn uns mit dieser Pension erfüllt. Mein Mann Jon und ich.«

Ich drehte mich zu ihr um und sah in ihre leuchtenden Augen. »Das glaube ich dir gerne. Ihr seid zu beneiden.«

Tilda wich meinem Blick aus. »Es gibt aber auch viel zu tun«, sagte sie tonlos. »Wenn du etwas brauchst, scheue dich nicht, mich anzusprechen«, ergänzte sie. Das Strahlen in ihren Augen kam zurück.

»Vielen Dank. Heiligabend ziehe ich frühzeitig aus, damit ich den ersten Zug auf das Festland erreiche.«

Tilda verabschiedete sich und schwirrte aus dem Zimmer. Die plötzliche Stille, die mich umgab, ließ ein Gefühl von Einsamkeit in meiner geschundenen Seele zurück. Entschlossen wuchtete ich meine Reisetasche auf das Bett und öffnete den Reißverschluss. Das musste vorerst genügen. Sehnsüchtig sah ich auf das Meer hinaus und beeilte mich, meine Jacke anzuziehen. Ich musste an die Luft, besser gesagt, ans Meer.

Begegnungen am Strand

Mein Weg führte mich zum Lister Ellenbogen. Dort präsentierte sich mir eine Naturlandschaft, die schlicht atemberaubend war. Im Sommer grasten hier Schafe und zwischen Dünen und Heide freuten sich Kite- und Windsurfer über geeignete Surfbedingungen. Jetzt im Winter waren sie eher selten auf dem Meer zu sehen. Der Ellenbogen ragte als circa 330 bis 1200 Meter schmale, lang gestreckte Halbinsel in die Nordsee. Bei gutem Wetter konnte man hier bis zur vier Kilometer entfernten dänischen Nachbarinsel Rømø schauen. Wenn der Wind von Westen um die Kurve rauschte, bot die Ostseite optimalen Schutz. Der Strand beeindruckte durch seine Reinheit und Feinheit. Da der Ellenbogen der nördlichste Zipfel der Insel war, sollte man hier lieber nicht baden, wusste ich noch von meinen Sommerurlauben. Hier trafen das Wattenmeer und das offene Meer aufeinander und riefen gefährliche Tiefenströmungen hervor.

Die fünf Kilometer lange Straße zur Ellenbogenspitze befand sich in Privatbesitz. Nur zu Fuß oder auf dem Rad war die Strecke ohne Mautgebühr zu bestreiten. Autofahrer mussten dafür bezahlen. Aber ein Spaziergang war im Winter eh viel schöner. Ich begrüßte jedes einzelne Dünengras mit einem zufriedenen Lächeln. Die Dünen fügten sich traumhaft schön in die Landschaft.

Eine Strandsauna gab es hier auch. Ich hatte nicht die leiseste Ahnung, ob sie im Winter geöffnet war, aber ich wollte auch nicht in die Sauna. Ich sehnte mich nach der Freiheit am Strand. Hier konnte ich fast ungestört laufen, ohne auf haufenweise Touristen zu treffen.

Ich wickelte meinen Schal etwas fester um den Hals. Es wehte ein frischer Wind, der die Regenwolken davontrug und meinen Gedanken erlaubte, mit ihnen zu ziehen. Ich hatte den Parkplatz der Strandsauna erreicht und mein Weg führt mich links daran vorbei. Außer Atem stapfte ich durch die Dünen, um das offene Meer zu begrüßen. Das Rauschen war ohrenbetäubend. Hohe Wellen eroberten den Strand mit weißen Schaumkronen, dann zogen sie sich mit Getöse ins Meer zurück.

Ich blieb für einen Augenblick stehen und atmete tief durch. Mein Herz pochte wie verrückt in meiner Brust, als wollte es mir zu mehr Sport raten. Auf der anderen Seite der Düne ließ ich mich hinuntergleiten und landete dabei mit dem Po im feuchten Sand. Wann hatte ich das letzte Mal solche Freude empfunden? Ich fühlte mich kindlich-glücklich.

Im Aufstehen klopfte ich meine Klamotten sauber. Ich merkte, dass die Feuchtigkeit bis zu meiner Unterwäsche vordrang. Aber das hielt mich nicht davon ab, den Strand zu erobern. Mit weit ausholenden Schritten lief ich zur Wasserkante und starrte hinaus auf die wildgewordene See. Ich hielt es für besser, die Schuhe nicht auch noch nass werden zu lassen. Die Arme hebend tat ich so, als ob ich etwas wegscheuchen würde. Schließlich hieß es doch, dass die sagenumwobene Nordsee alle Sorgen mit davontrug. Aber so sehr ich auch scheuchte, mein Kummer nagte weiter an meiner Seele.

»Haut schon ab, ich kann euch nicht gebrauchen!«, schrie ich gegen den Wind an. Aber es tat sich nichts. Mein Herz schlug schwer in meiner Brust. Sven hatte ganze Arbeit geleistet. Ich ließ die Arme sinken und einigen Tränen ihren Lauf. Dann wandte ich mich ab.

Mir stockte der Atem, als ich in meiner unmittelbaren Nähe zwei riesige schwarze Hunde rennen sah. Doch sie rannten in die andere Richtung. Sie waren auch nicht herrenlos, wie ich im ersten Moment angenommen hatte. Ein Mann pfiff sie zurück und die schwarzen Riesen stürmten freudig auf ihn zu.

Aus sicherer Entfernung erlaubte ich es mir, dieses Schauspiel zu beobachten. Das Fell der Tiere glänzte in der Sonne, die sich an diesem Tag doch noch zeigte. Sie preschten mit ihren langen Beinen durch den Sand, der hinter ihnen aufspritzte. Ihre Fußabdrücke hinterließen tiefe Spuren im Sand.

Fasziniert verfolgte ich ihr aufregendes Spiel. Der Besitzer der Hunde war vollkommen in Schwarz gekleidet, er unterschied sich nur wenig von ihnen. Er trug eine Dreiviertelhose, die seine Waden freigab, die Bänder am Saum hingen lose herunter. Mein Opa würde zu dieser Hose Äpfelklauerhose sagen. Die Füße steckten in derben Boots. Der Mann trug einen Zopf, der nur mit einem dünnen Gummiband zusammengehalten wurde. Seine Stirn wurde von lustigen kleinen Locken umspielt. Er wirkte etwas fülliger, aber das tat seinen flinken Bewegungen keinen Abbruch.

Begeistert warf er Bälle für die Hunde, die sie freudig holten und ihrem Herrchen vor die Füße fallen ließen. Ich vermutete, dass diese Tiere ihre Fröhlichkeit auch bei Liebeskummer nicht verlieren würden. Verspürten Hunde Kummer? Ich hatte keine Ahnung, denn ich war nicht mit der Hundewelt vertraut. Ich blieb einfach stehen und sah ihnen bewundernd zu.

Zu spät bemerkte ich, dass sich einer der Hunde aus dem Spiel entfernt hatte und mit hoher Geschwindigkeit auf mich zukam. Ich verfiel in Schockstarre, denn ich konnte bereits das Weiße in seinen Augen erkennen. Die Zunge hing seitlich aus dem Maul. Ich sah noch die gesund wirkenden weißen Zähne, da sprang er mich aus dem Anlauf heraus an und ich lag unter diesem Monster mit Zähnen, die einer Zahnputzwerbung alle Ehre gemacht hätten. Der Wind trug die Rufe seines Herrchens zu mir, aber ich zog es vor, mich lieber nicht zu bewegen. In einem Flensburger Innenhof hatte ich vor Kurzem erst ein Warnschild vor Hunden gesehen.

Wenn der Hund kommt, bitte flach auf den Boden legen und warten, bis Hilfe kommt. Kommt keine: beten.

Ich hob den Kopf, um meine Position zu prüfen. Flach lag ich, also betete ich, dass Hilfe im Anmarsch war. Das Vaterunser war mir irgendwie entfallen, aber ich sprach leise alles aus, was sich auch nur ansatzweise nach einem Gebet anhörte.

»Glocke! Aus! Pfui! Verdammter Bastard«, rief eine dunkle Stimme in meine Richtung. Aha, meine Gebete wurden erhört. Glocke verharrte jedoch auf mir und wollte mich mit seinem übelriechenden Atem in die Bewusstlosigkeit begleiten. Tatsächlich wurde mir schwindlig und speiübel. Ob ich mich ernsthaft verletzt hatte?

»Mach, dass du da runterkommst. Ich bringe dich zum Abdecker, ich schwöre!« Der Mann schien außer sich. Ob vor Sorge um mich oder weil sein Hund in den Himmel befördert werden musste, war nicht klar. Noch war ich ja am Leben. Ich fand, die Strafe musste entsprechend nicht so hart ausfallen.

Er zog Glocke von meinem Körper herunter. Dabei krallte der Hund seine Pfoten in meine Jacke. Ein leises Ratschen sorgte dafür, dass ich mich gedanklich schon von meiner neuen Jacke verabschiedete.

Ich rührte mich immer noch nicht. Zur Sicherheit schloss ich die Augen. Ich riss sie erst auf, als das nächste Schwergewicht auf mir lag und die Luft aus meinen Lungen presste. Es kam mir so vor, als ob er jeden Moment mit der Mund zu Mund Beatmung beginnen wollte.

Der Mann musterte mich besorgt aus hellblauen Augen. Ich erkannte schwarze Sprenkel in seiner Iris. Der kurze Spitzbart kitzelte an meinem Kinn. Die Stupsnase verlieh ihm etwas Kindliches. Wenn ich nicht in dieser grotesken Situation gewesen wäre, hätte er sogar meinen Mutterinstinkt wecken können. Er roch leicht nach Tabak und Meer.

Als er sah, dass ich nicht tot war, lächelte er mich mit den Augen an. Sein voller Mund blieb ernst und verzog sich nicht. Lediglich die linke Augenbraue schnellte hoch.

Ich versuchte, Luft in meine Lungen zu bekommen, und zischte erbost: »Gehen Sie von mir runter, sonst passiert was.«

Er blieb für den Bruchteil einer Sekunde, wo er war, dann rappelte er sich auf. »Entschuldigen Sie bitte. Ich bin untröstlich, was da eben passiert ist. Sie müssen verstehen, dass sind nicht meine Hunde. Sie gehören einem Freund, der gestern einen über den Durst getrunken hat.

Wenn die beiden Kraftprotze nicht ihren Auslauf bekommen, sind sie nicht in der Wohnung zu halten.«

Ich richtete mich etwas auf und stützte meine Ellbogen im Sand ab. »Das sind sie hier offensichtlich auch nicht. Meine Jacke ist ruiniert, wer zahlt das jetzt?«

Der Mann saß neben mir im Sand und kratzte seinen Bart. »Ich glaube, mein Freund ist versichert. Bitte lass dich von mir nach Hause fahren. Mein Auto steht drüben auf dem Parkplatz.« Er wies in die Richtung, aus der ich gekommen war.

Ich warf einen Blick auf die Hundemeute. »Ich steige nicht mit diesen Ungeheuern in ein Auto.«

»Die kann ich leider nicht hier zurücklassen. Das wäre verantwortungslos.«

»Das glaube ich gern«, fluchte ich und rappelte mich auf. Fassungslos starrte ich den Typ an, als er anfing, meine Kleidung abzuklopfen und vom Sand zu befreien. Ungeniert streifte er meinen Po. Von meinen Brüsten ganz zu schweigen.

»Lassen Sie das gefälligst«, fauchte ich ihn an und schlug seine Hände weg.

Glockes tierischer Freund fühlte sich offensichtlich auf den Plan gerufen. Er wirkte weniger freundlich als sein Kumpel, setzte sich neben sein Leihherrchen und ließ mich nicht aus den Augen. Ich konnte mich des Gefühls nicht erwehren, dass die beiden mich für einen Weihnachtsbraten hielten. Das hatte ich dann doch nicht gemeint, als ich gesagt hatte, dass mir das Fest gestohlen bleiben könne.

»Bitte gehen Sie endlich und vergessen Sie Ihre Hunde nicht«, presste ich tonlos hervor.

Der Mann sah mich unglücklich an. »Ich lasse dich ungern hier zurück. Oder bist du mit dem Auto da?«

Ich schloss genervt die Augen, bevor ich ihm antwortete. »Ich wohne nicht weit von hier und komme sicher klar.«

»Die Hunde werden übrigens im Kofferraum untergebracht, zusätzlich befindet sich eine Box darin. Also kommen sie dir nicht zu nahe.«

Mir platzte fast der Kragen, was bildete der Typ sich ein? Warum ließ er mich nicht endlich in Frieden meinen Weg zurückgehen?

Mein Blick schien ihn zu überzeugen, denn er hob beschwichtigend die Hände. »Schon gut, ich verschwinde. Aber wenn du doch noch Ansprüche stellen willst, wegen der Jacke ... Ich habe in Westerland eine kleine Kneipe. Dort findest du mich. Friesengewitter heißt sie.« Er griff die Hunde an den Halsbändern und trottete davon.

Fassungslos sah ich ihm nach. Friesengewitter? Das hatte mir gerade noch gefehlt.

Als hätte der Wettergott mich gehört, spürte ich einen nassen Tropfen auf meinem Gesicht. Besorgt richtete ich meinen Blick zum Himmel. Bedrohlich dunkle Wolken zogen über meinen Kopf hinweg. Reflexartig zog ich den Kopf ein, als sich die nächsten Tropfen aus der Wolke lösten. Jetzt hieß es die Beine in die Hand nehmen und schnellstmöglich zur Pension zurücklaufen. Sonst kam ich womöglich tatsächlich in ein Friesengewitter.

Die Vorderseite meiner Jacke hing in Fetzen an mir herab. Ich drehte mich in Richtung Meer. Wenn es doch wenigstens meine Trauer um Sven mit hinausgeschafft hätte, aber auch die blieb nachhaltig in meinem Inneren verankert.

Meine Wut war verraucht und ich bewegte mich auf die Düne zu, aus deren Richtung ich gekommen war und hinter der der Hundesitter mit seinen Tieren auf Nimmerwiedersehen verschwunden war. Der aufkommende Sturm zerrte an meiner Jacke und ich hatte Mühe, dagegen anzukämpfen. Als ich dann außer Atem den Parkplatz erreichte, öffnete der Himmel über mir seine Schleusen.

Es würde ein langer, anstrengender Rückweg werden, so viel stand fest. Von Weitem sah ich einen Geländewagen mit hoher Geschwindigkeit durch sämtliche Schlaglöcher auf mich zurasen. Ich achtete nicht weiter darauf und marschierte unbeirrt weiter. Erst als das Fahrzeug langsam neben mir fuhr, blieb ich stehen. In sah unmittelbar in die blauen Augen, die mich vorhin aus nächster Nähe angelächelt hatten.

Der Mann hatte das Seitenfenster nur ein kleines Stück heruntergelassen und blinzelte gegen den Regen an. »Sei nicht albern, steig schon ein«, rief er gegen den Wind.

Ich stand da wie ein begossener Pudel und wusste nicht, was ich tun sollte. Ich fror, hatte Hunger und war einem Nervenzusammenbruch nahe. Meine Jacke bot mir vorne nur wenig Schutz vor der Nässe. Eigentlich lag die Antwort direkt vor meiner Nase, in Form eines Jeeps mit funktionierender Heizung, Popowärmer inklusive. Warum zögerte ich also?

Steifbeinig lief ich um das Auto herum, um die Beifahrertür zu öffnen. Vorher riskierte ich einen Blick in das Innere des Wagens und prüfte, ob die Hunde wirklich nicht in meine Nähe gelangen konnten.

Der Mann grinste mich an. »Du kannst mir vertrauen, die Tiere sind hinten in der Box.«

Ich kletterte auf den Vordersitz und traute mich kaum zu atmen. Es war äußerst unangenehm in den nassen Klamotten. Die Feuchtigkeit drang bis zur Unterwäsche durch.

»Danke«, sagte ich kurz angebunden. Ich vermied es, ihn anzusehen. Auch hier, im Inneren des Jeeps, war die Luft von seinem Duft geschwängert, der gar nicht so übel war.

Er legte den ersten Gang ein und gab Gas. Ich starrte wie hypnotisiert auf seine Hände. Er trug keinen Schmuck, aber der hätte auch nicht zu seinem Typ gepasst.

Er beschleunigte und die Pferdestärken drückten mich in den Sitz. Mein Blick war immer noch auf seine Hände gerichtet. Sie wirkten so stark, aber auch sanft. Ich schloss die Augen und beschimpfte mich innerlich als dusselige Kuh.

»Rick ist mein Name, Rick Richardson.«

Erstaunt starrte ich ihn an. »Du kommst nicht von hier, oder?«

Rick grinste. »Doch, ich bin ein gebürtiger Sylter und kann es mir sogar erlauben, hier zu leben. Die meisten Insulaner müssen auf das Festland übersiedeln, weil es hier keinen bezahlbaren Wohnraum gibt.«

Neugierig sah ich zu ihm rüber. Er sah nicht aus, als ob er den oberen Zehntausend entsprungen wäre. Aber das ging mich nichts an. Ich freute mich auf mein warmes Zimmer, doch meine Höflichkeit ließ es nicht zu, ihn über meinen Namen im Unklaren zu lassen. »Semra Sievers«, sagte ich kühl.

Rick warf mir einen fragenden Blick zu. Ich fiel meistens mit meinem türkischen Vornamen und dem nordischen Nachnamen auf. Ich war es gewohnt und klärte ihn ungefragt auf. »Die Hochzeitsreise meiner Eltern ging damals in die Türkei.« Ich zuckte mit den Schultern.

Rick lächelte mich bewundernd an. »Muss schön gewesen sein ... die Hochzeitsreise.«

Ich verkrampfte mich. »Kann ich nicht beurteilen. Da vorn kannst du mich rauslassen.«

Das kleine Stück zur Pension wollte ich laufen. Nass war ich sowieso und ich würde einen Teufel tun, ihm zu zeigen, wo ich wohnte. Als Rick anhielt, hatte ich auch schon den Türgriff in der Hand. Mit einem Klack öffnete sich die Tür und ich sprang trotz des Regens ins Freie.

Rick beugte sich über den Beifahrersitz. »Melde dich wegen der Jacke, ich kümmere mich drum.«

Ich nickte kurz und rannte los. Der Wind war stärker geworden, er kühlte meinen Körper auf Eisfach-Temperaturen. Im Laufen hob ich noch mal die Hand zum Gruß und zuckte heftig zusammen, als Rick mit der Hupe antwortete.

Erleichtert betrat ich den Flur der Pension. Sofort schlug mir wohltuende Wärme entgegen und aus der Küche drang ein himmlischer Duft von gebackenen Keksen. Mir lief das Wasser im Mund zusammen, obwohl dieses Backwerk verdammt nach Weihnachten roch und ich eigentlich nichts davon wissen wollte.

Tilda streckte ihren Kopf zur Küchentür hinaus. Ihr Lächeln erstarb, als sie mich sah.

»Was ist denn mit dir passiert?« Eilig kam sie auf mich zu und zerrte an meiner feuchten Kleidung. »Du musst sofort raus aus den nassen Klamotten«, befahl sie. Sie wirkte, als wollte sie mich mitten im Flur ausziehen, deshalb wich ich zurück.

Bevor sie fortfahren konnte, lief ich schnell die Treppe hinauf, um in mein Zimmer zu gelangen. »Danke, Tilda, aber ich erledige das lieber oben«, rief ich ihr zu, bevor ich in mein Zimmer verschwand.

Da hörte ich Tilda rufen: »Willst du gleich einen Tee mit mir trinken? Die Plätzchen sind fast fertig!«

Ich verharrte im Türrahmen meines Zimmers und überlegte kurz. Warum nicht? »Gerne, ich lege mich nur schnell trocken.«

Ich kicherte, dann zerrte ich mir die Kleider vom Leib. Ein heißer Tee würde mir guttun. Plötzlich freute ich mich auf den Plausch mit Tilda. Ich rubbelte meine Haare mit einem Handtuch trocken, dann schlüpfte ich in eine Jeans und einen dicken Pulli. Endlich fühlte ich mich besser.

Ricks Gesicht tauchte urplötzlich vor meinem inneren Auge auf. Er strahlte mich frech an. Er war nicht gerade einem Modemagazin entsprungen, aber wenn ich ehrlich war, hatte er einen ganz besonderen Charme, der mir erst jetzt bewusstwurde. Vielleicht besuchte ich ihn tatsächlich mal in seiner Kneipe. Ich hatte schon wieder vergessen, wie der Laden hieß.

Ich schüttelte mich, als ich an den Hund dachte, der auf mir gelegen und mich in Angst und Schrecken versetzt hatte. Im Nachhinein war Glocke ein Gemütshund, was ich von seinem Kumpel nicht behaupten konnte. Ich hatte keine Erfahrung mit Hunden, aber mein Eindruck täuschte mich selten. Daher war ich lieber skeptisch.

Als ich die Küche betrat, lächelte Tilda mir freundlich entgegen. »Schön, dass wir einen Tee zusammen trinken«, meinte sie herzlich.

Sie bot mir einen Platz an dem Kaminofen an, der leise vor sich hin knisterte. Die angenehme Wärme des Ofens gab mir ein Gefühl des Willkommenseins. Mein Körper dankte mir die Wärme und entspannte sich von Minute zu Minute.

Tilda sah mich prüfend an. »Sag mal, warum ist deine Jacke kaputt? Hattest du einen Unfall?«

»Na ja. Ich hatte ein Zusammentreffen mit einem schwarzen Hund, der glaubte, mich niederstrecken zu müssen«, antwortete ich und spürte den Ärger erneut in mir aufsteigen.

Tilda grinste. »Hieß der Hund zufällig Glocke?«

Ich riss erstaunt die Augen auf. »Ja, du kennst ihn? Ist er immer so unberechenbar?« Ich wollte auf ein erneutes Treffen gefasst sein und lieber vorher wissen, was auf mich zukam.

Tilda schüttelte energisch den Kopf. »Glocke ist ein total lieber Kerl, genau wie sein Herrchen. Ich kenne ihn schon sehr lange.«

Lieber Kerl? Den Eindruck hatte er bei mir nicht hinterlassen.

Tilda kniff die Augen zusammen und musterte mich. »Dir ging es nicht so gut, oder?«

Ich verstand nicht, was das damit zu tun hatte, und sah Tilda mit gekrauster Stirn an.

»Er wollte dich beschützen. Glocke spürt sofort, wenn es einem Menschen nicht gut geht. Dann hat er die Eigenart, sich auf ihn draufzulegen und Trost zu spenden.

»Auf mir drauf hat er gelegen, aber ich fühlte mich alles andere als getröstet«, brummte ich.

Tilda lachte herzlich. »Du hattest Angst?«

Ich nickte.

»Du musst dir wegen Glocke keine Gedanken machen, er ist so harmlos wie eine Schildkröte.«

»Nur schwerer«, meinte ich tonlos.

Tilda goss Tee in die Tassen, der nach Honig duftete. Die Kekse auf dem Teller zogen meinen Blick magisch an.

»Greif zu«, forderte Tilda mich auf und schob mir den Teller hin. Gierig griff ich danach und knabberte einen leckeren Keks.

»Ich bewundere dich, dass du für so etwas noch Zeit findest«, murmelte ich mit vollem Mund.

Tilda winkte ab. »Ach, das mache ich nebenbei. Wir wollen schließlich auch leben.« Sie steckte sich einen Keks in den Mund und nickte wohlwollend. »Sind ganz gut gelungen«, lobte sie sich selbst.

»Wirklich lecker, ich nehme mir noch einen, wenn ich darf.« Ich wartete keine Antwort ab, sondern griff hungrig zu.

»Freut mich, wenn es dir schmeckt.« Tilda beäugte mich neugierig.

»Du musst dir deine Jacke aber ersetzen lassen. Die ist ja völlig im Eimer.«

Ich seufzte. »Mal sehen. Ich habe eigentlich keine große Lust, den Typen wiederzutreffen. Er sagte mir, dass die Hunde einem Freund gehören würden.«

»Ach, dann bist du auf Rick getroffen. Er ist ein knuffiger Typ. Immer freundlich und gut gelaunt. Hatte er beide Hunde dabei?«

Ich schluckte. Der zweite Hund hatte mir weit mehr Angst gemacht, obwohl er mich nur angestarrte hatte. »Ja, der andere war mir so richtig unheimlich.«

»Rufus ist harmlos, er beeindruckt lediglich mit seiner Ruhe.«

»Rufus«, stieß ich hervor. »Der war mir nicht geheuer.« Zögernd nahm ich mir einen weiteren Keks und stopfte ihn in den Mund.

»Besuche Rick doch einfach mal im Friesengewitter. So wie ich ihn kenne, hat er den Vorfall längst der Versicherung gemeldet.«

»Ich habe ihn ziemlich angezickt. Ich glaube, er legt keinen gesteigerten Wert auf meinen Besuch.«

Tilda prustete los. »Rick steht auf Zicken. Den wirst du nicht so schnell los«, prophezeite sie.

»Du kennst ihn gut?«

»Sehr gut, sagte ich doch schon. Bitte, sei ihm nicht mehr böse. Ich denke, er macht sich schon genug Vorwürfe.«

Ich sah Tilda verdutzt an. Sie verteidigte Rick, als ob sie mehr als nur Freundschaft mit ihm verband.

Offenbar bemerkte sie das Fragezeichen auf meiner Stirn. »Ich gestehe, er ist mein Bruder.«

Ich zuckte zusammen. Hatte ich mich zu weit aus dem Fenster gelehnt? Ich überprüfte in Gedanken meine Worte und kam zu dem Schluss, dass ich nichts Schlimmes gesagt hatte.

»Ach so«, erwiderte ich trotzdem beschämt und entschuldigte mich vorsichtshalber. »Ich werde morgen mal in der Einkaufsstraße nach einer Jacke Ausschau halten. Mit meiner kann ich mich nicht mehr vor die Tür trauen.«

»Richtig, und danach gehst du zu Rick. Der wird sich sicher freuen, wenn du ihm verzeihst.« Tilda atmete erleichtert auf.

Ich sah zur Küchenuhr, die über der Tür hing. Tildas Zeit hatte ich nun lange genug beansprucht. Ich bedankte mich für den Tee, verzichtete auf ein Abendbrot und zog mich auf mein Zimmer zurück.

Shoppingmeile Westerland

Es lag gewiss nicht an meinem Bett, dass ich schlecht geschlafen hatte. Die Matratzen waren himmlisch. Aber Sven geisterte in meinen Gedanken herum wie ein Schwarm Bienen. Ich fragte mich zum hundertsten Mal, wie es in unserer Beziehung so weit hatte kommen können. Er war ein halbes Jahr mit der Blonden zusammen gewesen, ohne dass ich es bemerkt hatte. Sven hatte mir stolz ein Foto von seiner Neuen gezeigt. Angewidert hatte ich es mir angeschaut. Sie lächelte in die Kamera. Nichts an ihr schien mir echt, nicht einmal die Haarfarbe. Konnte ich wirklich so blind gewesen sein? Im Bett war schon lange nichts mehr gelaufen, aber musste das etwas bedeuten? Offensichtlich ja.

Draußen fegte ein Sturm um das Haus, dass sich die Balken auf dem Dachboden bogen. Zumindest hörte es sich so an. Ich kroch mit lahmen Gliedern aus den Federn, um zu duschen. Ein Blick aus dem Fenster bestätigte mir, dass es unumgänglich war, mir eine neue Jacke zu kaufen. Ich fröstelte. Mit der dünnen Regenjacke, die ich zusätzlich eingepackt hatte, würde ich nicht weit kommen.

Ich schlüpfte in einen warmen Pulli und zog meine Boots an. So ging ich in den Frühstücksraum. Beim Näherkommen protestierte mein Magen laut, denn ich hatte tatsächlich Hunger.

Der Frühstücksraum war liebevoll eingerichtet und erstrahlte im weihnachtlichen Glanz. Aus einem Lautsprecher tönte Musik, die mich unweigerlich daran erinnerte, dass die Feiertage vor der Tür standen. Ich seufzte. So ganz konnte ich dem Festrummel wohl nicht entgehen. Knusprig frische Brötchen standen auf dem Buffet bereit. Es gab alles, was das Herz begehrte. Vom Rührei bis zur selbst gemachten Marmelade war der Tisch appetitlich gedeckt.

Ich nahm mir einen Teller und stellte mir mein Frühstück zusammen. Ich freute mich auf den ersten Kaffee des Tages, den ich dampfend in eine Tasse goss. Ich beobachtete, wie sich die Kaffeemilch goldgelb mit dem Wachmacher vereinte, und lächelte vor mich hin. Trotz des Sturms würde es ein schöner Tag werden, dessen war ich mir sicher. Ich würde es nicht mehr zulassen, dass Sven sich in meine Gedanken einmischte, und versuchte positiv in den Tag zu gehen. Immerhin hatte ich nur diese wenigen Tage auf Sylt. Trübsinn zu blasen war also nicht hilfreich.

Tilda wirbelte in der Küche herum und pfiff ein Lied vor sich hin. Wenn mich nicht alles täuschte, war auch das ein Weihnachtslied. Langsam füllte sich der Frühstücksraum mit anderen Gästen. Ich nahm mir vor, sie nicht zu beachten. Aber die Rechnung ging nicht auf, denn ein älteres Ehepaar setzte sich zu mir und lächelte mich freundschaftlich an. Ich erwiderte ihren Gruß, beschäftigte mich dann aber voll und ganz mit meiner ersten Mahlzeit des Tages.

»Haben Sie gut geschlafen, meine Liebe?« Die sanfte Stimme der Dame drang zu mir vor.

Ich schluckte meinen Bissen herunter und sah sie verwirrt an. »Danke, ja«, brachte ich hervor. Sie lächelte noch breiter in meine Richtung. Auch der Herr, er verbeugte sich, bevor er Platz nahm, lächelte, als ob es kein Morgen mehr gäbe.

»Meine Frau schläft in fremden Betten nicht so gut, aber das kennen wir schon. In einigen Tagen hat sie sich an das Bett gewöhnt und schläft wie ein Murmeltier noch vor den Nachrichten ein.« Er schmunzelte seiner Frau zu.

»Ich bin Magda Schneider, und das hier ist mein Mann Ludwig«, meinte die Dame und griff nach meiner butterbeschmierten Hand.

»Freut mich«, sagte ich brav. »Semra Sievers, ich komme aus Flensburg.«

Ich hoffte, der Höflichkeit Genüge getan zu haben, und schwieg.

Aus dem Augenwinkel sah ich, wie Herr Schneider für seine Frau ein Brötchen teilte und es auf ihren Teller legte. Frau Schneider tat das Gleiche für ihren Mann. Dabei lächelten sie sich an, als ob sie ihr erstes Date hätten. Diese Geste rührte mich so sehr, dass ich mit den Tränen kämpfen musste. Sah so die wahre Liebe aus? Dann hatte ich sie mit Sven gewiss nicht erlebt.

»Sie müssen wissen, meine Frau und ich sind morgen vierzig Jahre verheiratet. Diese Reise ist sozusagen unsere Hochzeitsreise.«

Ich schluckte trocken. Was für eine lange Zeit. »Oh«, sagte ich verlegen. »Herzlichen Glückwunsch.«

Frau Schneider winkte ab. »Doch erst morgen, vorher zu gratulieren bringt Unglück.« Sie kicherte und gab ihrem Mann einen Schubs. Warum sie ihn schubste, blieb mir ein Rätsel. Aber sicher wussten beide, was gemeint war, denn sie bildeten eine Einheit, die bewundernswert war.

»Und Sie? Sind Sie allein hier oder erwarten Sie noch jemanden?« Herr Schneider wandte sich um, als ob jeden Augenblick jemand den Raum betreten könnte.

Ich schüttelte den Kopf. »Ich bin allein«, krächzte ich.

Herr Schneider beugte sich über den Tisch und sah mir tief in die Augen. »So eine schöne Frau allein auf der Insel der Liebenden?« Er zwinkerte mir aufmunternd zu. »Sie werden nicht lange allein bleiben, an der nächsten Ecke steht einer, der nur auf Sie gewartet hat.« Dieses Mal deutete ich den Knuff, den Herr Schneider sich von seiner Frau einfing, bestimmt richtig, denn ich hätte ihn am liebsten auch gegen das Schienbein getreten. Ich spürte die Röte in mein Gesicht aufsteigen.

»Aber ich glaube nicht, dass ich darauf warte«, sagte ich etwas zu bissig. Ich tupfte mit der Serviette meine Lippen ab und wünschte den beiden einen schönen Tag, bevor ich mich aus dem Frühstücksraum verzog.

Ich sah kurz zu Tilda in die Küche, um ihr einen Guten Morgen zu wünschen. »Ich werde mal die Stadt unsicher machen«, verkündete ich, bevor ich mich auf den Weg machte.

Ich fuhr mit dem Auto nach Westerland und stellte es auf dem Parkplatz der Polizei ab. Dort war es sicher, dachte ich, dann lief ich zur Einkaufsstraße. Der Sturm hatte zugelegt und ich fror in meiner Regenjacke. Ich eilte in das nächstbeste Geschäft, um mich aufzuwärmen. Bei der Gelegenheit hielt ich nach einer Jacke Ausschau.

Das Glück war mit mir, zumindest, was die Jackenfrage anbelangte. Ich fand eine Winterjacke mit ausreichend Taschen und Fächern in meiner Lieblingsfarbe. Sie war hellblau mit dunkelblauen Reißverschlüssen. Auf den Preis sah ich besser nicht. Ich hielt meine Karte hin, gab die Geheimzahl ein und würdigte den Kassenzettel keines Blickes. Erst draußen auf der Straße traute ich mich doch und erstarrte. Mein Budget war weit überschritten. Dennoch fühlte ich mich kuschelig warm angezogen. Ob ich Rick die Rechnung unter die Nase reiben sollte? Wir könnten uns den Betrag schließlich teilen. Damit wäre jedem geholfen.

Ich schlenderte langsam weiter, denn nun konnte der Wind mir nichts mehr anhaben. Dann entdeckte ich eine kleine Eckkneipe und blieb ruckartig stehen. Friesengewitter! Wie ferngesteuert ging ich auf den Eingang zu.

Erfreulicherweise kam keine verhasste Weihnachtsmusik aus den Boxen, sondern mein Lieblingssong von James Blunt. Es war etwas dunkel im Schankraum, aber trotzdem fühlte ich mich sofort wohl. Es duftete nach Kaffee, was bei mir das Verlangen hervorrief, ein zweites Frühstück einzunehmen. Es war niemand da, darum bewegte ich mich weiter in das Innere des Raumes.

»Ich habe noch geschlossen, aber wenn ...« Rick verstummte, als er mich erkannte.

»Entschuldige, das wusste ich nicht«, sagte ich verlegen.

»Semra!« Offensichtlich erfreut über meinen Besuch, eilte Rick auf mich zu. »Wie schön, habe ich dich doch nicht ganz verschreckt.«

»So schreckhaft bin ich nun auch wieder nicht.« Ich sah mich nach den Hunden um.

Offenbar bemerkte Rick meinen Blick und grinste. »Die Hunde gehören mir nicht. Sie sind bei meinem Freund. Du musst dir keine Sorgen machen.«

Ich hielt das für eine gute Gelegenheit, ihm die Rechnung zu zeigen. Zögerlich holte ich sie aus meiner Jackentasche. Er warf einen kurzen Blick darauf und nahm sie mir ab.

»Raik weiß schon Bescheid. Er hat seiner Haftpflichtversicherung den Schaden mitgeteilt.«

»Die war sehr teuer, wir können den Betrag auch teilen«, warf ich ein.

Rick wehrte heftig ab. »Kommt nicht infrage, wir kommen für den Schaden auf. Ich bin froh, dass du gekommen bist, ich hatte ein enorm schlechtes Gewissen.«

»Das hat deine Schwester mir bereits prophezeit.« Erschrocken verstummte ich. Hatte ich ihm gerade verraten, wo ich wohnte?

Rick sah mich verblüfft an. »Ach, sieh mal einer an. Du bist bei Tilda untergekommen?«

Ich nickte, da leugnen ohnehin keinen Zweck hatte.

»Wie lange bleibst du?«

»Bis zum Vierundzwanzigsten, dann fahre ich mit dem ersten Zug aufs Festland.«

»Schade. Dann kannst du nicht an meiner X-Mas-Party teilnehmen. Ich veranstalte jedes Jahr eine Party für Weihnachtsmuffel und einsame Herzen. Es ist immer eine lustige Feier.«

»Hört sich gut an. Du feierst dann nicht mit deiner Familie?«

»Nö. Ich freue mich aber, wenn Tilda und Jon am späteren Abend vorbeischauen und mitfeiern.«

»Verstehe«, meinte ich. »Ich könnte einen Kaffee vertragen, ist er schon fertig?«

Ein Leuchten huschte über sein Gesicht. »Klar, setz dich doch. Ich bringe dir einen.« Wenige Augenblicke später erschien er mit einer Kanne Kaffee und belegten Broten. »Ich habe noch nicht gefrühstückt. Hast du was dagegen, wenn ich mich zu dir setze?«

Ich starrte die Brote an. Wenn er sie mit mir teilen wollte, hatte ich überhaupt nichts dagegen. Die Seeluft machte mich immer hungrig. Fraglich war nur, ob die aufgenommenen Kalorien auch rechtzeitig verbrannt würden, bevor sie sich auf die Hüften legten. Rick setzte sich auf einen Stuhl und reichte mir die Platte mit den Köstlichkeiten.

»Du bist mir nicht mehr böse?«, fragte er besorgt.

Was für eine Frage! Ich fand die ganze Sache mit den Monsterhunden nicht gerade prickelnd. »Na ja, ich verstehe nicht ganz, wie man Hunde frei herumlaufen lassen kann, ohne sie in der Hand zu haben.«

»Ich weiß, du hast einen riesen Schreck bekommen und es tut mir unendlich leid.« Zerknirscht sah er mich an.

»Aber ich kann mich über eine neue Jacke freuen«, rutschte es mir heraus. Ich spürte, dass ich rot wurde.

»Am besten kommst du morgen noch mal vorbei, dann hat mein Freund das Geld gebracht. Dann musst du nicht auf die Versicherung warten.«

»Ich soll dem Geld hinterherlaufen?«, fragte ich etwas zu direkt und bereute es sofort.

»Ich bringe es dir auch gerne zu meiner Schwester, wenn es dir lieber ist.« Ricks Stimme wirkte alles andere als verständnisvoll.

»Schon gut, ich komme morgen wieder vorbei.« Ich sprang auf, um zu gehen. Seine Nähe machte mich unsicher.

Fluchtartig verließ ich die Kneipe. Erstaunt stellte ich fest, dass es angefangen hatte zu schneien. Ich zog die Kapuze über den Kopf und sah in den Himmel. Es braute sich eine dicke Wolkenwand zusammen, die nichts Gutes bedeuten konnte. Zusätzlich frischte der Wind heftig auf.

Ich entschied mich, trotzdem zum Strand zu gehen, der sich am Ende der Einkaufsstraße befand. Hier wehte der Wind so stürmisch, als wäre er wütend auf mich. Ich stemmte mich gegen die Wucht des Windes und ließ mich nicht von meinem Vorhaben, den Strand zu erobern, abhalten. Nur wenige Menschen waren bereit, es mit dem Sturm aufzunehmen. Der Strand wirkte beinahe menschenleer.

Es zog mich zur Wassergrenze, dorthin, wo die Wellen den Strand mit Getöse einnahmen. Meine Lungen schmerzten vor Anstrengung, trotzdem genoss ich die kalte Meeresbrise, die meinen Kopf freipustete. Meine Jacke hielt, was die Verkäuferin mir versprochen hatte. Sie ließ weder Feuchtigkeit noch Wind durch. Mein Gesicht prickelte. Die kalte Luft mit dem Sandgemisch war besser als jedes Peeling.

Ich steckte die Hände tiefer in die Jackentaschen und stemmte mich gegen den Sturm. Diese wahnsinnigen Naturgewalten beeindruckten mich zutiefst. Ich war nie zuvor in den Wintermonaten auf Sylt gewesen. Im Sommer wurde man hier mit leichter Brise und warmer Sonne verwöhnt. Die Wintertage waren ein besonders aufregendes Erlebnis mit einem Hauch Abenteuer.

Nach einer Stunde strammen Gehens wirkte die Einkaufsstraße mit ihren Geschäften fast wie eine warme Zuflucht, denn ich spürte meine Hände kaum noch. Ich entschied mich, in ein Café zu gehen. Ich hatte Lust auf ein großes Stück Kuchen.

»Semra!«

Aus der Ferne hörte ich jemanden meinen Namen rufen. Verwirrt sah ich mich um. Ich erkannte niemanden. Wer sollte mich hier auch rufen? Ich kannte doch kaum einen Menschen auf der Insel. Als ich von hinten angestupst wurde, zuckte ich erschrocken zusammen. Ich drehte mich empört um und sah in Ricks leuchtende Augen.

»Du siehst durchgefroren aus, willst du dich bei mir aufwärmen? Ich habe frische Waffeln im Angebot, dazu heiße Kirschen und Schlagsahne.« Rick hatte die Worte kaum ausgesprochen, da hatte ich auch schon das Gefühl, die Waffeln zu riechen.

Benommen nickte ich und folgte ihm in die Kneipe, die eigentlich gar keine war, denn im Moment glich sie mit ihrem Duft eher einer Backstube. Inzwischen waren viele Gäste anwesend, die leise plauderten und sich über das Kuchenbuffet hermachten. Rick führte mich in eine Nische, in der sich ein runder Tisch mit einer Eckbank und gemütlichen Kissen befand. Ich rutschte in die Ecke. So konnte ich das Treiben der anderen Gäste beobachten, ohne selbst aufzufallen.

Eine junge Frau wirbelte um die Tische herum, um die Gäste zu versorgen. Rick zögerte nicht, mir auf die Pelle zu rücken, indem er sich ebenfalls auf die Bank schob. Musste er nicht arbeiten? Die Hütte war voll. Die junge Frau konnte die Arbeit unmöglich alleine schaffen.

Offenbar konnte Rick meine Gedanken lesen. »Suse bessert sich bei mir das Taschengeld auf. Sie teilt sich die Stelle mit einer Freundin, die in der Küche die Oberhand hat. Beide protestieren lautstark, wenn ich ihnen die Arbeit wegnehme.« Rick lachte und warf einen Blick auf Suse, deren Wangen glühten.

»Du hast eine gemütliche Kneipe. Ich kann mir gut vorstellen, dass die Gäste gerne wiederkommen.«

»Stimmt, ich kann es selbst nicht richtig glauben, aber ich habe gute Stammgäste, die nicht nur aus Urlaubern bestehen. Gerade in den Wintermonaten ist das überlebenswichtig in der Gastronomie.« Rick sagte das nicht ohne Stolz in der Stimme. Ich verstand ihn nur zu gut, denn mit meiner Schneiderei erging es mir ebenso.

Suse servierte die duftenden Waffeln und starken Kaffee. Die Waffeln waren unwiderstehlich lecker. Ich machte mir ein wenig Sorgen um meine Figur. Wenn es so weiterging, hatte ich bis Weihnachten mein Hüftgold verdoppelt. Was für die anstehende Silvesterparty hinderlich wäre, denn ich hatte nicht vor, mich neu einzukleiden. Das kleine Schwarze musste passen! Nur nicht daran denken, schließlich hatte ich Urlaub. Noch dazu Urlaub von Sven auf Lebenszeit.

Rick freute sich über meinen Appetit, sah aber offenbar sofort den Stimmungswechsel in meinen Augen, als ich an Sven dachte. Er legte seine Hand auf meine.

»Was ist los? Geht es dir nicht gut?«

Mit einem Ruck zog ich meine Hand weg, die sich nun anfühlte, als würde sie brennen. Reflexartig rieb ich mit der anderen Hand darüber. Rick sah mir belustigt dabei zu. Warum war ich nur der Einladung gefolgt? Ich hätte besser ein anderes Café wählen sollen.

»Warum grinst du so?«, fragte ich ärgerlich.

»Ich grinse nicht. Ich freue mich, dich zu sehen.«

Rick entschuldigte sich für einen Moment, denn er wurde in der Küche gebraucht. Mir schien dies die passende Gelegenheit, um mich zu verdrücken. Dennoch blieb ich sitzen, denn ich spürte meine müden Glieder. Der Spaziergang hatte mich an meine Grenzen gebracht. Ich nahm einen Schluck Kaffee, der mich von innen wärmte, aber keine Wirkung gegen meine Müdigkeit zeigte. Meine Augen fielen bleiern immer wieder zu. Nur ein bisschen entspannen, dann würde ich gehen. Ich lehnte mich gegen die Kissen.

Mit einem Mal war die Geräuschkulisse der Kneipe abgeklungen. Wie ein leises Flüstern kam sie mir vor, bis sie völlig verstummte. Waren denn alle Gäste gegangen? Ich machte mir keine weiteren Gedanken darüber.

Langsam wurde es wieder lauter um mich herum. Ich schlug die Augen auf. Hatte ich etwa geschlafen? Ich tastete meinen Körper ab, der in eine kuschelige Decke gehüllt war. Die Beine waren hochgelegt und das Kissen unter meinem Kopf drückte im Nacken. Vorsichtig rappelte ich mich hoch. Ich sah in die Runde und entdeckte Gesichter, die vorhin noch nicht da gewesen waren.

Ich war tatsächlich eingeschlafen. Wie peinlich! Oh Gott, wenn ich das meiner Freundin erzählte.

Ich fiel zurück auf das Kissen und rieb meine Augen. Plötzlich spürte ich, wie eine Zunge über mein Gesicht fuhr. Erstarrt blieb ich liegen. Ein unangenehmer, aber bekannter Mundgeruch quälte meinen Geruchssinn. Das war doch nicht …?

Glocke! Er klopfte mit der Rute gegen das Tischbein, dabei intensivierte er seine Liebesbeweise. Ich wusste inzwischen von Tilda, dass Glocke harmlos war. Er liebte es, seine Zuneigung kundzutun. Trotzdem hielt ich es für besser, mich nicht zu bewegen. Ich legte die Armbeuge schützend über mein Gesicht.

»Glocke! Hör sofort damit auf.«

Die Stimme kannte ich nicht, aber Glocke gehorchte und ich ging davon aus, dass es sein eigentlicher Besitzer war. Ich setzte mich auf und sah in ein Augenpaar, welches dem von Rick sehr ähnelte.

»Moin, ich bin Raik, ein Freund von Rick und der Besitzer dieser Rasselbande.« Er deutete mit der Hand durch die Luft, um die Hunde vorzuführen.

Ich schluckte trocken. War Rufus etwa auch dabei? Vor dem fürchtete ich mich immer noch. Wie aufs Stichwort schob er seinen dicken Kopf unter dem Tisch hervor und sah mich neugierig an. Ich zog die Decke fester um meinen Körper, als ob sie mich schützen könnte.

»Semra«, sagte ich kurz angebunden und ließ die Hunde nicht aus den Augen.

Raik, der meine Unsicherheit bemerkte, rief die beiden Tiere zurück. Brav lagen sie nun zu seinen Füßen. Raik hatten einen Lockenkopf, von dem so manche Frau nur träumen konnte. Die blonden Haare wirkten, als ob sie in einen Orkan geraten wären. Er wies die Hunde an, liegen zu bleiben, und setzte sich zu mir.

»Ich habe eben ein Fahrzeug aus Flensburg gesehen, für das sich die Dorfpolizei brennend interessierte.« Er schmunzelte. »Ist das zufällig dein Auto? Ich glaube, es wird bald abgeschleppt.«

Ich riss die Augen auf. Verdammt, damit hatte ich nicht gerechnet.

»Dann muss ich los«, stotterte ich unsicher. Ich warf die Decke zur Seite und zwängte mich aus der Ecke heraus. »Wo ist Rick? Ich muss mich verabschieden.«

»Komm einfach bald wieder, dann ist alles gut. Viel Glück mit deinem Auto.«

Ich ging nach draußen und musste feststellen, dass es schneite. Frau Holle dachte nicht daran, ihre Kissen morgen weiter auszuschütteln. Die Einkaufsstraße war komplett weiß. Ich eilte zum Parkplatz der Ordnungshüter und schickte Gebete gen Himmel, dass mein Auto noch da war. Dass ich es irgendwo freikaufen musste, fehlte mir noch.

Unter einer weißen Schneeschicht erkannte ich mein Auto bereits von Weitem. Ich atmete erleichtert auf. Ich war eben doch ein Glückspilz. Schlagartig dachte ich an Sven. Ich hatte geglaubt, er wäre mein Glück. Ärgerlich wischte ich die Gedanken an ihn fort.

Die nördlichste Fischbude der Welt

Ich befreite mein Auto vom Schnee und hatte dabei das Gefühl, meine eiskalten Hände nicht mehr spüren zu können. Tapfer wischte ich die weiße Pracht vom Dach und von den Fenstern. Zwischendurch schielte ich in Richtung des Polizeireviers, ob mich jemand sehen konnte. Ich hatte nicht die geringste Lust, mir einen Strafzettel einzufangen. Aber wenn sie es darauf anlegten, hatten sie sicher mein Kennzeichen notiert. Ich würde nicht so einfach aus der Sache herauskommen. Lediglich die grünen Reisenden auf dem Bahnhofsplatz schienen mein Tun zu beobachten. Die Statuen sahen aus, als ob sie gegen den Wind kämpften. Der Bildhauer hatte sie in verschiedene Richtungen schauen lassen.

Der Schnee hüllte mich in einen weißen Mantel, in Nullkommanichts sah ich aus wie ein lebendiger Schneemann. Besorgt warf ich einen Blick zur Straße, die inzwischen einer Rutschbahn glich. Die wenigen Autos kamen nur langsam voran und mir graute davor, den Weg nach List zurückzufahren. Ich war zwar eine geübte Autofahrerin, aber bei Glätte verhielt ich mich mädchenhaft. Dennoch hatte ich keine Wahl, ich musste die zehn Kilometer zu meiner Pension auf mich nehmen, wenn ich nicht an Ort und Stelle zur Eisheiligen mutieren wollte.

Endlich hatte ich meinen Wagen freigefegt und ließ mich verfroren auf den Sitz fallen. Für einen Augenblick fürchtete ich, der Motor würde streiken, aber die Sorge war unbegründet. Nach einem kurzen Holpern summte er wie eine Biene. Mit steifen Fingern drehte ich die Heizung höher. Der Popowärmer leistete zusätzlich gute Dienste.

Die Fahrt ging im Schneckentempo voran, aber das war mir egal. Hauptsache war doch, ich kam heil an. Das Schneetreiben behinderte die Sicht, aber die Straßenlaternen und die Weihnachtsbeleuchtung wiesen mir den Weg. Wenigstens war diese Kitschbeleuchtung für etwas gut. Ich versuchte, mich zu entspannen, jedoch gelang es mir nur mäßig, denn ich entdeckte zwei Fahrzeuge, die vor mir quer auf der Fahrbahn standen. Da würde ich definitiv nicht vorbeifahren können. Mir blieb nichts anderes übrig, als noch langsamer zu fahren, damit ich rechtzeitig zum Stehen kam.

Ich sah in die panischen Augen der Autofahrerin, die offensichtlich dieses Chaos verursacht hatte. Sie ruderte wie wild an ihrem Lenkrad, aber die hinteren Räder drehten sich auf der Stelle. Ich seufzte. Wie kam ich jetzt weiter?

Ich sah mich nach einer Nebenstrecke um, verwarf die Idee aber sofort wieder, da mir bewusst war, dass die Straßenverhältnisse dort noch schlechter sein würden. Also wartete ich, bis der Verkehrsknoten sich auflöste. Ich dachte an meine gemütliche Wohnung in Flensburg, an die gut funktionierenden Streufahrzeuge der Stadt und an meine Freundin, die mich von dieser spontanen Reise hatte abhalten wollen. In diesem Augenblick sehnte ich mich nach meinem Zuhause. Trotz der vielen süßen Verführungen, die mir heute vorgesetzt worden waren, beschlich mich ein Hungergefühl nach etwas Deftigem.

Zum Glück trat kurz darauf mein Freund und Helfer, die Westerländer Polizei, auf den Plan. Ich vermutete, dass mein Auto auf dem Polizeiparkplatz doch nicht nach ihrer Aufmerksamkeit verlangt hatte. Zum Glück hatten die Uniformierten Besseres zu tun. Ich atmete erleichtert auf, als die Polizisten der verschreckten Dame auf die richtige Spur halfen. Nach einigen Minuten konnte ich langsam weiterfahren.

Ich bog nicht rechts auf den Weg ab, der mich zur Pension führte, sondern ließ meinen Wagen weiter zum Lister Hafen rollen. Die nördlichste Fischbude der Welt war mein Ziel. Ich fand, dass nur hier in List das Gosch-Restaurant authentisch war. Ich freute mich auf ein Schollenfilet mit buntem Salat.

Nachdem ich das Auto, dieses Mal vorschriftsmäßig, geparkt hatte, lief ich in das Lokal. Wie erwartet waren fast alle Plätze besetzt. Aber irgendwo musste doch noch eine kleine Ecke für mich frei sein? Ich gab erst die Bestellung am Verkaufstresen auf, dann kümmerte ich mich darum, wo ich diese Köstlichkeit verspeisen konnte. Ich versuchte mir einen Überblick über den Raum zu verschaffen. Da hörte ich jemanden meinen Namen rufen.

»Semra, hier bei uns ist noch ein Platz.«

Ich lauschte den Rufen, dann entdeckte ich das Ehepaar Schneider. Beide hielten ihre Hände hoch und winkten mir freudig zu. Na ja, besser als nichts, dachte ich mir und zwängte mich durch die vollen Tischreihen. Das Ehepaar Schneider lächelte mir entgegen. Die beiden lächelten eigentlich ständig. Ich plumpste auf den freien Stuhl.

»Danke schön, dass Sie mich hergewunken haben. Hatten Sie einen schönen Tag?«, fragte ich.

»Er war wie immer einfach wundervoll.« Frau Schneider zwinkerte ihren Mann verliebt an.

»Das freut mich. Sind Sie denn gut durch den Schnee gekommen? Da draußen herrscht ja ein wildes Chaos«, meinte ich.

»Wir kommen zurecht«, sagte Herr Schneider. »Wir haben den Tag hier in List verbracht. Mal bei Gosch, mal in den Geschäften und wieder bei Gosch.« Er lächelte sanft.

»Ja, leider warten wir auf meine Schwägerin. Sie wollte mit dem Autozug kommen, aber wir haben noch nichts von ihr gehört.« Frau Schneider wirkte besorgt.

»Hat sie Ihnen keine Nachricht zukommen lassen?«, fragte ich.

»Liebes Kind, wir haben kein Handy. Wir warten noch wie früher auf die Dinge.« Frau Schneider sah verschämt auf ihre Hände.

»Haben Sie ihre Nummer? Soll ich für Sie anrufen?«

Frau Schneider sah mich erst begeistert an, mit einem Blick auf ihren Mann schüttelte sie dann jedoch den grauen Kopf.

»Nicht nötig, sie wird schon kommen. Schließlich möchten wir zusammen unseren Hochzeitstag feiern.« Herr Schneider nahm liebevoll die Hand seiner Frau.

So viel Glück war beinahe zu viel für mich. Gab es das tatsächlich oder waren die Schneiders eine Ausnahme? Ich rechnete nach. Selbst wenn ich eine neue Partnerschaft eingehen würde, könnte ich die vierzig Jahre Ehe wohl nur schwer erreichen. So etwas gab es meiner Meinung nach selten.

Eine laute Glocke ertönte und die Nummer meines Menüs wurde aufgerufen. Ruckartig stand ich auf und ging zur Ausgabe. Es stellte sich als kleine Herausforderung dar, mit dem gefüllten Teller zurück an meinen Tisch zu gelangen, aber es ging alles glatt. Gierig machte ich mich über mein Essen her.

»Soll ich Sie mit dem Auto zurück zur Pension nehmen? Es macht keine Umstände.«

Das Ehepaar bedankte sich überschwänglich, aber zog es vor, zu Fuß zu gehen. Ob sie überhaupt wussten, was da draußen los war? In ihrer offensichtlichen Glückseligkeit hatten die beiden nur Augen für sich.

»Sie können es sich ja noch überlegen«, meinte ich freundlich.

Herr Schneider sah suchend über den Tisch. »Sie haben ja nichts zu trinken, darf ich Ihnen etwas holen? Der Fisch muss schließlich schwimmen.« Er schmunzelte.

Ich war mit der Logistik des Lokals überfordert gewesen und hatte darauf verzichtet, mich für ein Getränk am Tresen anzustellen. Aber jetzt nahm ich das Angebot von Herrn Schneider gerne an. Ich kramte mein Geld vor.

»Ich lade Sie gerne ein, Semra. Es ist mir eine Freude.« Eilig erhob der Rentner sich und verschwand unter den Gästen, die am Tresen ihre Bestellungen aufgaben.

»Wann müssen Sie denn wieder heim?«, erkundigte sich Frau Schneider.

»Sagte ich es nicht bereits? Ich fahre Heiligabend mit dem ersten Zug.«

Frau Schneider winkte ab. »Ach ja, richtig, ich hatte es vergessen. Schade eigentlich, wir hätten so gut zusammengepasst. Unter dem Weihnachtsbaum der Pension.« Frau Schneider bekam einen verträumten Blick. »Wissen Sie, Semra, wir haben keine Kinder, doch an solchen Tagen fehlen sie uns sehr. Das Fest der Liebe. Der Liebe zu den Kindern.« Frau Schneider seufzte schwer. Ihr wehmütiger Blick schweifte durch die Räumlichkeiten des Restaurants. »Mein Mann weiß nichts von meiner Sehnsucht nach eigenen Kindern. Muss er auch nicht, der Zug ist schon lange abgefahren.«

Instinktiv griff ich nach ihrer Hand. »Sie wären sicher fantastische Eltern geworden«, sagte ich sanft und sah in ihre schimmernden Augen.

Schnell wischte sie die Tränen fort. »Lassen Sie meinen Mann nur nicht die Tränen sehen, der holt sofort einen Notarzt.« Frau Schneider schmunzelte mich schüchtern an.

»Keine Sorge, ich verrate Sie nicht.« Zur Bestätigung drückte ich die faltige, zarte Hand. In diesem Moment erschien Herr Schneider mit einer großen Apfelschorle, die ich dankbar entgegennahm.

»Wusste ich doch, dass Sie durstig sind«, sagte er liebevoll. Dann setzte er sich wieder neben seine Frau. Er gab ihr einen Kuss, als ob er stundenlang fort gewesen wäre.

Beide trugen einen schmalen goldenen Ring. Ihre Hände klammerten sich ineinander und ich war gerührt von ihrer gegenseitigen Liebe. Ich musste aufpassen, dass mir nicht die Tränen kamen. Deshalb konzentrierte ich mich lieber auf meine Scholle und starrte auf den Teller.

Das Ehepaar Schneider schwieg. Als ob ein Schalter umgelegt worden wäre, sinnierten sie Schläfe an Schläfe. Dabei hielten sie sich an den Händen und lauschten der Seemannsmusik, die leise aus den Lautsprechern drang. Ich störte sie dabei nicht, hatte aber Mühe, meinen Blick von ihren abzuwenden. Ich beeilte mich mit dem Essen, um die beiden wieder allein zu lassen.

»Es hat mich sehr gefreut, Sie hier zu treffen, aber ich mache mich nun auf in die Pension. Wollen Sie vielleicht doch mitfahren?« Ich flüsterte die Worte, um die beiden in ihrer Versunkenheit nicht zu erschrecken.

Frau Schneider sah mich verwirrt an. Offenbar war sie tatsächlich mit ihren Gedanken in weiter Ferne gewesen. »Nein, wir bleiben noch ein bisschen, aber vielen Dank. Es war schön mit Ihnen.« Sie nickte mir freundlich zu.

Nachdem ich mich verabschiedet hatte, schob ich mich durch das Gedränge vor die Tür. Es hatte aufgehört zu schneien, aber die Luft war schneidend kalt. Ich atmete tief ein und aus. Die würzige Luft fegte mir den Kopf frei.

Tilda in Not

Ich dachte auf dem Heimweg lange über das ältere Ehepaar nach. Zum ersten Mal fragte ich mich, ob ich vielleicht in meiner Beziehung Fehler gemacht hatte. Doch so sehr ich mir den Kopf zerbrach, ich kam auf keine vernünftige Antwort. Sven hatte nie irgendetwas dergleichen gesagt oder mich spüren lassen, dass wir Probleme hatten. Im Gegenteil, wir hatten zusammen gelacht, uns geliebt und respektiert. Das war zumindest mein Eindruck gewesen. Gut möglich, dass ich etwas übersah. Aber half mir das weiter?

Sven war mit einer blonden Schönheit in den Winterurlaub gefahren. Sie würde mit ihm vor den Flammen des Kamins liegen und sich mit ihm amüsieren. Der Gedanke daran brach mein Herz in tausend Stücke. Das Ehepaar Schneider war so glücklich, ja, verliebt ineinander, dass ich nur neidisch werden konnte. Die Trauer um den unerfüllten Kinderwunsch, die Frau Schneider für sich behielt, weil sie ihren Mann nicht belasten wollte, rührte mich. Ich lächelte, als ich an die Augen des Paares dachte, das stets bemüht war, einander Aufmerksamkeit zu schenken, ohne den anderen einzuengen. Hatte ich Sven eingeengt? Ich überlegte. Dabei versuchte ich ehrlich zu mir zu sein. Dennoch fand ich keine Antwort.

Ich seufzte schwer, als ich die Tür zur Pension aufstieß. Ein gewohnter Duft von frischen Keksen und Glühwein erreichte meine Nase. Einige Gäste hatten sich im Frühstücksraum versammelt und plauderten über ihre Urlaubserlebnisse.

»Moin, Deern«, schallte es auf den Flur. »Willst du mit uns einen

Glühwein trinken? Das gibt die nötige Bettschwere und wärmen tut er auch mächtig.«

Ein Gast, der mir am Morgen bereits aufgefallen war, rief mir leutselig zu. Er hatte glasige Augen vom Alkohol, der ihn außerdem ins Wanken gebracht hatte. Er stand am Tisch und hielt sich an der Tischkante fest, damit er nicht umfiel.

Ich mochte keine volltrunkenen Männer, die dabei auch noch glaubten, die Helden der Nation darzustellen. Trotzdem lächelte ich freundlich, als ich sagte: »Vielen Dank, aber die nötige Bettschwere habe ich auch so. Ich ziehe mich auf mein Zimmer zurück.«

Ich sah mich nach Tilda um, fand sie aber nirgends. Ich beeilte mich, die Treppe hinaufzukommen. Erleichtert schloss ich mein Zimmer auf. Von unten ertönte lautes Lachen. Offenbar hatten alle gute Laune. Die Tür fiel zu und ich atmete erleichtert auf. Die Wände waren gut isoliert. Nur leise drangen die fröhlichen Stimmen zu mir hinauf. Gegen einen Absacker hätte ich nichts einzuwenden gehabt, aber die lustigen Menschen da unten waren mir zu betrunken.

Ich schaltete den Fernseher an, um vom Bett aus die Bilder des Tages auf mich wirken zu lassen. Der Tagesschausprecher meinte mit ernster Miene, dass es unter Umständen weiße Weihnachten gebe. Ich linste zum Fenster. Ich hatte die Vorhänge noch nicht zugezogen. Im Lichtstrahl der Außenlampe sah ich, dass Schneeflocken leise die Insel bepuderten. Vielleicht hatte der Wetterbericht ja recht? Mir sollte es egal sein. Meine Nichten und Neffen würden allerdings aus dem Häuschen geraten, wenn sie einen Schneemann bauen und ihrer Tante mit der eisigen Pracht das Gesicht waschen könnten.

Am nächsten Morgen ging ich zeitig in den Frühstücksraum und traf dort auf Tilda, die offensichtlich ihren Zorn nicht unter Kontrolle hatte. Erstaunt starrte ich sie an. Ihre Augen waren von Tränen gerötet.

»Diese Idioten«, schimpfte sie verzweifelt.

Ich musste nicht fragen, warum Tilda wütend war. Der Frühstücksraum sah aus, als ob ein Wirbelsturm hindurchgefegt wäre. Speisereste, umgekippte Gläser und aufgeweichte Chips lagen überall verstreut auf den Tischen. Außerdem war der Fußboden übersät mit Knabberresten, die vom Tisch gefallen waren. Ein heilloses Durcheinander. Die Gäste hatten ganze Arbeit geleistet und alles verwüstet.

»Wie soll ich das nur alles schaffen, bevor die ersten ...« Sie brach ab. Denn ich war der erste Gast. Aber mich störte das nicht. Ich versuchte sie zu beruhigen.

»Ich helfe dir, dann ist die Bude ratzfatz wieder sauber.« Ich gab ihr einen freundschaftlichen Stups und begann die Tische abzuräumen. Ich brachte alles in die Küche. Das Geschirr wanderte sofort in die Spülmaschine. »Am besten bleibst du in der Küche und suchst dir eine Ecke, um die Käse- und Wurstplatten anzurichten. Ich kümmere mich um den Frühstücksraum.«

In Windeseile räumte ich weitere Tische ab. Mit einer freien Hand zog ich die verschmutzten Tischdecken herunter, die ich anschließend in den Waschraum beförderte. Nun war es von Vorteil, dass Tilda mir ihr Reich gezeigt hatte. So wusste ich auf Anhieb, wo die nötigen Dinge zu suchen waren.

Tilda zeigte auf den Wäscheschrank. »Dort findest du neue Tischwäsche. Was würde ich nur ohne dich machen?«, jammerte sie, während sie die Wurst aus dem Kühlschrank holte.

Ich winkte lässig ab. »Ach, es macht mir sogar Spaß«, log ich. Tilda ging es schon schlecht genug, da musste ich ihr nicht noch von meinem Hunger erzählen.

Ich zerrte den Staubsauger aus der Abstellkammer, zog ihn hinter mir her und suchte nach der Steckdose, die ich gleich neben dem Lichtschalter des Speisesaals fand. Der Heulbesen leistete gute Arbeit, alles, was er vor die Düse bekam, verschluckte er gnadenlos. Der Schreck fuhr mir in die Glieder, als es einen lauten Klack gab und ich in letzter Sekunde sah, wie ein Ohrring in die unheimlichen Verliese des Staubsaugers verschwand. Beschämt sah ich mich nach Tilda um. Ich ließ den wütenden Sauger einfach stehen, um zu ihr zu eilen und ihr das Problem zu schildern.

»Ich vermisse keinen beziehungsweise trage keine Ohrringe«, antwortete Tilda. »Wenn ihn die feierlaunigen Gäste verloren haben, ist das nicht mein Problem. Die haben mir die gesamten Glühweinvorräte weggesoffen. Das stelle ich denen in Rechnung.«

Tildas Laune hatte sich nicht gebessert. Ich ließ sie stehen und griff mir den Staubsauger wieder, der immer noch wütend brummte. Dann reinigte ich den Flur und stellte das laute Monstrum anschließend zurück in die Abstellkammer.

»Wo soll ich weitermachen?«, fragte ich. Dabei schnappte ich mir eine Scheibe Käse, die sofort in meinen Mund wanderte.

»Ist der Frühstücksraum fertig?«, fragte Tilda ungläubig.

»Fix und fertig«, meinte ich zuversichtlich.

Tilda strahlte mich dankbar an. Ohne Vorwarnung zog sie mich fest in ihre Arme. »Danke, du bist heute meine absolute Rettung«, meinte sie erleichtert.

Ich zeigte auf die Kaffeemaschine, die in den letzten Zügen blubberte. »Darf ich?«

Tilda grinse. »Den hast du dir redlich verdient.«

»Ich hole ihn mir selbst, mach du nur weiter.«

Mit einem Becher in den Händen sah ich Tilda zu, wie sie die Eier ins Wasser gleiten ließ. Bei mir platzte jedes Mal mindestens ein Ei, Tilda hingegen gelang es, die Frühstückseier unversehrt in das kochende Wasser zu bringen. Sie wirkte am frühen Morgen bereits so erschöpft, als ob sie einen Marathonlauf hinter sich hätte. Der Stress um den verschmutzten Speiseraum war ihr anzusehen.

»Ich habe gehört, dass du gestern bei meinem Bruder warst? Er war sehr froh, dass er dir die Jacke ersetzen darf.«

Ich wusste nicht, warum ich rot wurde, aber ich spürte die Hitze in meinem Gesicht. »Ja, es war nett.«

Tilda sah mich fragend an und zog ihre Nase kraus. »Nett? Der kleine Bruder von scheiße?« Sie grinste schief.

»Ähm, nein, wirklich nett«, beteuerte ich. Schließlich war es Tildas Bruder, von dem wir hier sprachen. Ich konnte schlecht etwas Negatives über ihn sagen. Ich musste zugeben, dass ich es ohnehin nicht vorgehabt hatte. »Es schneit nicht mehr, gestern war ja echt was los auf den Straßen«, meinte ich. Dabei waren die Insulaner die weitaus besseren Wetterpropheten. Das Wissen über die Naturgewalten war ihnen mit in die Wiege gelegt worden.

»Na ja, ein bisschen Schnee eben«, meinte Tilda achselzuckend. »Da gibt es Schlimmeres.«

Ich nahm eine der Platten, um sie in den Frühstücksraum zu bringen. Tilda warf mir einen dankbaren Blick zu und folgte mir mit zwei weiteren Platten. Der Bäcker aus Kampen hupte vor der Tür. Er lieferte die frischen Brötchen. Nun würde nichts mehr schiefgehen, die Gäste konnten langsam erwachen. Zum Glück ließen sie sich heute Zeit. Niemand hatte von dem Chaos im Speisezimmer etwas mitbekommen.

Ich reichte Tilda einen Becher Kaffee, den sie jetzt sichtlich benötigte. An den Küchenschrank gelehnt schlürften wir beide den heißen Wachmacher. Ich bemerkte, dass sie mich von der Seite anschielte, und sah ihr ins Gesicht. »Was ist?«

»Wie kommt es, dass du allein hier auf Sylt bist?«

Ich schluckte. »Ist das so ungewöhnlich?«

»Eigentlich nicht, aber du strahlst Trauer aus. Liebeskummer?«

Ich sah zu Boden, weil ich Tilda nicht länger ansehen konnte. War mir das so sehr anzusehen? »Ich bin mir nicht sicher, ob ich darüber reden möchte«, sagte ich stockend.

Tilda sah mich erschrocken an. »Oh, entschuldige, ich wollte dir nicht zu nahe treten. Ich habe mir nur Gedanken gemacht.« Schuldbewusst starrte sie in ihre Tasse.

Ich seufzte. »Schon gut, es ist nett von dir, mich zu fragen«, flüsterte ich. Dann begann ich doch zu erzählen. Dabei rollten die Tränen über meine Wangen. Aber zum ersten Mal spürte ich so etwas wie Erleichterung in meiner Seele. Tildas Aufmerksamkeit tat mir unerwartet gut.

Sie staunte. »Und dann bist du auf blauen Dunst nach Sylt gekommen? Du hattest großes Glück, die Insel ist ausgebucht. Einer meiner

Gäste war früher abgereist. Eigenlicht hatte ich nicht vor, das Zimmer vor Weihnachten noch mal zu vermieten.«

Ich nickte. »Na, dann habe ich eben doch mal Glück im Leben.«

»Mache dein Glück bloß nicht von einem Kerl abhängig. Glück hat noch ganz andere Bedeutungen.«

»Stimmt«, meinte ich versonnen. »Zum Beispiel, dass wir hier stehen und quatschen. Das bedeutet mir sehr viel.«

Tilda lächelte zufrieden. »Dann war es wohl doch richtig, dich auf deinen Kummer anzusprechen?«

»Danke, Tilda«, sagte ich nur. Mein Bauch machte sich lautstark bemerkbar. Langsam verlangte er nach Futter.

Tilda schickte mich lachend in den Frühstücksraum. »Ich habe verstanden. Mach, dass du zum Frühstück kommst.«

Dieser Aufforderung kam ich nur zu gern nach.

Das Ehepaar Schneider erschien kurz darauf Arm in Arm. Sie begrüßten mich überaus gut gelaunt und strahlten um die Wette. Verwundert fragte ich mich, wie die beiden es schafften, mich immer wieder mit ihrer Liebenswürdigkeit in den Bann zu ziehen.

»Sie setzen sich doch wieder zu uns?«, fragte Frau Schneider einladend, als sie einen Tisch gewählt hatte.

»Sehr gerne, wenn ich Sie nicht störe?«

Bevor ich mich setzte, gratulierte ich den beiden herzlich und wünschte ihnen noch viele gute gemeinsame Jahre. Beide nahmen die Glückwünsche überglücklich an. Als ich ihnen gegenübersaß, blickte ich mich prüfend im Raum um. Außer dass es leicht nach Glühwein müffelte, war alles, wie es sein sollte. Herr Schneider teilte mit einem Lächeln auf den Lippen ein Brötchen für seine Frau. Ich fragte mich, ob es ein Rezept für die ewige Liebe gab.

»Auch wir hatten es nicht immer leicht«, sagte Frau Schneider, als ob sie meine Gedanken erraten hätte. »Aber wir haben es immer wieder geschafft. Die Liebe war unser Laufrad für das gemeinsame Leben.«

Ich konnte meine Tränen nicht zurückhalten, so sehr berührten mich die beiden. »Das glaube ich Ihnen gerne. Sie sind für mich das perfekte Paar und ab sofort meine Vorbilder.« Ich war erst wenige Tage auf Sylt, um mich von dem Schock zu erholen. Vielleicht gab es für mich auch bald eine Liebe ohne Kompromisse.

In diesem Augenblick schlurfte der Gast mit der Vorliebe für Glühwein in den Raum. Seinem Gesicht waren die Spuren der vorangegangenen Nacht deutlich anzusehen. Er hatte Mühe, seine Augen offen zu halten. Als er uns entdeckte, wanderte sein Blick zu Boden. Offensichtlich waren ihm die Erinnerungen an die rauschende Nacht unangenehm. Das war meiner Meinung nach auch das Mindeste, was wir von ihm erwarten konnten. Ich hatte die Sauerei schließlich beseitigt. Er konnte von Glück sagen, dass ich es ihm nicht auf die Nase band. Dies war ausschließlich Tilda vorbehalten. Liebend gern würde ich da Mäuschen spielen und diese Standpauke miterleben. Ich ballte die Hände zu Fäusten, da es mir schwerfiel, nicht vorzupreschen.

»Haben Sie sich an Ihrem großen Tag etwas besonders Schönes vorgenommen?«, fragte ich das Ehepaar Schneider, um mich von dem Glühweintrinker abzulenken.

Frau Schneider schob die Unterlippe vor, sie schien zu überlegen. »Jeder Tag ist schön. Aber wir wollen heute eine Schifffahrt machen. Darauf freuen wir uns schon seit Tagen.«

Ich warf einen besorgten Blick aus dem Fenster. Erneut war ein Sturmtief aufgezogen. Ich konnte mir beim besten Willen nicht vorstellen, dass eine Seefahrt unter solchen Bedingungen immer noch lustig war, und sprach das Ehepaar darauf an.

Herr Schneider winkte gut gelaunt ab. »Aber, Semra, das spiegelt doch genau unser Leben wider. Sturm, Flaute und die Fahrt ins Ungewisse. Wir wissen doch nie, wo der Wind uns hinträgt.« Er schmunzelte amüsiert. »Nicht wahr, Magda?« Er tätschelte seiner Frau die Wange, die zustimmend nickte.

»Ich weiß nicht, Herr Schneider, man sollte sein Glück nicht zu sehr herausfordern.« Ratlos sah ich von einem zum anderen.

»Die Reederei wird schon wissen, ob sie ablegen oder besser im Hafen bleiben. Wir vertrauen auf deren Erfahrungen.«

Da musste ich ihm natürlich recht geben. Gleichzeitig hoffte ich, dass das Schiff im Hafen blieb, denn die beiden waren mir irgendwie ans Herz gewachsen. Nicht auszudenken, wenn aus ihrer Schiffsreise eine Seebestattung würde. Ich behielt meine Bedenken dennoch für mich.

Das Frühstück war köstlich. Herr Schneider aß mit ganzem Körpereinsatz. Das Eigelb tropfte ihm vom Kinn. Sicherheitshalber überprüfte ich mein Gesicht, doch dort hatte sich keine Mahlzeit für später platziert. Zum Schluss holte ich mir eine Schale Obstsalat mit Joghurt. Das war eine gute Grundlage für den Tag.

Zwischendurch schielte ich zu dem Gast hinüber, der für das morgendliche Chaos verantwortlich gewesen war. Dabei stellte ich belustigt fest, dass es um seinen Appetit nicht zum Besten stand. Strafe musste eben sein.

»Ist Ihre Schwägerin gestern gut angekommen?«, fragte ich.

»Sie hat den Zug nicht rechtzeitig erreicht, aber sie kommt heute Mittag auf die Insel. Sie hat hier in der Pension angerufen. Wir fanden den Zettel mit der Nachricht in unserem Zimmer.«

Mit einem Handy wäre das bestimmt einfacher gewesen, dachte ich. »Oh, Sie haben sich sicher Sorgen gemacht?«

»Ach was, wir kennen das von ihr. Sie kommt laufend zu spät.« Frau Schneider kicherte.

Ich wünschte dem Ehepaar Schneider einen wunderschönen Tag und verabschiedete mich. Ich hatte mir vorgenommen, die Einkaufsstraße noch einmal unsicher zumachen. Später würde ich mir an der Strandpromenade ein Restaurant suchen, um dort eine Kleinigkeit zu Mittag zu mir zu nehmen und dabei den Blick auf die tosende Nordsee zu genießen.

Unverhofft

Ich forderte mein Glück heraus und parkte erneut auf dem Parkplatz direkt vor der Polizei. Ich war zum Risiko bereit. Einen Strafzettel würde ich schon überleben. Trotzdem beeilte ich mich damit, den vertrauten Platz zu verlassen. Man wusste schließlich nie, ob die Ordnungshüter einen vom Fenster aus sahen und zurückpfiffen.

Erleichtert huschte ich über die Fahrbahn, um in der Friedrichstraße unterzutauchen. Sowohl die Insulaner als auch die Touristen waren deutlich im Weihnachtsstress. Ich konnte mich beruhigt zurücklehnen, denn ich hatte die Geschenke für meine Nichten und Neffen bereits im November gekauft. Für die Erwachsenen gab es einen feuchten Kuss und gute Wünsche. Wir hatten vor einigen Jahren eingeführt, uns gegenseitig keine Geschenke zu machen. Gerade ärgerte mich, dass ich für Sven einen teuren Pullover gekauft hatte, den er jetzt ganz bestimmt nicht mehr von mir bekam. Vielleicht hatte ich Glück und konnte ihn umtauschen.

Ich seufzte. Vor einem Geschäft mit sündhaft teuren Klamotten blieb ich stehen. Sollte ich mal reinschauen? Ich schrak zusammen, als ich mit dunkler Stimme angesprochen wurde.

»Ich fürchte, dafür brauchst du einen teureren Versicherungsfall.«

Empört drehte ich mich um und sah Ricks Augen unverschämt nahe vor meinen. Er blinzelte mir belustigt zu. Ich stemmte die Fäuste in die Hüften. Bevor ich loslegte, holte ich noch mal tief Luft. »Ich glaube, ich kann das noch selbst entscheiden. Oder willst du mir sagen, dass ich meine Jacke bei dir ergaunert habe?« Ich funkelte ihn wütend an.

Rick trat einen Schritt zurück und hob beschwichtigend die Hände. »So habe ich es nicht gemeint.«

»Dann sage es auch nicht so«, donnerte ich ihm entgegen. Dann riss ich mit einem Schwung die Tür zum Geschäft auf und stolperte hinein. Es war schlimm genug, dass ich wegen des Versicherungsbetrages zu ihm in die Kneipe gemusst hatte, auch wenn ich zugeben musste, dass es gestern wirklich nett gewesen war. Aber wurde ich ihn denn nie los? Zu dumm, dass er diesen blöden Spruch losgelassen hatte.

Ich war zu verärgert, um mich auf die Klamotten zu konzentrieren. Deshalb beschloss ich, einfach so zu tun, als ob ich mich schwer entscheiden konnte, und bummelte um die Kleiderständer herum.

Ein Pulli weckte dann doch mein Interesse. Ich zog ihn aus dem Regal hervor. Er fühlte sich unglaublich weich an. Ich hielt ihn mir vor. Sollte ich ihn anprobieren? Zielsicher griff ich zum Preisschild.

Mich traf der Schlag. Dreihundertfünfzig Euro? Für diesen Fummel? Unauffällig legte ich das Teil zurück. Dabei sah ich in die Runde, ob die Verkäuferin einen Angriff auf mich starten würde. Dem war nicht so. Hochnäsig blieb sie in sicherem Abstand stehen. Ihre Augen sahen mich spöttisch an, als ob sie sagen wollte: Falsches Geschäft, Püppi.

Puh, bloß raus hier. Verärgert bemerkte ich, dass Rick sich die Nase an der Schaufensterscheibe plattdrückte. Offensichtlich konnte er ein Grinsen nicht unterdrücken. Blödmann. Ich öffnete die Tür und rauschte in die ihm entgegengesetzte Richtung, in der Hoffnung, ihm zu entkommen.

»Na, komm schon, sei nicht sauer. Ich kann auch nicht in solchen Geschäften einkaufen. Es war nicht böse gemeint, ich wollte dich nicht verletzen.« Rick stand plötzlich neben mir.

»Was willst du dort auch einkaufen? Es ist ein reines Damengeschäft.« Ich schnaubte.

»Nun, ich könnte meiner Freundin, wenn ich eine hätte, kostbare Unterwäsche kaufen.«

Abrupt blieb ich stehen. Mir fehlten die Worte. Warum redete er laufend dummes Zeug?

Als ich ihn ansah, musste ich trotzdem lachen. Er sah zu lustig aus, mit seinem zerknirschten Gesichtsausdruck. Offenbar tat es ihm mehr als leid, dass er zu weit gegangen war.

»Mensch, Rick, wo hat man dich nur rausgelassen?«

»Nirgends, aber ich lasse mich nicht wieder einfangen.« Er grinste. »Darf ich dich nun begleiten? Wie wäre es mit einem Strandspaziergang? Der Wind fordert uns regelrecht heraus.«

Ich zögerte. Warum ließ er mich nicht einfach in Frieden? Hatte er nichts Besseres zu tun, als mir auf den Wecker zu gehen? Musste er nicht arbeiten? Ich biss mir auf die Unterlippe, damit ich nicht wieder eine unüberlegte Antwort gab.

»Wir können es ja mal versuchen. Mal sehen, ob wir es schaffen, uns mal nicht anzuzicken«, meinte ich versöhnlich.

Rick grinste. »Ich zicke nicht, aber ich freue mich über dein Friedensangebot.«

»Willst du damit sagen, dass ich die Zicke von uns beiden bin?«, fragte ich empört.

»Du bist wie immer liebreizend«, sagte er sanft und zog mich von einem Laternenpfahl weg, gegen den ich um ein Haar gelaufen wäre. Ich ließ mich seufzend mitziehen.

Ein eisiger Wind fegte über den Strand. Wir kämpften gegen den Sturm. Dabei ließ ich es zu, dass Rick sich bei mir einhakte. Ich musste mir eingestehen, dass es sich gar nicht so schlecht anfühlte. Durch seine dicke Jacke spürte ich seinen Bizeps an meinem Oberarm. Ich fragte mich, wann er Zeit für Sport aufbrachte, und schnappte nach der Luft, die mir vom Sturm immer wieder geraubt wurde. Besorgt sah Rick mich an.

»Ich komm schon klar«, rief ich gegen den Wind und löste seinen festen Griff mit einem Ruck. Schließlich stand ich sehr gut auf meinen eigenen Beinen. Ich drehte mich um, damit ich dem Wind für einen Augenblick entgehen konnte.

Rick deutete auf das Restaurant rechts von uns. Es wirkte, als wäre es direkt aus den Dünen entsprungen. Die Terrasse war menschenleer.

Ich verstand, was er meinte, und schlug die Richtung ein. Eine kleine Pause konnte nicht schaden.

Drinnen war es überfüllt, es waren keine Plätze frei. Verzweifelt blickte ich mich um. Ich spürte, dass ich wirklich eine Pause gebrauchen konnte. Zumindest war die Wärme eine absolute Wohltat. Ich hatte keine Lust, mich sofort wieder dem Sturm auszusetzen. Aber es gab nicht einen Stuhl, der frei war.

Rick zuckte mit den Schultern. »Ich glaube, wir haben keine Chance.«

Ich nickte enttäuscht.

Rick gab mir einen Stups. »Schau, da draußen ist ein Strandkorb. Es ist einigermaßen windgeschützt hinter dem Haus. Wollen wir?« Auffordernd zwinkerte er mir zu.

»Ich weiß nicht. Es ist doch bitterkalt, und dann auch noch sitzen?«

»Wir trinken uns warm, und Ben hat sicher eine Decke für uns«, meinte Rick. Offenbar kannte er den Wirt.

»Na gut«, stöhnte ich. »Ich nehme einen Eiergrog.«

Rick legte die Stirn in Falten. »Der hat es in sich, bist du sicher?«

»Was glaubst du, was ich in den letzten Jahren gemacht habe?«

Rick grinste frech. »Eiergrog gesoffen?«

»Selbstverständlich nicht. Ich habe ganz gut auf mich aufpassen können.«

Rick hob beschwichtigend die Hände. »Entschuldige, das hatte ich nicht eine Sekunde angezweifelt. Also los, nicht dass uns jemand zuvorkommt.«

Während er mich zur Tür schob, rief er dem Kellner unsere Wünsche zu. Dabei deutete er mit dem Zeigefinger auf den Strandkorb. Dann schnappte er sich zwei Wolldecken, die in einem Weidenkorb vor dem Eingang lagen.

Hatte ich zugenommen? Oder war Rick breiter, als ich gedacht hatte? Wie die Rollmöpse saßen wir dicht aneinander im Strandkorb. Den Wind spürten wir kaum. Wir legten die Decken über unsere Beine. Mein Körper verspannte sich. Es dauerte nur wenige Minuten, und ich spürte die Wärme, die Rick verströmte. Wenn ich ehrlich zu mir war, war das nicht unangenehm. Trotzdem sah ich Rick grimmig an.

Doch er ließ sich nicht vergraulen, sondern blickte herausfordernd zurück. Ich konnte nicht verhindern, dass ein leichter Schauer über meinen Körper huschte. Der Kellner kam mit hochgezogenen Schultern zu uns. Auf einem Tablett balancierte er die Getränke. Der Eiergrog sah fantastisch aus. Rick hatte einen Teepunsch bestellt.

»Dann mal prost, Semra. Schnell runter damit, sonst wird das hier ein Eistee.«

»Was wird aus meinem Eiergrog?«, fragte ich interessiert.

»Keine Ahnung. Vielleicht ein Milchshake?«

Ich lachte. »Prost.«

Ich nippte an dem Glas und schloss die Augen. Es schmeckte einfach herrlich. Der dicke Eischaum klebte an meiner Oberlippe und ich fuhr mit der Zunge darüber. Plötzlich leuchteten Ricks Augen.

»Du bist wunderschön, weißt du das?«

Ich wischte seine Worte mit dem Handrücken weg. Ich konnte ihm nicht in die Augen sehen und mein Gesicht glühte wie eine Rotlichtlampe. Nach dem zweiten Eiergrog wurde mir heiß. Ob es am Alkohol lag oder an Rick, wusste ich nicht. Seine Hüfte drückte an meine, was fast unerträglich war. Auf meiner Oberlippe bildeten sich Schweißperlen.

»Ist dir warm genug?«, fragte er fürsorglich und sah mir in die Augen. »Offensichtlich ja«, meinte er vergnügt.

Oh Gott, sah er mir das auch noch an? Ich musste weg von hier. Ich zerrte an der Wolldecke, um mich zu befreien. Dann fingerte ich einen Geldschein aus meiner Jackentasche.

»Ich lade dich ein«, sagte ich knapp. Dann machte ich mich eilig davon.

Ricks verblüffte Blicke brannten in meinem Nacken, aber ich drehte mich nicht um. Inständig hoffte ich, dass er mir nicht auf den Fersen war. Ich musste jetzt einfach allein sein.

Als ich die Wasserkante der tosenden Nordsee erreichte, riskierte ich einen Blick zurück. Rick war nirgends zu sehen. Fast war ich enttäuscht, dass er mir nicht folgte. Ich vermutete, er saß immer noch im Strandkorb und überlegte, warum ich so plötzlich geflüchtet war.

Eigentlich wusste ich es selbst nicht. Im Grunde war er ein netter Kerl. Seine Gegenwart lenkte mich von Sven ab. Ich hatte nicht vor, mir in nächster Zeit einen neuen Mann zu suchen, aber ein wenig zu flirten war gar nicht so schlecht. Er war niedlich, aber so ganz mein Typ war er nicht. Trotzdem musste ich mich gegen die Magie, die er auf mich ausübte, wehren. Ich hatte mich selten so kratzbürstig erlebt.

Die Wellen schlugen wütend an den Strand. Weiße Schaumkronen bildeten sich auf dem Wellenkamm. Der Himmel war von grauen Wolken verhangen, die nichts Gutes anzukündigen schienen. Viele würden weiße Weihnachten begrüßen. Es sei ihnen vergönnt. Ich hatte Weihnachten für dieses Jahr gestrichen. Sven! Ich kämpfte mit den Tränen, die der beißende Wind sofort trocknete.

Tapfer ging ich weiter. Dabei verflüchtigte sich das Gefühl, das der Alkohol hinterlassen hatte. Schade eigentlich, ich hatte den kleinen Rausch angenehm gefunden. Die Realität traf mich mit voller Wucht. Verdammt! Warum ich?

Ich ging durch die Einkaufsmeile zurück zu meinem Auto. Auf halber Strecke dorthin fiel mir ein, dass ich lieber nicht Autofahren sollte. Ganz nüchtern war ich noch nicht. Ich verlangsamte mein Tempo, bis ich unschlüssig stehen blieb. Wohin nun? Mir war nicht nach Bummeln. Diese Geschäfte waren mir zu teuer. Ich sah mich um. Ich könnte etwas essen.

Plötzlich kam Raik mir freudestrahlend entgegen, als ob wir die besten Freunde wären. Er gab mir zur Begrüßung links und rechts jeweils einen Kuss auf die Wange. Irritiert starrte ich ihn an.

»Puh, du hast eine Fahne.« Er lachte und rückte ein Stück von mir ab.

Ich legte die Hand auf den Mund. »Riecht man das so sehr?«, fragte ich erschrocken.

»Eiergrog, nehme ich an?«

Ich nickte erstaunt. Hatte er Rick getroffen? »Wie kommst du darauf?«

Raik schmunzelte. »Du hast noch Schaum an der Oberlippe.«

Peinlicher ging es nicht mehr. Ich holte ein Taschentuch hervor und rieb an der Lippe. Dann sah ich Raik an. »Weg?«

»Mich hat das nicht gestört, du siehst niedlich aus mit Schaumbart.« Er grinste mich weiter an.

Niedlich? Lieber wäre mir sexy oder eine Schönheit. Niedlich, das hatte ich schon als Kind gehasst.

»Danke«, sagte ich knapp. Ich wollte mich gerade verabschieden, als Raik vorschlug, ich solle mit ins Friesengewitter kommen. Er wollte mir dort das Geld für die Jacke geben.

Warum musste es ausgerechnet Ricks Kneipe sein? Ich war ihm eben erst entwischt.

»Ich finde nicht, dass ich auf der Straße mit dir Geschäfte tätigen sollte«, meinte er, als hätte er meine Gedanken erraten.

Widerwillig folgte ich ihm. Sicherheitshalber sah ich mich nach den Hunden um.

»Ich habe die beiden nicht mitgenommen«, sagte Raik beifällig.

»Ach so.« Ich konnte meine Erleichterung nicht verbergen. Richtig geheuer waren die Hunde mir nun mal nicht.

Im Friesengewitter war noch nicht viel los, die Aushilfen hatten begonnen die Stühle von den Tischen zu räumen. Sie warfen uns vorwurfsvolle Blicke zu. Offenbar wollten sie in Ruhe die Vorbereitungen treffen, die nötig waren, um den Laden am Laufen zu halten.

»Warum ist Rick nicht hier?«, fragte Raik.

»Er hat sich ein paar Stunden freigenommen«, erklärte Suse.

Raik verzog das Gesicht. »Verstehe ich nicht, kommt das öfter vor? Er muss doch alles im Auge behalten.«

»Oft nicht, aber manchmal. Rick braucht schließlich auch mal eine Pause.«

»Ist er krank?« Raik war offensichtlich in Sorge um seinen Freund. Ich dagegen war froh, dass wir Rick nicht angetroffen hatten. Ich wusste ja auch, wo er war. Hoffentlich blieb er weg, bis ich das Weite suchen konnte. Raik machte keine Anstalten, mir das Geld zu geben. Er orderte für uns beide einen Becher Tee zum Aufwärmen.

Unruhig zupfte ich an meiner Jacke. Warum dauerte das so lange?

»Komm, setz dich doch, der Tee wird dir guttun«, meinte er.

Warum sorgten sich alle um mein Wohlbefinden? Mir würde es weitaus besser gehen, wenn ich die Kneipe mit dem Geld verlassen könnte. Widerwillig setzte ich mich. Gleichzeitig wurde eine dampfende Tasse Tee vor mir abgestellt. Raik nahm vorsichtig einen Schluck aus seinem Becher.

»Ich habe nicht viel Zeit«, versuchte ich ihm klarzumachen.

»Wer hat das schon«, sagte er beiläufig und lehnte sich zurück.

Konnte es möglich sein, dass er mir den Betrag nicht auszahlen wollte? Ich setzte eine verbissene Miene auf. So leicht ließ ich nicht mit mir verhandeln. Nach einer gefühlten Ewigkeit zückte Raik die Geldscheine. Er zählte mir den Betrag vor.

»So, ich denke, wir sind nun quitt«, sagte er sanft.

Ich nickte verhalten. Langsam schob ich die Scheine in meine Jacke. Die nächsten Tage auf Sylt waren gerettet. Ich würde mein Konto nicht übermäßig belasten müssen.

Inzwischen hatte ich meine Fahrtüchtigkeit zurückerlangt, sodass ich mich auf den Weg zu Tilda machen konnte. Der Becher Tee war noch halb voll, aber ich ließ ihn stehen, um mich schleunigst zu verabschieden.

»Schade, Rick hätte es bestimmt gefreut, dich zu sehen.«

»Wir haben uns heute bereits gesehen«, stieß ich hervor. Ich konnte die Röte spüren, die in meine Wangen stieg. Ich verstand nicht, was mit mir los war, schließlich ging Rick mir meistens auf den Keks.

Raik sah mich freudig an. »Warum hast du ihn nicht mitgebracht?«

»Ist das Pflicht?«, fragte ich gereizt.

Raik kratzte sich am Kopf. »Du bist nicht gut auf ihn zu sprechen«, stellte er sachlich fest.

Ich presste die Lippen fest aufeinander, um nicht erneut eine unwirsche Antwort zu geben. Normalerweise war ich ein freundlicher Mensch. Ich vermutete, dass ich die Trennung von Sven noch nicht verdaut hatte. Wie sollte ich auch, schließlich war es neu für mich, die Verliererin zu sein. Außerdem hatte ich Sven über alles geliebt.

»Doch, schon …« Ich zögerte. »Mir geht es momentan nicht besonders gut. Bitte entschuldige.«

Eine Gruppe Gäste betrat die Kneipe. Suchend sahen sie sich nach einem gemütlichen Platz um. Mit ihnen rauschte Rick herein, der mit großen Schritten auf Raik zuging. Mir schenkte er kaum Beachtung. Er brachte lediglich ein leises »Hallo, Semra« hervor.

Ich nickte kurz und erhob mich eilig. »Ich muss gehen«, sagte ich an Raik gewandt. Mir tat es leid, Rick dermaßen unfreundlich behandelt zu haben. Aus einem Impuls heraus überlegte ich, ob ich ihm eine Entschuldigung schuldig wäre. Ich sah ihn zerknirscht an. Zu mehr war ich nicht fähig. »Na dann, alles Gute für euch«, flüsterte ich, als ich mich zum Ausgang bewegte.

»Bis bald, Semra«, rief Rick mir nach. Ich hielt in der Bewegung inne, ohne mich umzudrehen. Dann verließ ich fluchtartig das Lokal.

Seelenschmerz

Als ich in der Pension ankam, herrschte dort reges Treiben. Tilda war in der Küche beschäftigt und bemerkte mein Kommen nicht. Ich nutzte die Gelegenheit, um unauffällig in mein Zimmer zu verschwinden. Ich beförderte meine Jacke achtlos auf das Bett. Dann öffnete ich das Fenster, um auf das Meer zu schauen. Ich fühlte mich unendlich traurig und einsam. Sven geisterte mir im Kopf herum. Ob er mit seiner Blonden vor dem Kamin lag und heiße Stunden genoss? Die Tränen brannten unter meinen Augenlidern.

Ich wandte mich ab. Energisch schloss ich das Fenster. Dann legte ich mich mit meinem Tablet aufs Bett und öffnete Facebook. Es gab nicht viel Neues, neben Werbepost fand ich keine interessanten Nachrichten. Mein Finger steifte die Suchleiste. Freunde suchen. Ich gab, ohne nachzudenken, Svens Namen ein. Sofort sprang mir sein lachendes Gesicht entgegen. Ein weiteres Foto zeigte ihn ... mit seiner neuen Freundin. Beide strahlten um die Wette. »Weihnachten mit der wunderbaren Femke!«, stand dort als Überschrift.

In mir verkrampfte sich alles. Die Tränen ließen sich nicht zurückhalten, so gern ich es wollte. Ein weiteres Foto erschien. Dies brachte mich vollkommen aus dem Gleichgewicht. Sven grüßte seine Freunde als Verlobter. Glücklich mit Femke!

Ich schloss die Facebookseite und warf mein Tablet ans Fußende des Bettes. Warum tat er mir das an? Warum tat ich mir selbst weh, indem ich auf seine Seite schaute? Ich zog die Decke über den Kopf und heulte mir die Augen aus.

In diesem Moment beschloss ich, morgen schon nach Hause zu fahren. Der Aufenthalt auf Sylt hatte mir nichts weiter eingebracht als Traurigkeit. Dazu noch Rick, der es gut meinte, den ich aber nicht ertragen konnte.

Später wollte ich Moni anrufen. Aber erst wenn die Flut der Tränen versiegt war, sonst machte Moni sich Sorgen. Wenn Sylt mich nicht auf andere Gedanken brachte, dann vielleicht die Silvesterparty mit meiner besten Freundin. Ich musste versuchen, meine trüben Gedanken aus meinem Hirn zu befördern.

Irgendwann schlief ich schluchzend ein. Das war schon als Kind das Schönste am Heulen gewesen. Man schlief ein und die Welt stand still. Mein Opa hatte stets behauptet, nach einem Klaps auf den Po sei das Schlafen eine Erholung. Meine Eltern hatten diese Weisheit zum Glück nie mit ihm geteilt. Leider waren sie sehr früh gestorben, aber die Erinnerung an sie war immer bei mir. Ich hatte eine glückliche, gewaltlose Kindheit erlebt. Und trotz seiner derben Weisheiten war auch mein Opa überaus liebevoll gewesen. Ich träumte von ihm. Wie er mich anlächelte, mir Mut machte, mich sogar anfeuerte, endlich erwachsen zu werden und mein Leben selbst in die Hand zu nehmen. Sven brauchte ich dazu nicht. Der Traum war so realistisch, dass mir sein Tabakgeruch entgegenwaberte.

Mühevoll kroch ich schließlich unter der Decke hervor. Der Geruch meines Opas hatte mich geweckt. Ich erwartete fast, ihm in die Augen zu schauen.

Ich schüttelte mich und rieb mir die Lider. Verschlafen tapste ich zum Schreibtisch, um mir ein Glas Wasser einzuschenken. Es gab aber auch verrückte Träume. Ich hatte vorher noch nie von ihm geträumt, warum also jetzt? Hier auf Sylt? Er hatte nie einen Hehl daraus gemacht, dass er von den Insulanern nichts hielt. Die waren seiner Meinung nach viel zu mürrisch. Ich schmunzelte.

»Nein, Opa, du hast dich geirrt. Es gibt wunderbare Menschen hier auf der Insel. Schade, dass du es nicht mehr erleben kannst«, flüsterte ich leise. Dabei ertappte ich mich, wie ich an Rick und Raik dachte. Nicht zu vergessen Tilda.

Ich war unsicher, aber ich glaubte, mein Opa wollte mir von der verfrühten Abreise abraten. Ich war ohnehin nur noch zwei Tage hier. Die musste ich unbedingt nutzen, anstatt die Flucht zu ergreifen. Wer wusste denn, wann ich mir wieder einen Urlaub leisten konnte? Die Auftragsbücher meiner Schneiderei waren für das nächste Vierteljahr zwar gut gefüllt, aber was danach kam, wusste ich nicht. Es war nie vorhersehbar.

Trotzdem war ich zufrieden mit meinen Aufträgen. Im März würde ich endlich mal wieder ein Brautkleid entwerfen. Die Entwürfe waren bereits fertig und ich freute mich darauf, sie der zukünftigen Braut vorzustellen. Die würde Augen machen! Selbst Moni, die diese Art von Romantik verabscheute, war hin und weg gewesen, als ich ihr gezeigt hatte, woran ich arbeitete. Ohne Zweifel konnte ich stolz auf meine Arbeit sein.

Plötzlich war ich überzeugt, dass Problem Sven lösen zu können. Ich musste mir nur ein wenig Zeit geben. Leider hatte ich mich auf die Trennung nicht vorbereiten können, ich wäre lieber weniger überrollt worden.

Ich beschloss, den Rest des Tages nicht auf meinem Zimmer zu versauern. Rasch wusch ich mir das verheulte Gesicht. Nachdem ich einigermaßen hergestellt war, machte ich mich auf den Weg nach Westerland. Sicher gab es dort das eine oder andere interessante Lokal für ein ausgiebiges Abendessen. Dabei hoffte ich, dass mein Appetit mich nicht ganz im Stich lassen würde.

Als ich an der Küche vorbeikam, hörte ich Tilda fluchen. Hatte ein Gast wieder mal die Einrichtung ruiniert? Vorsichtig klopfte ich an die offene Tür. Tilda saß verzweifelt auf einem Küchenstuhl und zerrte wie wild an einem hellblauen Kleidungsstück.

»Tilda?«, fragte ich vorsichtig, um sie nicht noch wütender zu machen. Ich fand es unerträglich, wenn ein Mensch dermaßen verzweifelt war. Außerdem war es nicht mit anzusehen, wie Tilda den, wie mir schien, wertvollen Stoff verunstaltete. »Kann ich dir helfen?«

Erschrocken warf Tilda den Kopf hoch und sah in meine Richtung. Fahrig wischte sie sich die feuchten Haarsträhnen aus dem Gesicht. Ihr Lächeln misslang kläglich und als sie mich erkannte, war es mit ihrer Beherrschung vorbei. Ich galt offenbar nicht als gewöhnlicher Gast. Vor mir zeigte sie ihre Gefühle offen. Dass ich ihr geholfen hatte, den Frühstückraum auf Vordermann zu bringen, hatte aus mir wohl so eine Art Freundin werden lassen.

»Ach, Semra«, schluchzte sie. »Ich habe mich auf diesen Abend mit meinem Mann gefreut ... aber nun kann ich ihn vergessen.« Mit feuchten Augen sah sie mich an.

Ich eilte zu ihr und legte tröstend eine Hand auf ihre Schulter. Hatte ihr Mann sie etwa verlassen? Mir lief eine Gänsehaut über den Rücken. Das durfte nicht sein. Tilda war so glücklich mit ihrem Jon. Ich hatte ihn zwar nur einmal gesehen, aber er machte auf mich nicht den Eindruck eines untreuen Ehemannes.

Schweigend hielt ich Tilda im Arm. Sie zerrte weiter an dem Stück Stoff. Vorsichtig nahm ich ihn ihr ab. Es war ein wunderbarer Stoff, der sich weich und seidig anfühlte. Er hatte eine leichte Struktur, die ihn edel wirken ließ.

Tilda sprach immer noch nicht. Ich war inzwischen sauer auf Jon. Geduldig wartete ich ab, bis es aus Tilda herausbrach.

»So lange haben wir auf diesen Abend gewartet. Etliche Vorkehrungen mussten getroffen werden, damit wir diesen einen freien Abend für uns haben würden. Letzten Monat habe ich mir dieses sündhaft teure Kleid gekauft, weil alles stimmen sollte. Unser erster Hochzeitstag.« Tilda schniefte ununterbrochen.

»Aber, Süße! Was ist denn nur passiert? Glaub mir, kein Mann ...«

»Ich bin zu fett geworden! Es geht nicht zuhuuuh.«

Mir fiel ein Stein vom Herzen. Das Kleid passte schlicht und einfach nicht. Na und? Es gab Schlimmeres. Ich musste mir ein Grinsen verkneifen, denn für Tilda schien es eine Katastrophe zu sein.

»Zeig mal her«, forderte ich sie entschlossen auf. Ich hob das Kleid hoch, um es mir genauer anzusehen. Dann betrachtete ich Tilda. »Steh mal bitte auf.«

Tilda erhob sich beinahe trotzig. »Willst du es mir festkleben?«

»Wohl eher nicht«, meinte ich trocken. »Dreh dich mal bitte.«

Tilda trampelte auf den Boden, während sie sich drehte. Als ob sie die bösen Geister wecken wollte, die des Nachts die Kleider enger nähten. Dabei waren es bestimmt nur ihr gutes Essen und die Gummibären, die sie sich seit Tagen in den Mund stopfte. So was ging meistens schief. Ich sprach da aus Erfahrung.

Ich ließ das Kleid sinken. »Hast du irgendwo eine Nähmaschine versteckt?«

»Pah!«, machte Tilda. »Ich brauche keine enge Naht, sondern ein Wunder.«

»Quatsch, ich will es doch nicht enger machen. Das wäre Unsinn. Es sei denn, du willst es einem Teenager schenken. Aber das kommt nicht infrage«, bestimmte ich mit fester Stimme. »Also? Hast du eine oder kannst du eine besorgen?«

»Oben auf dem Dachboden müsste die von meiner Mutter stehen«, überlegte sie laut.

»Dann los, hopp, lass uns nachschauen.« Ich trieb sie an, denn Tilda war noch nicht ganz die Alte. »Wann geht es heute Abend los?«, wollte ich wissen, als wir die Leiter zum Dachboden hinaufstiegen.

»Um acht haben wir einen Tisch in Kampen reserviert.«

Unauffällig sah ich auf meine Uhr. Noch drei Stunden, da müsste was zu machen sein. Vorausgesetzt, wir fanden da oben eine einsatzbereite Maschine mit dem richtigen Zubehör. Ich überlegte, ob ich ein Nähgeschäft in Westerland gesehen hatte, um dort hinzufahren, falls etwas fehlen sollte. Ich wollte Tilda unbedingt den Abend retten, zumal sie sich wie verrückt darauf gefreut hatte.

Tatsächlich wurden wir fündig. Ganz hinten in der Ecke des Dachbodens stand eine alte, aber offenbar intakte Nähmaschine. Mit so einem Modell hatte ich in meiner Kindheit erste Schneiderversuche getätigt. Die Handhabung dürfte für mich kein Problem sein, auch wenn die heutige Technik angenehmer war. Ich atmete auf.

»Tilda«, rief ich, »wir sind gerettet.«

Tilda verstand zwar immer noch nicht, was ich vorhatte, aber das würde ich ihr gleich erklären. Gemeinsam schafften wir die Antiquität vom Dachboden runter.

»Wo könnte ich sie aufbauen?« Fragend sah ich Tilda an.

»In unserer Wohnung, dort ist Platz.«

Sie führte mich in ihre privaten Räume, die ich bisher nicht kennengelernt hatte. Als sie die Tür aufstieß, prallte ich zurück. Hier schien die Weihnachtsmusik in Dauerschleife zu laufen. Den Christbaum hatte Tilda bereits geschmückt. Das hatte mir gerade noch gefehlt und verpasste meiner Unternehmungslust einen kurzen Dämpfer. Dann aber fing ich mich und konzentrierte mich auf mein Vorhaben.

Tilda zeige auf die Küche, die rechts von mir lag. »Dort kannst du sie abstellen. Ich brauche die Küche nie, wir essen immer unten.«

Ich nickte. Mit Schwung stellte ich das schwere Gerät auf den Tisch und betrachtete es genauer. Die Spule war voll, allerdings mit weißem Garn. Wenn ich es als Unterfaden benutzte, war das nicht weiter schlimm. Aber ich benötigte hellblaues Garn. Noch wichtiger war die richtige Nadel, ich hatte keine Ahnung, welche sich in der Maschine befand. Mit einer falschen Nadel würde ich den Stoff kaputtschlagen. Dieses Risiko durfte ich auf keinen Fall eingehen. Meine frühere Lehrmeisterin, Silke Schmeling, war während meiner Lehrzeit oft an mir verzweifelt, weil ich immer wieder den Fehler gemacht hatte, nicht auf die Nadeln zu achten. Noch ungeschickter hatte ich mich dabei angestellt, den Fadenlauf richtig zu ermitteln. Dies war wichtig, damit das Kleidungsstück am Ende saß.

Ich musste lächeln. Warum ich ausgerechnet hier auf Sylt an meine Ausbildungszeit dachte, war mir schleierhaft. Denn das war verdammt lange her. Inzwischen musste mir niemand mehr auf die Finger schauen.

»Wir benötigen eine neue Nadel und Garn. Besitzt du davon etwas?«

Tilda schüttelte stumm den Kopf.

»Okay, ich fahre nach Westerland und besorge die Sachen. Ich hoffe nur, dass es hier irgendwo ein Nähgeschäft gibt, sonst können wir einpacken.«

»In der Friedrichstraße gibt es einen kleinen Laden. Der heißt Bruchpilot, warum auch immer«, rief Tilda. Ich musste lachen und hoffte, dass der Name kein schlechtes Omen war. »Soll ich lieber mitkommen?«

»Bloß nicht. Du siehst zu, dass dein Gesicht gekühlt wird. Du willst heute Abend sicher nicht aussehen wie eine geprügelte Ehefrau.« Ich kicherte, weil Tilda mich verständnislos anstarrte. »Schau mal in den Spiegel, du brauchst eine Grundsanierung.«

Schmunzelnd ließ ich eine betrübt dreinschauende Tilda zurück und raste in Windeseile nach Westerland. Dort angekommen, forderte ich die Polizei heraus, indem ich auf dem vertrauten Parkplatz vor ihrem Revier parkte. Ich musste mich beeilen, denn die Geschäfte schlossen in einer halben Stunde. Es hatte zu schneien angefangen, und der Wind trieb mir den Schnee direkt ins Gesicht. Die Wege waren bereits glatt geworden, ich musste aufpassen, um nicht auszurutschen.

Erleichtert betrat ich den Stoffladen. Sofort erkundigte sich eine ältere Dame nach meinen Wünschen. Immer noch außer Atem teilte ich ihr mit, was ich brauchte. Mit wenigen Handgriffen hatte sie mir das Gewünschte herausgesucht.

»Haben Sie sonst noch einen Wunsch?«, erkundigte sie sich freundlich. Das faltendurchzogene Gesicht der Verkäuferin lächelte mich an. Ich fragte mich, ob sie das Geschäft ganz allein führte, denn ich entdeckte niemanden weiter.

»Vielen Dank, ich habe alles, was ich brauche. Einen schönen Laden haben Sie hier«, sagte ich begeistert. Leider hatte ich keine Zeit, mich länger umzusehen.

Ich verabschiedete mich überschwänglich und eilte zur Tür. Dabei stieß ich mit niemand anderem zusammen als mit Rick. Was wollte er hier?

»Hoppla! Semra, du hast es aber eilig.« Er lächelte mich erfreut an. Scheinbar war er mir nicht mehr böse, dass ich ihn am Strand zurückgelassen hatte.

»Ja, habe ich wirklich. Ich muss deine Schwester retten. Bitte entschuldige, ich muss weiter. Ähm ... warum bist du eigentlich hier?«, fragte ich neugierig.

»Ich kaufe hier meine Deko. Für die X-Mas-Party brauche ich einiges.«

Ich nickte und machte mich dann schnell davon. Zum einen musste ich mich um Tildas Problem kümmern, zum anderen flüchtete ich vor dem Mann, der mir schon wieder Herzklopfen verursachte.

Tilda zappelte so sehr herum, dass ich Mühe hatte, sie nicht mit den Stecknadeln zu stechen.

»Steh doch mal still«, ermahnte ich sie. Ich hatte den reichlich bemessenen Saum aus der Taille herausgelassen und steckte ihn neu ab. Tilda hatte ziemlich zugelegt. Bei der vielen Arbeit in der Pension hatte sie ihr Gewicht wohl etwas vernachlässigt, aber ich würde das hinbekommen. Tilda würde am Abend ihres Hochzeitstages wunderschön aussehen.

Während ich in Westerland gewesen war, hatte sie ein Make-up aufgelegt, die Haare zu einem losen Knoten hochgebunden und wunderschöne Wäsche angezogen. In wenigen Augenblicken würde sie auch ein passendes Kleid tragen. Ich freute mich, dass ich ihr helfen konnte.

»Ach Mensch, Semra, es ist doch eigentlich dein Urlaub. Nun musst du auch noch arbeiten. Das ist mir sehr unangenehm«, jammerte sie.

»Das hier«, ich zeigte auf die Nähmaschine, »ist für mich eine Freude. Also mach dir bitte keinen Kopf.«

»Danke«, hauchte sie verlegen. Wir hörten Schritte auf dem Flur. Erwartungsvoll schauten wir zur Tür.

Jon stürzte nur in Unterhose in die Küche. »Liebes, du bist schon ...« Er brach ab und schaute etwas verlegen. Ich hielt meinen Blick krampfhaft auf die letzte Naht gesenkt. Tilda fing an zu kichern. »Ich wusste nicht, dass Besuch da ist, bin gleich wieder da«, rief er belustigt. Jon war es wahrscheinlich gar nicht peinlich, aber mir stieg die Röte ins Gesicht.

Die Maschine ratterte die letzte offene Naht entlang. Dann war ich fertig. Ich forderte Tilda auf, das Kleid anzuziehen, und hielt den Atem an. Auch Tilda musste mit Freudentränen kämpfen. Sie sah einfach umwerfend aus.

Jon kam angezogen zurück. Er war nicht weniger gerührt, als er seine Frau betrachtete.

»Jetzt bleibt mir nur noch, euch einen fantastischen Abend zu wünschen.« Ich wischte meine Tränen mit dem Handrücken fort.

Wenigstens war Tildas Seelenschmerz verflogen. Und ich hatte meinen dabei auch eine Weile vergessen können.

Partylaune

Ich zog Tildas Wohnungstür hinter mir zu. In der Aufregung hatten die beiden mich in ihren Privaträumen vergessen, als sie sich auf dem Weg gemacht hatten, um ihren besonderen Tag zu feiern. Unschlüssig blieb ich auf dem Flur stehen. Was fing ich mit dem Abend an? Sollte ich meinen Plan, nach Westerland zu fahren, in die Tat umsetzen? Oder nahm ich das Angebot von Tilda an, mir in der Küche etwas zu suchen?

Auf Selbstversorgung hatte ich wenig Lust. Ich beschloss, meinen Plan beizubehalten. Rasch machte ich mich frisch und legte ein leichtes Make-up auf. Ich hatte mit Tilda trotz ihrer Verzweiflung einige schöne Stunden verbracht. Alleinsein war heute nicht mein Ziel.

Deshalb entschied ich, Rick im Friesengewitter zu besuchen. Warum auch nicht? Es war gemütlich dort.

In der Hoffnung, einen schönen vorletzten Abend zu haben, fuhr ich ein weiteres Mal nach Westerland. Es schneite leicht, aber der Wind hatte zugenommen. Im Sommer war die Insel definitiv schöner. Trotzdem hatten die Wintermonate für mich ihren besonderen Reiz. Die tosende See war mit ihren weißen Schaumkronen atemberaubend schön. Wild und unbezähmbar. Ansonsten war es ruhiger. Der Schnee verschluckte die Geräusche. Das leise Knirschen der Schritte auf der weißen Pracht hatte eine beruhigende Wirkung. Die Menschen verkrochen sich nach einem Spaziergang in ihre Unterkünfte oder feierten in den Kneipen und Gaststätten.

Wenn nur diese Weihnachtsmusik nicht wäre. Oder wenn ich die Enttäuschung meiner Beziehung verarbeiten könnte. Aus diesem

Grund war ich schließlich hergekommen. Mein Kopf hatte die Trennung akzeptiert, aber mein Herz dachte nicht daran, den Schmerz zu vergessen.

Meine Oma hatte immer gesagt, wenn Herz und Kopf im Einklang sind, dann ist es der richtige Weg. Ich seufzte. Die weisen Sprüche halfen mir nicht sonderlich, obwohl bestimmt ein Fünkchen Wahrheit in ihnen steckte.

Mein Schicksal herauszufordern lag nicht in meiner Natur, aber der Polizeiparkplatz hatte es mir angetan. Fast verspürte ich ein leichtes Prickeln auf der Haut, eine Mischung aus Angst und Belustigung. Die Dorfpolizei achtete nicht auf Falschparker vor ihren eigenen Toren. Sie zogen es wahrscheinlich vor, bei dem Wetter in ihrer Dienststube zu bleiben. Weicheier.

Ich zog den Reißverschluss meiner Jacke hoch, damit die Kapuze nicht wegrutschte. Warm eingepackt marschierte ich die Friedrichstraße entlang. Aus fast allen Häusern drang die verhasste Weihnachtsmusik. Ich fragte mich, ob ich jemals wieder Freude an Weihnachten haben würde?

Zögerlich schob ich die Tür zum Friesengewitter auf. Die Hütte war voll bis zum letzten Platz. Etwas Essbares zu bekommen, schien unmöglich. Ich stellte mich an den Tresen, um die Lage zu checken. Rick trug ein volles Tablett mit Getränken durch den überfüllten Raum. Als er zurückkam, entdeckte er mich. Er schlängelte sich durch das Gewühl, um mich zu begrüßen.

»Schön, dich zu sehen. Hast du schon etwas gegessen?«

Ich schüttelte den Kopf.

»Dann komm, drüben in der Ecke sitzt Raik mit einigen Freunden. Dort ist ein Plätzchen frei. Hast du Lust?«

Ich stimmte bereitwillig zu und folgte Rick mit gemischten Gefühlen. Würden die Freunde mich in ihrer Runde aufnehmen? Wider Erwarten wurde ich freundlich empfangen, alle rückten ein Stück zusammen, sodass ich mich dazwischen quetschen konnte.

»Hallo! Ich bin Semra. Danke, dass ihr ein Plätzchen für mich habt«, rief ich gegen die laute Musik an. Froh darüber, dass es Rockmusik war, wippte ich im Takt mit.

Drei Männer und zwei Frauen sahen mich neugierig an. Sie stellten sich ebenfalls der Reihe nach vor. Ich hatte die Namen am Ende der Vorstellungsrunde wieder vergessen. Nur Raik, den ich kannte, blieb mir im Gedächtnis. Ich vermutete, die Frau links von ihm war seine Freundin. Ihren Namen hatte ich leider auch vergessen. Sie sah nett aus. Ich fand, sie passten gut zusammen. War ja klar, die hübschesten Typen waren vergeben.

Raik sah unglaublich gut aus. Die Haare hatte er leicht gegelt, das Rasierwasser umnebelte meine Nase. Ich lehnte mich zurück. Als das bestellte Bier vor mir stand, leerte ich es bis zur Hälfte. Natürlich blieb das nicht ohne Folgen. Da ich nicht viel Alkohol vertrug, wurde ich sofort fröhlich. Hoffentlich bekam ich bald etwas zu essen. Ricks Gesicht schob sich in mein Blickfeld. Sofort begann mein Herz in meiner Brust zu wummern.

»Ich habe noch einen Sauerbraten mit Speckknödeln anzubieten. Ginge auch ganz schnell.« Er sah mich belustigt an. »Ich könnte dir auch einen Eiergrog zaubern.«

»Nein, lieber nicht«, meinte ich und beobachtete dabei mein Umfeld. Ich wollte nicht zu vertraut mit Rick wirken. Dennoch hatte er eine freundliche Semra verdient. »Bier vertrage ich einen Ticken besser.«

»Geht klar«, hauchte Rick. Schon war er in der Küche verschwunden. Raik beugte sich näher an mich heran. Er wollte mir offenbar etwas mitteilen.

»Nicht erschrecken, aber Glocke liegt unter der Bank. Er hatte einen kleinen Unfall und ich wollte ihn nicht allein lassen.«

Ich schluckte kurz, aber dann lächelte ich. »Was hat er denn, der Arme?«, fragte ich aufrichtig bedauernd.

»Ein anderer Hund hat ihn gebissen.«

Ich riss die Augen vor Schreck auf. Das tat mir unendlich leid. »Oh«, machte ich nur.

»Ist nicht weiter schlimm, der Tierarzt hat die Wunde versorgt. Doch er soll nicht daran lecken, darum passe ich lieber auf ihn auf.«

Ich schaute unter den Tisch, aber ich konnte Glocke nicht entdecken. Ich zuckte, als er plötzlich seinen dicken Kopf zwischen meine Beine schob. Er begann hingebungsvoll an meinen Fingern zu lecken, als ich sie ihm hinhielt.

»Glocke, benimm dich«, mahnte Raik. Sofort zog der Hund seinen Kopf ein, um seinen Platz unter der Bank wieder einzunehmen. Bei Raik hörte das Tier aufs Wort. Ich schmunzelte, weil Glocke mit der Rute gegen die Bank klopfte. Es war offensichtlich, dass er sich freute, mich zu sehen. Vielleicht würden wir ja doch noch richtige Freunde werden.

Rick servierte mein Essen und ich machte mich darüber her, denn ich merkte augenblicklich, wie hungrig ich war.

Fünf Augenpaare beobachteten mich dabei. »Guten Hunger!«, ertönte es im Chor. Es schien eine nette Runde zu sein und ich fühlte mich bei Ricks und Raiks Freunden herzlich aufgenommen.

Rick hatte alle Hände voll zu tun. Wenn es die Zeit erlaubte, kam er an unseren Tisch, um ein paar Worte zu wechseln. Dabei ließ er mich kaum aus den Augen. Seine Blicke riefen warme Schauer in mir hervor, die ich jedoch dem Bier zuschrieb. Langsam musste ich mich zügeln, denn ich war längst fahruntüchtig. Doch der Abend war so schön, dass ich nicht daran dachte, zurück in die Pension zu gehen. Ob Tilda und Jon auch einen schönen Abend hatten? Sicher, die beiden hatten unendlich glücklich ausgesehen, als sie das Haus verlassen hatten.

Irgendwann wurden einige Stühle gerückt, um eine Tanzfläche entstehen zu lassen. Nicht groß, aber gemütlich, genauso, wie es früher in meiner Lieblingsdisko zugegangen war. Die Musik spielte pausenlos, zu meiner Zufriedenheit jedoch immer noch keine Weihnachtsmusik.

Sehnsüchtig starrte ich auf die Tanzfläche. Ich hatte große Lust, das Tanzbein zu schwingen. Aber an unserem Tisch schien niemand Interesse zu haben. Kurz entschlossen schob ich mich aus der Bank. Dann würde ich eben alleine auf die Bretter gehen.

Die Musik trug mich fort und ich begann zu schweben. Ich hatte das Gefühl, frei zu sein und endlos weitertanzen zu können. Das löste Glücksgefühle aus, die ich lange nicht gespürt hatte. Ich ließ mich treiben, bis Rick vor mir stand und mich ungefragt in den Arm nahm.

»Darf ich bitten?«, raunte er leise. Er wartete keine Antwort ab, sondern schob mich sanft über die Tanzfläche. Er stellte sich so geschickt an, ich glaubte über die Tanzfläche zu schweben. Er war ein großartiger Tänzer und obwohl er bei unserem Tanz die Führung übernommen hatte, fühlte ich mich nicht unwohl. Normalerweise ließ ich mich nicht führen, aber beim Tanzen machte ich eine Ausnahme.

Ich schloss für eine Sekunde die Augen. Wenn jetzt noch eine weiße Kutsche hereinfahren würde, wäre ich nicht verwundert. Wie kam es, dass Rick über so viel Einfühlsamkeit verfügte? Ich hätte ihm das nie zugetraut. Als ich die Augen öffnete, lächelten seine blauen Augen mich an. Sie schienen mich einzufangen.

Ein langsames Lied ertönte. Rick nahm mich fester in die Arme, dann legte er seine Wange an meine. Verträumt ließ ich mich leiten, von seiner Nähe, seinem Duft und letztendlich von der Kraft, die er ausstrahlte. Ich war verzaubert.

Am Ende des Liedes musste ich mich von Rick lösen. Er wurde in der Küche gebraucht. Ich lächelte ihn scheu an, und er gab mir einen sanften Kuss auf die Wange. Als er ging, hielt er meine Hand so lange fest, bis die Entfernung zu groß wurde, denn ich blieb wie angewurzelt stehen. Ich starrte ihm nach, bis er hinter der Schwingtür zur Küche verschwunden war.

Plötzlich fühlte ich mich leer. Ricks Arme hatten mir unvermutet den Halt gegeben, den ich lange vermisst hatte.

Ich schüttelte mich, um meinen Verstand zurückzuholen. Dann wirbelte ich weiter im Takt der Musik, die nun rockiger klang. Immer wieder warf ich einen Blick zu der Tür, hinter der Rick verschwunden war. Ich verstand meine Reaktion auf Rick überhaupt nicht. Wo war meine Abweisung hin? Ich hatte den Verdacht, sie wäre sicherer gewesen.

Nachdem ich mächtig ins Schwitzen gekommen war, ging ich zurück an den Tisch. Auf meinem Platz stand ein frisches Bier bereit, welches ich durstig austrank. Die Stimmung war gut. Ich beschloss, länger zu bleiben. Wenn ich die X-Mas-Party auch verpasste, so war der heutige Abend ein Ersatz dafür. Ricks kleine Kneipe war urgemütlich. Er steckte sein Herz in dieses Lokal, was die Gäste spürten und wertschätzten. Auch ich sah ihn inzwischen mit anderen Augen, aber das behielt ich besser für mich.

Es wurde viel getanzt und getrunken, ich bildete da keine Ausnahme. Inzwischen halfen mir die Tanzrunden nicht mehr, um meinen Alkoholpegel im Lot zu halten. Zwischendurch saß ich allein auf unserer Bank, während die anderen die Tanzfläche unsicher machten. Müde schloss ich die Augen. Ich ermahnte mich, nicht einzuschlafen. Es wäre mir zu peinlich gewesen, denn es war ja nicht das erste Mal, dass die Müdigkeit mich in dieser Ecke einholte. Aber so sehr ich mich bemühte, die Augen fielen wie Blei zu.

»Hey, Kleine, ich will bei dir pennen«, lallte ein Mann unmittelbar vor mir. Ich war immer noch allein.

Erbost fuhr ich hoch. »Verschwinde, sonst setzt es was«, drohte ich ihm mit zitternder Stimme. Aber der Kerl dachte nicht daran, sich zu verziehen. Er zupfte an meinem Shirt.

»Lass uns doch ein bisschen Spaß haben.« Er lachte widerlich.

Ich schob mich weiter in die Ecke, um Abstand von ihm zu bekommen. Leider fasste der Typ dies als Aufforderung auf und folgte mir. Entsetzt schrie ich auf. Durch die laute Musik nahm jedoch niemand von mir Notiz.

Als er sich näherte, schoss jedoch Glocke mit gefletschten Zähnen unter der Bank hervor. So sah also ein wirklich böser Hund aus, dachte ich bei mir. Glocke bellte wütend, so lange, bis sein Herrchen ihn hörte und die Führung übernahm. Raik packte den Mann am Kragen und beförderte ihn an die frische Luft. Rick eilte ihm zu Hilfe, aber Raik hatte ihn schon hinausbefördert.

Sanft streichelte ich Glocke den Kopf. Er hatte sich für mich eingesetzt, obwohl er selbst eine Verletzung hatte.

»Du lieber, guter Hund«, flüsterte ich ihm ins Ohr, »ich danke dir.« Ich kraulte ihm die Ohren, was er sichtlich genoss.

Besorgt eilte Rick auf mich zu. »Alles in Ordnung? Es tut mir leid, aber der Kerl hat schon lange Hausverbot. Normalerweise verkehren hier nur vernünftige Gäste.« Besorgt sah er mich an.

»Alles gut. Glocke hat auf mich aufgepasst.« Ich grinste den Hund an. »Er ist heute mein Held«, sagte ich ernst, ohne damit aufzuhören, ihn zu streicheln. Rick lachte erleichtert.

Raik erschien mit besorgtem Gesichtsausdruck. »Geht es dir gut?«

Ich nickte, dabei hörte nicht auf, mich bei Glocke mit Streicheleinheiten zu bedanken.

»Sieh mal, Rick, wir hatten die Arbeit, und der Dicke erntet die Lorbeeren.«

»Am Ende werdet ihr doch noch Freunde«, stellte Rick vergnügt fest.

»Sind wir«, flüsterte ich.

Ricks Blick traf mich wie ein Blitz. Wenn ich nicht aufpasste, verliebte ich mich in einen Kneipenwirt, der unpraktischerweise auf einer Insel lebte.

»Last Christmas« tönte gnadenlos durch die Lautsprecher. Der absolute Rausschmeißer-Song. Die meisten der Gäste schienen in Aufbruchsstimmung.

Belustigt zog Rick mich aus der Ecke zur Tanzfläche. Eng umschlungen führte er mich mit sanften Bewegungen in den Weihnachtstraum der Insel. Wie ich später erfuhr, war das Lied tatsächlich ein Hinweis darauf, dass der Feierabend nahte. Aber wenn ich ehrlich war, hatte ich nie zuvor einen so schönen Rausschmiss erlebt. Ich schmiegte mein Gesicht an seins.

»Doch nicht so schlimm, oder?«, hauchte er in mein Ohr, sodass ich eine Gänsehaut bekam.

Bestimmt löste ich mich aus der Umarmung. »Geht so«, meinte ich. »Wenn ich ehrlich sein soll, möchte ich lieber gehen, aber ich darf nicht fahren. Rufst du mir ein Taxi?«

»Ich bringe dich. In einer halben Stunde ist die Bude hier leer.«

»Du bist nicht betrunken?«, fragte ich zweifelnd.

Rick grinste schief. »Dann wäre ich ein schlechter Wirt. So was gibt es bei mir nicht.«

»Ach so«, sagte ich dümmlich.

Ich ging auf einen Barhocker zu, um dort darauf zu warten, dass Rick mich in die Pension brachte. Mir war schwindlig, ob vom Alkohol oder ob Rick mir die Fassung raubte, konnte ich nicht sagen. Ich nahm mir vor, künftig weniger tief ins Glas zu schauen. Zunächst galt es, Haltung zu bewahren, denn ich war reichlich beschwipst.

Aus dem Augenwinkel sah ich Raik auf mich zutorkeln, der sichtlich angetrunken war. »Wie kommst du nach Hause, Semra?«

»Rick ist so lieb und fährt mich«, antwortete ich wahrheitsgemäß.

»Der alte Schwerenöter ... nutzt die Gelegenheit sofort aus.« Er lachte. »Ich glaube, mein guter Freund hat sich in dich verguckt. Aber er ist ein lieber Kerl, schau ihn dir doch nur an.« Raik wies mit dem Finger auf seinen Freund, der in einem Affentempo durch die Kneipe lief, um den Laden auf Vordermann zu bringen.

Prüfend sah ich Raik an. »Wer bringt dich denn nach Hause?«

»Mich?« Raik schien zu überlegen. »Das hat sich wohl heute Abend erledigt. Sandy ist ohne mich nach Hause. Sie ist wohl für immer fort.« Raik lachte freudlos.

Richtig, ich erinnerte mich, Sandy war ihr Name. Ich fragte mich gerade, ob ich irgendetwas verpasst hatte, da redete Raik weiter.

»Sie ist mit einem Jugendfreund abgezogen. Den wollte sie anscheinend mit nach Hause nehmen.« Sein Gesicht verhärtete sich.

»Sie hat dich heute Abend verlassen?«, fragte ich ungläubig.

Raik verneinte. »Nicht heute. Ich glaube, das ging schon eine Weile.«

Ich war schockiert. Aber wenn ich es mir recht überlegte, war Sandy den ganzen Abend sehr reserviert gewesen. Dauernd hatte sie zum Eingang geschielt, als ob sie auf jemanden gewartet hätte.

»Das tut mir leid«, brachte ich mühsam hervor. Ich wusste nicht, ob es mich tröstete, dass auch Männer vom Liebeskummer befallen wurden, oder ob ich Mitleid haben sollte. Ich entschied mich für beides. »Hast du darum so viel getrunken?«

Er nickte schwerfällig. Dabei stützte er sich an meinen Barhocker. »Ausgerechnet vor Weihnachten«, schluchzte er.

Das sollte es geben. Ich konnte mich gut in Raik hineinversetzen. Verständnisvoll legte ich meine Hand auf seinen Arm.

»Semra?«

»Ja?«

»Tust du mir einen Gefallen?«

»Kommt darauf an.«

»Tu meinem Freund nicht weh, bitte.« Raik schielte zu Rick hinüber, der immer wieder zu uns schaute.

»Ich wüsste nicht wie«, sagte ich knapp. Denn diese Diskussion nahm Ausmaße an, die über mein Verständnis hinausgingen. Ich hatte keine Versprechungen gemacht.

»Ich glaube, der ist voll verknallt.«

Ich zuckte mit den Schultern. »Da musst du dich irren«, sagte ich sanft. Gott sei Dank war Rick kurz darauf fertig. Sobald er mich zur Pension gefahren hatte, konnte er sich um seinen Freund kümmern. Mir war diese Aufgabe eine Nummer zu groß.

Erleichtert rutschte ich vom Hocker, als ich sah, wie Rick die Autoschlüssel hinter dem Tresen hervorholte. Dies schien mein Moment zu sein, um mich aus der Trösterinnenrolle zurückzuziehen.

»Tschüss, Raik, schlaf dich erst mal aus. Morgen sieht die Welt wieder anders aus.« Ich gab ihm einen Kuss auf die Wange und flüchtete zur Tür.

Winterinsel Sylt

Rick hielt vor dem Haus seiner Schwester. Tilda und Jon waren zurück von ihrer kleinen Feier, ich erkannte das Auto der beiden in der Hofeinfahrt. Dicke Schneeflocken fielen leise vom Himmel. Es stand nun nicht mehr infrage, das Weihnachtsfest würde weiß daherkommen. Ich sah zu dem Fenster hinauf, von dem ich vermutete, dass es Tildas und Jons Schlafzimmer war, und lächelte.

»Hoffentlich hatten die beiden wenigstens einen schönen Abend«, wisperte ich ergriffen.

Rick sah mich ruhig von der Seite an. Beide Hände lagen auf dem Lenkrad, als er ebenfalls nach oben schaute. Ohne den Blick abzuwenden, fragte er leise: »Ich hoffe doch, dein Abend war nicht schlechter?«

»Ich hatte einen wunderschönen Abend, danke für alles.«

»Ich habe mir schon Gedanken gemacht.«

»Nein, aber Raik ist ziemlich unglücklich.«

Rick schnaubte. »Ein Unglück, welches vorhersehbar war. Es hat sich bereits eine Weile abgezeichnet, dass Sandy die Fühler nach etwas Neuem ausstreckt. Raik wollte es nur nicht wahrhaben.« Er sah mich an. Er löste bei mir einen Sturm der Gefühle aus.

»Aber er wird dich jetzt brauchen, nicht wahr?« Meine Stimme gehorchte mir nicht.

»Vielleicht«, meinte er. »Es ist gut möglich, dass er auf der Eckbank im Friesengewitter eingeschlafen ist. Ein begehrter Platz.« Er grinste mich an. Dann wurde er ernst. »Du bist nur morgen noch auf Sylt, habe ich recht?«

Ich streckte mich, denn meine Knochen rebellierten nach der langen Nacht. »Ja, ich freue mich auf meine Familie, vor allem auf die Kinder meiner Schwester.«

Seine Blicke schienen mich zu durchbohren.

»Was ist?«, fragte ich spitz.

Er schüttelte leicht den Kopf. »Ich weiß nicht. Irgendwie werde ich aus dir nicht schlau. Im einen Moment glaube ich, du freust dich, mich zu sehen, und im nächsten bist du böse auf mich.«

Ich sah Rick verschämt an. Dann riss ich mich zusammen. »Es tut mir leid, wenn ich dich enttäusche.« Da war ich wieder, die Zicke vom Dienst. Dennoch konnte ich nicht anders. Ich öffnete die Tür, um auszusteigen. »Danke fürs Herbringen, morgen fahre ich mit dem Bus nach Westerland, um mein Auto zu holen.«

»Lass mir deine Schlüssel da, ich bin morgen früh mit Raik unterwegs, dann bringen wir dir dein Auto vorbei.«

Ich lächelte gequält und warf die Schlüssel auf den Sitz, dann schlug ich die Autotür lauter als nötig zu.

Ricks Wagen schlingerte im Schnee, als er mit Vollgas davonfuhr. Ich hatte es offenbar geschafft, ihn wütend zu machen. Doch nicht so ein feiner Kerl, was? Ich hob das Kinn und stapfte über den Gehweg zur Tür.

Leise öffnete ich sie. Auf der großen Fußmatte quälte ich mich aus den Stiefeln, um sie dort zum Trocknen stehen zu lassen. Sie waren voller Schnee und ich wollte damit nicht ins Obergeschoss laufen. Um niemanden zu wecken, schlich ich auf Zehenspitzen die Treppe hoch. Leise führte ich den Schlüssel ins Schloss und drehte ihn mit einem Klick um.

Ich lauschte. Das Haus blieb still. Vorsichtig machte ich die Tür zu.

Die Ruhe im Zimmer war einerseits angenehm, andererseits fühlte ich mich mit einem Schlag einsam. Das Handy auf dem Nachtschrank blinkte. Siedend heiß fiel mir ein, dass ich es vergessen, aber auch nicht vermisst hatte. Moni! Ich hatte versprochen, mich bei ihr zu melden. Das würde ich morgen nachholen müssen. In diesem Moment wollte ich nur ins Bett.

Ich fühlte mich unendlich wohl in Tildas Pension. Sie und ihr Mann waren fast so etwas wie Freunde geworden. Ich würde sie schrecklich vermissen, wenn ich zurück in Flensburg war. Mein Urlaub auf Sylt schrie förmlich nach einer Wiederholung. Aber dann bestimmt im Sommer, wenn die Nordsee zum Baden einlud. Ich fragte mich, ob Rick gerne im Meer badete.

Ich schälte mich aus den Klamotten und kuschelte mich unter die warme Decke, die ich bis zu den Ohren hochzog. Dann lauschte ich noch lange in die Stille hinein. An mein Telefon dachte ich nicht mehr.

Am nächsten Morgen wurde ich unsanft geweckt. Neben mir schrillte der Wecker. Wecker? Ich schoss hoch und musste mich erst mal sammeln. Ich besaß keinen Wecker. Mein Handy klingelte beinahe mahnend.

»Moin«, sagte ich gähnend.

»Sag mal, Semra, spinnst du?«

Ich hielt den Hörer etwas weiter weg vom Ohr. Diese Lautstärke vertrugen meine feiergeschädigten Ohren leider überhaupt nicht. Verwirrt sah ich auf das Display, auf dem mich Monis Lächeln anstrahlte. Ihre Stimme wirkte allerdings alles andere als strahlend, sondern war mit Vorwürfen gespickt.

»Moni«, sagte ich gedämpft, denn ich hatte den Eindruck, sie könnte die gesamte Etage aufwecken. »Was gibt es denn so früh?«

»Früh? Es ist fast Mittag, wo steckst du?«

»Auf Sylt«, antwortete ich wahrheitsgemäß. Obwohl ich momentan nicht wusste, wo oben oder unten war. Definitiv lag das am Alkohol.

»Wie ich höre, geht es dir gut, mehr wollte ich eigentlich auch nicht wissen. Wenn du wach bist, kannst du dich bitte melden? Ich wüsste gerne, ob ich dich vor dem Heiligen Abend noch mal sehe.«

Ich setzte mich auf. »Ich bin wach und ja, wir sehen uns. Ich nehme den ersten Autozug morgen früh. Danach können wir zusammen frühstücken, wie es geplant ist.«

Moni schien ruhiger zu werden. »Dann ist ja gut«, sagte sie tonlos.

»Ist es denn schön?« Die Frage klang eher desinteressiert, sicherheitshalber ignorierte ich den Vorwurf, der deutlich in ihrer Stimme mitschwang.

»Ja ... aber ich freue mich auf zu Hause.« Es fühlte sich an, als würde ich sie anlügen. In diesem Moment sträubte sich alles in mir dagegen, nach Flensburg zurückzukommen.

»Hast du jemanden kennengelernt?«, fragte Moni misstrauisch.

Ich spitzte die Lippen. »Nö, wie kommst du darauf?«

»Nur so, ich kenne dich. Ich habe so ein Gefühl, du könntest mir etwas verschweigen.«

Ich hustete. Normalerweise erzählte ich Moni alles, aber gab es etwas Nennenswertes zu berichten? Rick war sicher kein Thema. Oder vielleicht doch? Ich beschloss, ihr von den Tagen auf der Insel zu erzählen, einschließlich Rick, und endete mit: »Der ist ziemlich nervig, weißt du.«

Moni schwieg, dann holte sie hörbar Luft. »Nee, weiß ich nicht. Für mich hört es sich eher nach chaotischer Liebe an.«

Peng! Das saß.

»Ich weiß nicht, was du meinst«, stotterte ich.

»Schon klar.« Moni kicherte. »Wir unterhalten uns weiter, wenn du auf meinem Sofa sitzt. Ich hab dich lieb, Semra. Pass auf dich auf. Ja?«

»Sowieso, bis bald. Ich vermisse dich. Bussi.«

Moni legte auf. Benommen starrte ich vor mich hin. Meine Freundin wusste immer als Erste, wann ich verliebt war. Aber dieses Mal irrte sie sich.

Mit Schwung schlug ich die Decke zurück, um zu duschen. In meinem Kopf drehte sich alles. Hoffentlich war das nach der kalten Dusche verschwunden.

Moni hatte gnadenlos übertrieben, als sie meinte, es wäre fast Mittag. Punkt neun Uhr stand ich unten in der Küche bei Tilda, die mir einen dampfenden Kaffee servierte.

»Den kannst du gut gebrauchen, nicht wahr?«

Wortlos nahm ich den Becher entgegen. Nach dem ersten Schluck erkundigte ich mich nach ihrer kleinen Feier mit Jon. Tilda sah mich zerknirscht an.

»Es war alles wunderschön, nur konnte ich keinen Bissen herunterschlucken«, jammerte sie enttäuscht.

»Schlechtes Gewissen wegen deiner Figur? Das ist völlig fehl am Platz«, tadelte ich gespielt ernst.

Tilda winkte ab. »Nein, das war es nicht. Ich vermute, die Aufregung ist mir auf den Magen geschlagen.«

»Du Ärmste«, tröstete ich Tilda. Ich nahm sie in die Arme und drückte sie an mich.

»Ach, Semra, ich bin froh, dass du bei uns wohnst. Ich hätte dich vermisst, wenn ich dich nie hätte kennenlernen dürfen.« Tilda seufzte so schwer, dass ich lachen musste.

»Du kannst nichts vermissen, was du nicht kennst.«

»Stimmt, aber ich wollte damit sagen, dass es schön ist, dich zu kennen.«

»Das gebe ich sofort zurück. Ich bin glücklich, dass es dich gibt.«

Lachend fielen wir uns in die Arme. Mir fiel auf, dass ich das Ehepaar Schneider lange nicht gesehen hatte. Schnell erkundigte ich mich bei Tilda, wie es ihnen ging.

Tilda blies die Wangen auf. Mit hochgezogenen Schultern sah sie mich fragend an. »Ich habe sie nicht gesehen. Zum Frühstück haben sie sich abgemeldet, weil sie in Westerland im Café Reimers einen Tisch reserviert hatten. Seitdem habe ich nichts mehr von ihnen gehört.«

Ich machte mir ernsthafte Sorgen um die beiden. Hoffentlich war ihnen nichts passiert. Bei unseren wenigen Treffen hatten sie sich in mein Herz geschlichen. Es wäre unerträglich für mich gewesen, sollte ihnen etwas passiert sein.

»Aber die Schwägerin müsste doch inzwischen eingetroffen sein?«

»Bei mir hat sie nicht gebucht, daher weiß ich auch darüber nichts«, meinte Tilda bedauernd.

Ich grübelte, wo ich das Paar antreffen könnte. So klein war Sylt nun auch wieder nicht. Ich erinnerte mich, dass die beiden bei Gosch lange gesessen hatten. Ob ich später dort mal nachschauen sollte? Draußen schneite es ununterbrochen. Einen letzten Strandspaziergang würde ich mir trotzdem nicht nehmen lassen. Wozu hatte ich schließlich meine neue warme Jacke?

»Du hattest gestern einen schönen Abend bei meinem Bruder?« Tilda grinste mich wissend an.

Warum grinste sie? Gab es etwas, was ich nicht wusste? Nein, ich konnte mich an jede Minute des Abends erinnern. Augenblicklich dachte ich an den letzten Tanz mit Rick. Ein Schauer lief über meinen Körper. Plötzlich roch ich seinen Duft, hörte seine warme Stimme und spürte seinen starken Körper. Ich blinzelte die Erinnerung weg, die vor meinem inneren Auge auftauchte. Weg von meinen Gefühlen, die mich übermannten.

»Oha«, hörte ich Tilda, »kann es sein, dass du ein wenig ...«

Ich warf den Kopf herum. »Nein«, ihr irrt euch!«, rief ich panisch. Natürlich erntete ich einen verwunderten Blick von meiner neuen Freundin.

»Ich glaube, Rick würde es freuen, wenn du dich bei ihm meldest, bevor du morgen in aller Frühe die Insel verlässt.«

»Na klar, mache ich. Es war wirklich ein schöner Abend gestern«, gab ich zu.

Tilda schmunzelte und machte sich über die Tomaten her, die fürs Frühstück gewaschen werden mussten.

»Darf ich bei dir in der Küche bleiben?«

»Gerne, ich liebe es, hier mit dir zu plaudern.« Tilda stellte Wurst, Käse und Brötchen auf den Tisch. Danach goss sie Kaffee nach und nahm selbst auch einen Becher.

Bei Tilda fühlte ich mich ausgesprochen wohl. Ihre unkomplizierte Art, ihr aufmunterndes Lachen und ihre Menschenliebe machten das Zusammensein auf gewisse Weise zu einem Urlaub für die Seele. Ich wünschte mir, eines Tages genauso glücklich werden zu dürfen wie sie.

Ich sah zum Küchenfenster hinaus. Dicke Schneeflocken fielen vom Himmel, der weiter hinten etwas heller wurde. Ob es doch noch ein schöner letzter Tag auf Sylt werden würde? Der Wetterbericht verkündete weiteren Schneefall. In der Nacht sollte es windiger werden, bis hin zu einem handfesten Sturm. Aber bei Tilda in der Küche war es angenehm warm und gemütlich.

Ich war erleichtert, als Frau Schneider im Türrahmen erschien und uns unsicher, aber freundlich grüßte.

»Frau Schneider, wie schön, dass Sie da sind«, rief ich. »Ich fürchtete bereits, die Insel verlassen zu müssen, ohne mich von Ihnen verabschieden zu können.«

Frau Schneider wirkte verwirrt. Ihre Augen blinzelten unaufhörlich. Dabei schien sie den Tränen nahe. Verwundert sahen Tilda und ich uns an.

»Ich suche meinen Mann«, sagte sie weinerlich. »Haben Sie ihn gesehen?«

Besorgt sprang ich vom Stuhl hoch, um auf Frau Schneider zuzugehen.

Erschrocken wich sie zurück. »Wer sind Sie? Ich will sofort zu meinem Mann!«, schrie sie auf. Derart verwirrt hatte ich Frau Schneider nie erlebt. Das machte mir Angst.

»Er ist sicher gleich da, beruhigen Sie sich bitte«, flüsterte ich.

»Er ist doch ohne mich völlig hilflos«, jammerte sie. Dabei war es eindeutig nicht Herr Schneider, der auf Hilfe angewiesen war.

Erleichtert atmete ich auf, als ich Schritte auf der Treppe vernahm. Herr Schneider eilte auf uns zu, um sich dann sofort seiner Frau zu widmen.

»Magdalein, ich bin doch hier«, sagte er atemlos. »Komm, setz dich in den Frühstücksraum, ich bringe dir einen Tee.«

Fürsorglich begleitete er seine Frau an den Tisch, den sie seit Beginn ihres Aufenthalts belegt hatten. Er gab ihr einen Kuss auf das weiße Haar, bevor er ans Buffet ging und eine Kanne Tee holte. Fragend sah ich ihn an.

»Meine Frau ist von Mal zu Mal etwas verwirrt, dann weiß sie nicht, wo sie sich befindet. Bitte entschuldigen Sie den Umstand«, raunte er mir zu.

»Das tut mir leid«, sagte ich leise. Traurig blickte ich zu Frau Schneider hinüber, die offenbar zu ihrer alten Form zurückgefunden hatte. Unbekümmert legte sie Brötchen auf den Platz ihres Mannes, die er gleich zerteilen sollte.

»Semra, Kind, wie schön. Frühstücken Sie mit uns?«, fragte sie.

Ich sah zu Herrn Schneider. Dieser schüttelte leicht den Kopf. »Sie braucht für einige Zeit Ruhe«, sagte er so leise, dass ich seine Worte kaum verstand.

»Wir sehen uns später noch, Frau Schneider, ich bin auf dem Sprung«, log ich.

Herr Schneider blinzelte mir dankbar zu. Tilda zog mich in die Küche und schloss hinter mir die Tür.

»Die arme Frau«, sagte ich betroffen.

Tilda nickte. »Der arme Mann«, ergänzte sie erschüttert. Diese lieben Menschen waren mir ans Herz gewachsen. Ihre liebenswürdige Art hatte auf meiner Seele Spuren hinterlassen. Ich musste an die frische Luft, zumal Tilda nun auch in ihrer Küche Weihnachtsmusik laufen ließ.

»Ich will an den Strand«, teilte ich ihr mit und bewegte mich zur Tür.

»Semra, warte.« Sie kam auf mich zu. »Willst du Rick nicht besuchen? Er freut sich sicher, er hat dein Auto bereits vorbeigebracht.« Eindringlich sah sie mich an.

»Das werde ich später, versprochen.«

Tildas Gesicht hellte auf. »Dann bestell ihm liebe Grüße, wir kommen Heiligabend gegen Mitternacht in seinen Schuppen.«

»Er hat mir erzählt, dass ihr später vorbeischauen würdet, wenn die Familie in den Federn liegt.«

»Dann ist für mich richtig Weihnachten, bei Rick und den vielen Gästen. Du solltest es mal ausprobieren. Vielleicht im nächsten Jahr? Auch die Silvesterparty ist immer wieder ein Knaller.« Tildas Augen leuchteten vor Begeisterung.

»Ich überlege es mir«, versprach ich. Ich verabschiedete mich mit einer raschen Umarmung.

Beim Verlassen des Hauses warf ich einen besorgten Blick in das Speisezimmer. Frau Schneider erweckte den Eindruck, zurück in der Realität zu sein. Sie unterhielt sich mit ihrem Mann, als ob nie etwas vorgefallen wäre. Beide winkten mir gut gelaunt zu.

Es schneite ohne Unterlass. Ich war glücklich, nicht mit dem Bus fahren zu müssen. Rick war offensichtlich sehr zuverlässig. Eindeutig ein Pluspunkt für ihn. Ich hatte vor, nach Hörnum zu fahren, aber bei den Straßenverhältnissen überlegte ich, ob ich nicht lieber mit dem Strand in Westerland vorliebnehmen sollte. Unschlüssig blieb ich unter dem Vordach des Eingangs stehen.

Als Tilda die Tür öffnete, musste ich grinsen. Sie hatte nur ein T-Shirt an und der Schnee trieb ihr entgegen. Sie reichte mir wortlos einen Handfeger, damit ich mein Auto freifegen konnte. Sie dachte einfach an alles und war eine perfekte Gastgeberin. Wegen der Kälte schloss sie die Tür sofort wieder, sobald ich den Besen entgegengenommen hatte.

Ich war nicht zum ersten Mal glücklich über meine neue, warme Winterjacke. Entschlossen stapfte ich durch den Schnee. Der leichte Pulverschnee ließ sich problemlos vom Auto entfernen.

Versonnen sah ich mich um. Die weiße Pracht hüllte die Insel in Watte. Der graue Himmel kündigte weiteren Schneefall an. Trotzdem tat mir die kühle Luft gut, auch wenn meine Finger inzwischen steif zu werden drohten. Handschuhe hatte ich leider keine. Sofort war mir klar, was ich in Westerland zu erledigen hatte. Passend zu meiner Jacke wollte ich mir richtig gute Handschuhe kaufen. Die würden sicher nicht gleich ein Vermögen kosten. Ich dachte an den Pulli, den ich mir angeschaut und sofort zurück an seinen Platz gehängt hatte, während Rick mich amüsiert durch das Schaufenster beobachtet hatte.

Zum Glück war mein Auto geländetauglich. Es schob sich durch den Schnee, als wäre er aus Watte. Hinten lag die Matratze, die ich sicherheitshalber mitgenommen hatte. Ich war froh, dass sie nicht zum Einsatz gekommen war.

In der Pension fühlte ich mich pudelwohl. Ich würde bestimmt wiederkommen. Es kribbelte in meiner Magengegend, als mir bewusstwurde, dass ich dann auch Rick wiedertreffen würde. Ich grinste, er schien tatsächlich Interesse an mir zu haben. Aber ich war nicht bereit für etwas Neues. Eigentlich hatte er das nicht verdient.

Mein Herz klopfte wild in meiner Brust. Regten mich die glatten Straßen auf? Da musste ich jetzt irgendwie durch. Es wäre undenkbar, wegen des bisschen Schnees in der Pension zu bleiben. Meinen letzten Inseltag wollte ich auskosten. So bald würde ich nicht wieder hier sein.

Ich spürte einen Stich. Es war mein letzter Tag auf der Insel Sylt.

Abschied von der Insel

Ich freute mich diebisch, denn der Polizeiparkplatz war vom Schnee geräumt. Zielsicher lenkte ich mein Auto dorthin. Hatte ich nicht bereits Gewohnheitsrecht? Gut gelaunt stieg ich aus.

»Endlich erwische ich Sie mal persönlich.«

Ich zuckte zusammen. Meinte die dunkle Stimme etwa mich? Vorsichtig wandte ich mich um. Oje! Ein Uniformierter. Noch dazu ein sehr gut aussehender. Leider verhieß die Polizeiuniform nichts Gutes. Ich setzte mein Unschuldsengelgesicht auf und schenkte ihm ein strahlendes Lächeln.

»Meinen Sie mich?«, fragte ich.

»Genau Sie. Wir sind hier auf Sylt sehr nachsichtig mit unseren Urlaubern, aber Sie haben den Bogen weit überspannt. Ich muss Ihnen einen Strafzettel verpassen.« Er zwinkerte mir freundlich zu. Das gab mir den Mut, mich dumm zu stellen.

»Aber warum denn, Herr Wachtmeister? Habe ich etwas falsch gemacht?«

»Polizeioberwachtmeister. Wissen Sie nicht, wo Sie hier seit Tagen Ihr Auto abstellen?«

»Doch ... immer an dieser Stelle«, stotterte ich.

Ich erkannte ein Zucken um die Mundwinkel des Polizisten. Offenbar kämpfte er mit einem Lachanfall. Ich sah meine Chance kommen und trat näher an ihn heran.

»Wissen Sie, ich bin zum ersten Mal auf der Insel, noch dazu ohne Begleitung. Wenn ich ehrlich sein soll, habe ich mir von diesem Platz

Sicherheit versprochen. Sie wissen doch, wie es Frauen ergehen kann, wenn sie allein verreisen.« Ich gab alles, meine Augen hielten seinem Blick stand. Es war ja nicht einmal gelogen.

Inzwischen sahen wir beide wie Schneemänner aus, denn es fielen ununterbrochen dicke Flocken vom grauen Himmel. Das Gesicht des Ordnungshüters wirkte nun ernst.

»Aber doch nicht auf unserer Insel«, sagte er vorwurfsvoll.

»Nicht?«, erwiderte ich dümmlich. »Dann habe ich richtig Glück, auf dieser Insel gelandet zu sein.« Frech grinste ich ihn an.

»Gute Frau, morgen ist Weihnachten. Ich will mal nicht so streng mit Ihnen sein, aber ich muss Sie bitten, das Fahrzeug von unserem Parkplatz zu entfernen.«

»Gut, ich fahre es später weg. Ich habe einen wichtigen Termin«, log ich und wusste selbst nicht, woher ich diese Dreistigkeit nahm. Ich machte auf dem Absatz kehrt und flüchtete in Richtung Friedrichstraße. Beinahe wäre ich auf der glatten Schneeschicht ausgerutscht. Der Polizist rief mir etwas hinterher, was ich nicht verstand. Ich zog die Schultern hoch und lief, so schnell ich konnte.

In sicherer Entfernung kicherte ich ausgelassen. Das Leben war bunt. Bunter als gedacht. Ich nahm mir vor, es zu genießen, auch ohne Sven. Der Gedanke an ihn versetzte mich für einige Sekunden in die bekannte Traurigkeit. Ich spürte den Stich in meinem Herzen deutlich, aber hatte ich eine andere Wahl, als mich neu zu finden? Ich würde so lange suchen, bis ich wieder ich selbst war.

Langsam machte mir der Schneefall Sorgen. Wenn es so weiterging, würden keine Züge mehr von und nach Westerland fahren. Was wäre, wenn ich morgen keine Überfahrt zum Festland bekam? Tilda war ausgebucht, ich müsste womöglich tatsächlich im Auto übernachten. Und es war inzwischen bitterkalt.

Damit ich mir den letzten Tag nicht verdarb, verwarf ich den Gedanken sofort wieder. Es kam, wie es kommen musste. Meine Mutter hatte mir mal davon erzählt, wie es vor vielen Jahren gewesen war, als eine Schneefront Norddeutschland in Atem gehalten hatte. Wenn man das nie miterlebt hatte, war es schwer, sich den Notzustand hier oben im Norden vorzustellen. Das war 1978 gewesen, als mein Vater in Bundeswehreinsätzen Menschenleben gerettet hatte. Die Urkunde für seine Verdienste aus dieser Zeit, hob meine Schwester in einer Holzkiste auf, die sie hin und wieder hervorholte, um die Erinnerungen an unseren Eltern wach zu halten.

Besorgt sah ich in den dunklen Himmel. Was kam da auf mich zu? Auf jeden Fall war mir klar, dass ich nicht ohne Strafzettel davonkommen würde. Das war aber unwichtig. Ich rechnete nach, wie viel Parkgebühren ich in den vergangenen Tagen gespart hatte. Einen Strafzettel könnte ich verschmerzen.

Inzwischen war ich durchgefroren. Ich verschob meinen Plan, an den Strand zu gehen, und entschied mich, bei Rick reinzuschauen. Dann verabschiedete ich mich eben früher von ihm, als ich mir vorgenommen hatte. Bei der Gelegenheit konnte ich mich aufwärmen. Die lange Diskussion mit dem Polizisten hatte dazu geführt, dass ich mich in meiner Schneepanade fühlte wie ein Eisklotz.

Vor dem Eingang zum Friesengewitter blieb ich stehen und klopfte den Schnee aus meinen Kleidern. Ich stöhnte. Meine Hände waren steif gefroren. Mit den Füßen trampelte ich den Rest aus den Stiefeln und schlüpfte durch die Tür.

Warme Luft schlug mir entgegen. Sofort hatte ich das Bedürfnis, die Jacke auszuziehen. Mit klammen Fingern versuchte ich, den Reißverschluss zu öffnen. Fehlanzeige, er klemmte. Ungeduldig zerrte ich daran, aber es tat sich nichts. Ich fluchte leise und mir brach der Schweiß aus. Erst die Kälte draußen und nun die Wärme im Inneren des Lokals. Rick hatte dem Ofen gut eingeheizt. Wenn ich doch nur die dicke Jacke loswerden könnte.

»Kann ich dir helfen?« Rick erschien dicht vor mir.

Ich spürte, wie der Schweiß an meinem Rücken entlanglief. Ricks Nähe sorgte auf unerklärliche Weise zusätzlich für Hitze in meinem Körper. Mein Gesicht glühte, ich vermutete, dass es rot wie eine Tomate leuchtete.

Regungslos stand er vor mir und sah mich belustigt an. »Du glühst ja, was ist los?«

Ich schnaubte verächtlich. »Eigentlich wollte ich mich aufwärmen und mich bei der Gelegenheit von dir verabschieden. Ich reise morgen früh ab.«

»Warm ist dir offensichtlich, dann können wir zum zweiten Teil deines Plans übergehen. Aber zuerst befreie ich dich aus deiner Jacke.«

Rick zog am Reißverschluss. Nichts. Am liebsten wäre ich hinaus in den Schnee geflüchtet, um mir Abkühlung zu verschaffen.

Rick trat näher an mich heran. Dabei roch ich sein Aftershave, welches mir zusätzlich die Sinne vernebelte. Warum machte der Kerl mich so nervös? Er war überhaupt nicht mein Typ.

Rick hielt den Kopf schief, um genauer auf den Verlauf des Verschlusses schauen zu können. Dabei kitzelte sein Bart meinen Hals. Unwillkürlich zog ich die Schultern hoch.

»Halte still«, forderte er mich auf. Ich spürte einen Ruck und ich war befreit. Sofort schlüpfte ich aus der feuchten Jacke.

»Puh«, machte ich erleichtert. »Ich dachte schon, für immer in dieser Jacke festzustecken. Danke.«

»Keine Ursache.« Er zeigte auf meinen Stammplatz. »Er ist frei, willst du? Ich habe noch Reste vom Mittagstisch, die könnte ich dir anbieten.«

»Danke, aber ich habe spät gefrühstückt. Ein Tee reicht völlig.«

Ich huschte an ihm vorbei und warf mich auf die Bank. Rick verschwand, um den Tee zu holen. Es herrschte kaum Betrieb im Friesengewitter. Ich vermutete, dass alle mit den Weihnachtsvorbereitungen beschäftigt waren oder das Wetter schuld daran war, dass wenig los war.

Rick kam mit zwei Bechern Tee an den Tisch. Er duftete köstlich nach Sahnekaramell, meiner Lieblingsteemischung. Rick schob mir den Zuckertopf zu. Langsam ließ ich zwei Löffel im Becher verschwinden. Rick rückte näher heran und sah mich sinnierend an.

»Was ist?«, fragte ich unwirsch.

Rick zuckte zusammen. »Nichts weiter, aber ich glaube, deine Kratzbürstigkeit werde ich vermissen, wenn du weg bist.«

Ich schmunzelte versöhnlich. »Das tut mir leid.«

»Warum nehme ich dir das nicht ab?«

Ich hob die Schultern. »Weiß ich nicht«, meinte ich. Der Tee war gut und kräftig. Heiß floss er durch meine Kehle. »Ich werde sicher wiederkommen.«

»Ist das eine Drohung oder ein Versprechen?«

»Beides, vermute ich.« Genüsslich schlürfte ich den Tee. Wenn ich die Augen dabei schloss, fühlte ich mich, als ob ich auf einer Wolke schwebte. Der süße Duft betörte mich und Ricks Nähe verwirrte mich.

»Ich muss weiter«, entschied ich plötzlich.

Rick legte mir seine Hand auf den Arm. »Bitte bleib noch. Ich habe heute viel Zeit, die ich mit dir teilen möchte.« Er zeigte auf die leeren Tische. Das Licht der Kerze, die auf dem Tisch flackerte, spiegelte sich in seinen Augen. Der für gewöhnlich coole Rick wirkte ziemlich weichgespült. Das gefiel mir. Bevor ich ihm meinen Arm entzog, drückte ich kurz seine Hand. Dann verschränkte ich meine Arme und lehnte mich abwartend zurück.

»Du musst mir schon etwas bieten, damit ich bleibe. Erzähl mir von dir«, forderte ich ihn auf.

Plötzlich wirkte Rick verletzlich. Hatte er eine Vergangenheit, über die er nicht gerne sprach? Er lehnte sich ebenfalls zurück, ließ seine Hände jedoch in den Schoß sinken. »Zuerst du«, meinte er sanft.

Ich war verwirrt. Was wollte er von mir wissen?

Als ob er mich durchschaut hätte, meinte er: »Warum bist du auf der Insel? Allein?«

Der Stich traf direkt ins Herz. Ich wand mich wie ein Aal im Netz. Ich hatte nicht vorgehabt, ihm meine Leidensgeschichte zu präsentieren. Dennoch musste ich davon ausgehen, dass Tilda ihm zumindest andeutungsweise davon erzählt hatte. Warum bohrte er jetzt nach? Warum stocherte er in meiner verletzten Seele herum?

»Ich weiß nicht, ob es dich interessiert«, begann ich zögerlich.

»Mich interessiert alles, was dich betrifft. Hast du es nicht bemerkt?«

Mir lief ein heißer Schauer über den Rücken. Die Art, wie er es sagte, war ungemein liebevoll und vertraut. »Nein ... doch ... vielleicht, aber ich bin nur für eine Freundschaft zu haben. Alles andere wäre mir zu viel.«

»Ich weiß. Dennoch bist du mir wichtig. Du bringst mich ziemlich durcheinander, Semra Sievers.«

Er blinzelte, als würde ihn die Sonne blenden. Obwohl die Sonne sich nicht blicken ließ, schon gar nicht im Friesengewitter. Die Holzvertäfelungen verschluckten jedes Tageslicht. Dafür sorgten Kerzen für Behaglichkeit. Selbst an den leeren Tischen hatte Rick welche angezündet. Um die Kerzenhalter hatte er Tannengrün gelegt, ein deutliches Zeichen dafür, dass auch hier langsam Weihnachten Einzug hielt. Es wurde immer schwerer für mich, dem Zauber des Festes zu entfliehen. Vielleicht sollte ich mich langsam damit abfinden, dass ich mich ihm nicht entziehen konnte.

Rick verfolgte meine Blicke. »Du stehst nicht auf Weihnachten, oder?«

»Du doch auch nicht«, stieß ich hervor und sah ihn vorwurfsvoll an.

»Nicht unbedingt, aber ich schaue nicht so angewidert drein wie du, sobald es festlich zu werden droht.« Rick sah mich besorgt an. Ich kannte ihn locker oder frech, diese Seite war mir neu. Sie gefiel mir. Sehr sogar.

»Das war nicht immer so«, stieß ich hervor. Sofort verschlossen sich meine Lippen wieder.

»Hab ich mir gedacht.«

Fragend sah ich ihn an.

»Du bist ein sensibler Mensch. Du liebst Traditionen ebenso wie Emotionen, da kannst du mir nichts vormachen.« Sanft wischte er eine Träne von meiner Wange fort, die sich ungefragt gelöst hatte. Ich empfand die sanfte Berührung nicht als unangenehm.

Für einen Wimpernschlag schloss ich die Augen. Dann sah ich ihn an. »Du scheinst eine gute Menschenkenntnis zu besitzen.«

Er lächelte. »Darum liebe ich meinen Job. Hier habe ich verschiedene Menschen um mich herum. Manchmal kann ich sogar trösten.«

Ich richtete mich kerzengerade auf. »Ich bin aber nicht hier, um mich trösten zu lassen«, platzte es aus mir heraus.

Theatralisch warf Rick seine Hände vors Gesicht. Er hatte es schwer mit mir. Ich musste lachen.

»Tut mir leid, ich bin keine gute Gesellschaft.«

»Du weißt es nur noch nicht«, raunte er. »Ich mag deine Nähe sehr.«

Dann erhob er sich, um die neuen Gäste zu begrüßen. Ich beobachtete ihn dabei, wie er das Ehepaar herzlich umarmte, ihnen die Karte reichte und nach den Getränkewünschen fragte. Er blieb einen Moment für ein Gespräch an ihrem Tisch stehen. Die Selbstverständlichkeit, mit der er seinen Gästen entgegenkam, führte dazu, dass jeder Gast sich als etwas Besonderes fühlte. Nun nickte er ihnen zu und wandte sich um. Dann bereitete er die Getränke vor, um sie anschließend an den Tisch zu bringen. Er notierte die Speisewünsche und reichte sie an die Küche weiter.

Wenig später saß er wieder bei mir und blickte mich auffordernd an. Er streckte sich, bevor er zu sprechen begann.

»Dann fange ich mal an. Ich bin zweiundvierzig Jahre alt, vom Sternzeichen Fisch, was gleichzeitig meine Lieblingsspeise ist.« Er grinste, dann redete er weiter. »Ich habe Maschinenbau studiert. Als meine damalige Freundin schwanger wurde, brach ich das Studium ab und nahm einen Job in der Gastronomie an, um uns über die Runden zu bringen. Wider Erwarten hatte ich enorme Freude an der Arbeit und beschloss mich selbstständig zu machen. Dieses Lokal auf Sylt, meiner Heimat, war ein Glücksfall. Ich dachte mir, welch ein Glück für meinen Sohn, auf dieser wunderschönen Insel aufwachsen zu dürfen.«

Aha! Er war verheiratet. Warum flirtete er dann mit mir?

Er wirkte in sich gekehrt. Als er weitersprach, klang seine Stimme heiser. »Leider habe ich nicht damit gerechnet, dass meine damalige

Freundin nicht mitspielen würde. Sie hatte keine Lust auf die Insel. Kurz nachdem ich die Bude hier eingerichtet hatte, sagte sie mir, dass sie sich trennen wollte.«

»Hast du noch Kontakt zu deinem Sohn?«

Rick lächelte. »Es ist ein Mädchen geworden.«

»Gratuliere«, sagte ich aufrichtig.

Ein Schatten fiel über sein Gesicht. »Danke. Ich habe sie nur einmal sehen dürfen. Ich weiß nicht mal, wo sie jetzt leben.«

Ich schlug die Hand vor den Mund. »Wie lange ist das jetzt her?«

»Fünfzehn Jahre.«

»Sie ist fast erwachsen«, stellte ich bedrückt fest.

Ein Nicken war die einzige Antwort, denn Rick schien den Verlust seiner kleinen Familie nie verwunden zu haben.

»Oh«, sagte ich. Automatisch legte ich meine Hand in seine. »Aber vielleicht will sie ihren Vater irgendwann kennenlernen.«

»Vielleicht, ja. Aber so viele verschenkte Jahre ...«

Ich spürte Wut in mir aufsteigen. Wut über diese Person, die Rick auf eine so heimtückische Art das Herz gebrochen hatte. Rick wirkte unendlich traurig, als er mit seiner Geschichte fertig war.

»Für mich war Elly das süßeste Baby auf der Entbindungsstation.« Er schluckte.

In diesem Augenblick läutete die Klingel aus der Küche. Das Essen für die Gäste war fertig. Sofort stand Rick auf, um sie zu bedienen. In der Zeit hatte ich Gelegenheit, das Gehörte zu verarbeiten. War mein Leben wirklich so schlimm? Hatte Rick nicht ein viel härteres Schicksal zu verkraften? Ich fragte mich, wie er die fünfzehn Jahre verbracht hatte. War er seitdem ohne Partnerin?

Ich fühlte mich ertappt, als Rick plötzlich wieder zurückkam. Er hatte einen Salat mitgebracht, den er mir mit einem Lächeln vorsetzte. Ich hatte zwar keinen Appetit, aber ich würde trotzdem versuchen etwas zu essen.

Regungslos starrte ich Rick an. Mir fehlten einfach die richtigen

Worte zu diesem von Ungerechtigkeit strotzenden Thema. Ich schluckte. »Rick, ich …«

Er unterbrach mich. »Du musst nichts sagen. Ich spreche für gewöhnlich nicht darüber, nur wenige Menschen, meine Schwester und Raik eingeschlossen, wissen davon. Auf der Insel gelte ich als seltsamer Junggeselle.«

Ich horchte auf. Bei seinem Charme konnte ich kaum glauben, dass er keine Beziehung hatte.

Rick räusperte sich. »Dir musste ich davon erzählen, denn ich bin endlich wieder in jemanden verliebt …«, sagte er kaum hörbar.

Ich hielt es für besser, den letzten Satz aus meinem Gehirn zu verbannen. Ich hatte meine Stiefel unter dem Tisch ausgezogen. Mit angezogenen Knien saß ich nun auf der Bank. Ich schlang meine Arme um die Beine und legte mein Gesicht nachdenklich auf den Knien ab. Dann wandte ich meinen Blick zu Rick.

»Nun bin ich wohl dran, oder?«, flüsterte ich gepresst. Dass Rick mir seine Liebe gestand, löste bei mir Beklemmungen aus. Damit kam ich nicht klar. Mit einem Seufzen begann ich trotzdem, ihm von Sven zu berichten. »Ich weiß nicht, ob ich mich so schnell wieder verlieben könnte«, schloss ich meine Ausführungen darüber, warum ich allein auf Sylt war.

»So ein Arsch«, zischte Rick. »Aber ich bin dennoch froh, dass du hier bist. Kommst du wieder?«

Ich nickte stumm. Das Kribbeln in meinem Bauch verunsicherte mich. Warum kamen eigentlich keine neuen Gäste?

Ich sah zum Eingang und erkannte die Antwort. Draußen schneite es ununterbrochen weiter. Meinen vorerst letzten Strandspaziergang konnte ich mir abschminken. Da auch der Wind kräftig zugenommen hatte, würde es am Wasser sicher ungemütlich werden.

Gegen den Wind

Die Tür flog auf und eine junge Frau trat leise fluchend herein. Ich erkannte eine von Ricks Angestellten unter dem Schneemantel. Verdutzt sah sie sich im Gastraum um.

»Ups, hier ist ja tote Hose. Ich hätte gar nicht herkommen müssen?« Sie sah fragend in unsere Richtung.

Rick überlegte kurz. Dann sah er mich prüfend an. »Was meinst du, kleinen Ausflug an den Strand? Bist du dabei?«

Ich nickte zögernd, denn ich hatte Respekt vor dem Wetter draußen.

»Du kommst genau richtig, Bea, wenn du deine Schicht trotzdem übernehmen möchtest?«

»Klar, ich bin ja hier.« Sie schälte sich aus der Jacke und ging mit nassen Schuhen in den Personalbereich. »Ich bin in fünf Minuten fertig.« Dann war sie verschwunden.

Ich sah Rick verwundert an. Er rieb die Hände aneinander und strahlte. »Wir stürzen uns in den Kampf gegen den Wind.«

Ich musste lachen. »Wir werden hinterher aussehen wie die Schneemänner.«

»Eher wie Eisberge«, tönte es aus der Ecke. Bea kam zurück und hatte die letzten Worte gehört. »Ich wünsche euch trotzdem viel Vergnügen«, meinte sie gönnerhaft und konnte sich dabei ein Kichern nicht verkneifen.

Ich rutschte unruhig auf meinem Platz herum. Ein Blick aus dem kleinen Fenster neben dem Eingang genügte mir, um diese Aktion für blödsinnig zu halten. Mein Auto fiel mir ein. Ob der grinsende Polizist es abschleppen lassen würde? Sollte ich es nicht besser umparken? Außerdem fragte ich mich, ob ich es überhaupt unbeschadet zurück nach List fahren konnte. Es schneite weiterhin ununterbrochen.

Rick gab mir einen freundschaftlichen Stoß. »Was ist, bist du doch nicht dabei?«

»Doch«, sagte ich bestimmt und nahm meinen Mut zusammen, um mit dem Mann, der mir Hitzewellen bescherte, zusammen ans Meer zu wandern.

Wir standen gleichzeitig auf, als ich bemerkte, dass ich meine Stiefel noch nicht wieder angezogen hatte. Ich griff unter den Tisch und schlüpfte hinein. Rick reichte mir meine Jacke, die ich zögernd anzog. Am Ofen war sie zumindest trocken geworden. Rick gab mir außerdem eine Mütze, die eigentlich nicht meinem Geschmack entsprach. Trotzdem setzte ich sie auf. Ein zusätzlicher Schutz unter der Kapuze konnte nicht schaden.

Er blinzelte mir lächelnd zu. »Bereit?«

»Ja.« Ich lachte übermütig.

Als wir die Tür öffneten, schlug uns ein eisiger Wind entgegen. Fast war ich versucht, den Rückzug anzutreten, doch dann ergab ich mich den Naturgewalten. Ich roch das Salz in der Luft, welches mich mit einem unerwarteten Glücksgefühl erfüllte.

Mit vorgebeugten Körpern kämpften wir gegen den Wind an, der inzwischen zu einem Sturm herangewachsen war. Rick ergriff meine Hand. Ob er ahnte, dass ich mich so besser fühlte?

Ich konnte kaum etwas erkennen, der Schnee trieb in mein Gesicht und nahm mir die Luft zum Atmen. Außer uns schien niemand unterwegs zu sein. Meine Gesichtshaut prickelte bereits nach wenigen Sekunden. Ich redete mir ein, dass es dem Sturm zuzuschreiben war. Vielleicht lag es aber doch an den Berührungen durch Ricks immer noch warme Hand.

Ich entzog ihm die Hand, um mich kurz entschlossen bei ihm einzuhaken. Wir übten einen Gleichschritt, kamen aber immer wieder heraus, weil der Sturm in Böen an unseren Jacken zerrte und wir dabei jedes

Mal das Gleichgewicht verloren. Meine Kapuze flog ständig nach hinten, bis Rick stehen blieb und die oberen Druckknöpfe schloss. Ich sah, dass er leicht zitterte. War ihm kalt?

Mit halb geschlossen Augen versuchte ich, durch den Schnee in seine zu schauen. Sein Bart war voller Eiskristalle. Es gelang mir nicht, einen Blick von ihm aufzufangen.

Plötzlich begann ich zu lachen. Es war ein befreites Lachen. Ich schob mein Gesicht unter Ricks Arm, um mich etwas zu schützen. Der Schnee fiel in meinen Mund, auf meine Augen und rutschte in großen Brocken aus meiner Kapuze.

Mein Lachen verstummte, als Rick den anderen Arm schützend um mich legte. Es wirkte auf mich gleichermaßen verwirrend wie vertraut. Ich wehrte mich nicht dagegen, sondern ging weiter mit ihm zum Strand.

Die Promenade war menschenleer. Nur vereinzelt waren Körper zu erkennen, die sich wie wir gegen den starken Wind stemmten. Außer Atem blieben wir stehen, bevor wir den Weg zur Wasserkante fortsetzten. Die See rollte drohend an den Strand, um kurz darauf mit weißen Schaumkronen erneut Anlauf zu nehmen, um die Insel zu erobern.

Rick zog mich ein Stück zurück. »Bei der Kälte auch noch nasse Füße zu bekommen, das könnte böse ausgehen«, schrie er gegen den Wind und die Lautstärke der Wellen an.

Wir entschieden uns, unseren Kampf Richtung Norden weiterzuführen. Dann hätten wir auf dem Rückweg den Wind im Rücken. Sozusagen als Belohnung.

Abrupt blieb ich stehen. »Warum machen wir das hier eigentlich?«, fragte ich. Der Wind trug meine Stimme ins Nirgendwo, aber Rick hatte mich verstanden.

»Weil es nicht alle machen«, rief er. Als ich zu ihm aufsah, glitzerten noch mehr Eiskristalle in seinem Bart. Ricks Wimpern schienen nur noch aus Eiskristallen zu bestehen. Hoffentlich sah ich nicht genauso aus. Aber warum sollte es mir besser ergangen sein als ihm?

Ich spürte die Kälte erbarmungslos in meine Knochen kriechen.

Nach etwa einer halben Stunde entschieden wir uns für den Rückzug ins Warme. Es bedurfte nicht vieler Worte. Ein Blick und wir fassten uns zur Umkehr bei den Händen. Eine Unterhaltung wäre ohnehin nicht möglich gewesen.

Doch dann verharrte ich in der Bewegung und löste mich aus Ricks Armen. Ich streckte meine Arme zur Seite, drehte mich im Kreis und legte den Kopf lachend in den Nacken. Dabei bekam ich eine volle Ladung Schnee ins Gesicht. Ich fühlte mich unendlich frei. Das Meer schien nun doch einen Teil dessen zu erfüllen, wofür ich hergekommen war. Ich ließ es zu, dass der Kummer aus meiner Seele mit den Wellen aufs Meer hinausgetragen wurde.

Ricks Vorschlag, es mit dem wilden Wetter aufzunehmen, war goldrichtig gewesen. Innerlich bedankte ich mich bei ihm. An seinem zufriedenen Gesichtsausdruck erkannte ich, dass er mir ansah, wie glücklich ich gerade war. Inzwischen glaubte ich, dass er es so geplant hatte.

Er nahm meinen Arm und schob ihn unter seinen. »Wir müssen ins Warme, los komm.«

Er lachte mit mir um die Wette und es fühlte sich verdammt gut an. Schade, dass unser Ausflug ins Glück gleich zu Ende gehen musste. Oder war es erst der Anfang? Morgen reiste ich ab. Es war möglich, dass ich diesen Zauber nie mehr erleben würde.

Das Tageslicht verschwand langsam, am Himmel zogen schwarze Wolken bedrohlich über unsere Köpfe hinweg. Das letzte Stück zum Friesengewitter lief ich stapfend durch den Schnee. Meine Füße spürte ich kaum, daher fiel mir das Laufen immer schwerer. Vor dem Eingang des Pubs befreiten wir uns gegenseitig von der weißen Pracht. Übermütig lachend stürmten wir ins Warme.

Bea hatte uns kommen sehen und war dabei, heißen Tee zu bereiten. »Ihr Verrückten«, meinte sie kopfschüttelnd. »Kein Mensch geht bei dem Wetter freiwillig nach draußen.« Sie schmunzelte leicht, als sie das Heißgetränk servierte.

»Danke, Bea. War inzwischen was los?«, erkundigte sich Rick.

»Nein, alles ruhig. Soll ich Feierabend machen?« Ein Hoffnungsschimmer zeigte sich auf ihrem Gesicht. Offenbar wäre sie lieber zu Hause bei ihrer Familie gewesen.

»Es wäre schön, wenn du bleiben könntest«, sagte Rick und sah sie treuherzig an. Bea nickte kurz und verschwand hinter den Tresen. Dort beschäftigte sie sich damit, den Kühlschrank zu säubern, eine Arbeit, die bei vollem Betrieb oft nicht möglich war.

Ich schlüpfte aus den Stiefeln, damit meine Füße sich erholen und wärmen konnten. Rick und ich unterhielten uns sehr lange, ohne uns zu streiten. Erst als es draußen stockduster geworden war, machte ich mich auf dem Weg zur Pension Tilda. Der Abschied hatte kommen müssen, so war es nun mal, aber dass es mir so schwerfiel, hätte ich nicht für möglich gehalten.

Rick blickte mich beinahe liebevoll an. Er schluckte. »Ich werde dich vermissen. Aber ich wünsche dir ein frohes Weihnachtsfest bei deinen Lieben.«

»Das wünsche ich dir auch«, flüsterte ich ergriffen. »Vor allem, dass du deine Tochter irgendwann in die Arme schließen darfst.«

Rick vermied es, mich anzusehen. Die Sehnsucht nach seinem Kind schmerzte offensichtlich. Sofort bereute ich, das Thema erneut angesprochen zu haben. Als er aufsah, schimmerte es feucht in seinen Augen.

Er schloss mich fest in seine Arme. »Komm bitte wieder.«

Es klang so normal und schön, dass mein Herz in der Brust laut schlug. Wir waren weit davon entfernt, ein Liebespaar zu werden. Trotzdem bedeutete er mir viel. Jedenfalls dachte ich das.

»Versprochen«, hauchte ich. Dann löste ich mich von ihm und riss energisch die Eingangstür auf.

Der Himmel dachte nicht daran, sich meiner zu erbarmen. Sturm, Schnee und vereiste Wege hatten nach wie vor die Macht über die Insel. Die Frage, ob ich morgen überhaupt auf das Festland gelangen würde, drängte sich immer mehr in den Vordergrund. In wenigen Stunden würde ich eine Antwort darauf bekommen.

Retter in der Not

Rick hatte gesagt, dass er seine Kneipe bald schließen wollte. Es hatte wenig Sinn, auf Gäste zu warten, die ohnehin nicht kamen. Bea hatte sich gefreut, endlich nach Hause zu dürfen. Sie eilte in der Friedrichstraße an mir vorbei und wünschte mir im Laufen eine gute Heimreise.

»Dir schönen Feierabend, Bea. Bis bald mal«, rief ich ihr hinterher.

Mein Magen fühlte sich bei dem Gedanken an mein Auto flau an. Was, wenn es gnadenlos abgeschleppt worden war? Rick hatte geschmunzelt, als ich ihm von der Begegnung mit dem Polizisten erzählt hatte. Aber er hatte mich beruhigt, indem er mir versicherte, dass es auf Sylt keine Abschleppwagen gab. Ich hatte darüber gelacht. Wieder eines der befreiten Lachen, die mir in Ricks Nähe nicht mehr schwerfielen.

Als mein Auto in Sichtweite kam, mutierte mein flaues Gefühl zu einem festen Knoten. Dieser Schneeberg sollte mein Auto sein? Ich würde Stunden benötigen, um es freizuschaufeln. Bei diesem Gedanken wurde mir bewusst, dass ich nichts Brauchbares besaß, um den Schnee beiseitezuschaffen.

Die Straßen sahen nicht besser aus. Wenn ich heil in List ankam, wäre das reines Glück. Inzwischen glich ich selbst wieder einem Schneemann unter dem Polarstern über Sylt.

Mit dem Sturm im Rücken verharrte ich vor meinem Auto und überlegte, wie ich es am besten anstellte, es von der weißen Masse zu befreien. Anpacken lautete die Devise, von allein tat sich nichts.

Mit bloßen Händen begann ich das Dach freizuräumen. Bereits nach wenigen Sekunden schmerzten meine Hände vor lauter Kälte. Ich war den Tränen nahe. Wie sollte ich das nur schaffen? Die Straßen waren leer. Niemand hatte Lust, sich den Verkehrsverhältnissen auszusetzen. Ich könnte einen Bus nehmen, aber ich bezweifelte, dass überhaupt noch einer fuhr. Verflixt, ich bekam richtig Angst, auf Sylt festzusitzen. Meine Finger ließen sich nicht bewegen. Schmerzen setzten ein. Ich verkniff mir die Tränen. Wer wusste schon, was das Wetter mit meinem Gesicht machte, wenn sie zu Eis gefroren.

Ich holte weit aus, um die Schneelast vom Autodach zu schieben, als ich plötzlich einen Körper an meinem spürte. Ich hielt inne. Als ich mich umdrehte, sah ich in Ricks Augen, die mich besorgt ansahen.

»Das wird nichts. Ich habe meinen Jeep da vorne geparkt. Ich bringe dich zu Tilda«, rief er gegen den Sturm an.

Mein Blick wanderte in die Richtung, in die Rick mit seiner behandschuhten Hand wies. Erleichtert nickte ich und konnte die Tränen nun doch nicht zurückhalten. Rick legte den Arm um mich und wir bewegten uns zum Jeep, der mit laufendem Motor an der Straße stand.

In Ricks Wagen war es mollig warm. Er hatte die Sitzheizung auf der Beifahrerseite angeschaltet. Es bereitete mir Schwierigkeiten, den Sicherheitsgurt zu fassen, meine Hände gehorchten mir einfach nicht. Rick griff über mich hinweg und zog ihn fürsorglich über mich, um ihn in die Schnalle zu führen. Mit einem Klick war ich angeschnallt. Rick blieb etwas länger über mich gebeugt, als es nötig war. Sein Blick schien mich zu wärmen und gleichzeitig zu verunsichern.

»Danke«, hauchte ich und sah schnell in eine andere Richtung.

»Du könntest auch bei mir übernachten, dann sparen wir uns den beschwerlichen Weg nach List.« Er deutete mit einem Kopfnicken auf die verschneite Fahrbahn.

Ich hielt die Luft an. Dies genügte Rick, um zu verstehen, dass ich lieber in mein Zimmer wollte.

»Okay, ich hole dich morgen früh ab, damit du versuchen kannst, aufs Festland zu gelangen.«

»Meinst du ... es gibt da Probleme?«

Ein schiefes Grinsen war die Antwort.

Obwohl ich mir denken konnte, was es bedeutete, hakte ich nach. »Etwa doch?«

»Es ist anzunehmen, dass die frühen Züge im Bahnhof bleiben werden. Wenn überhaupt einer fährt, dann gegen Mittag.«

»Scheiße«, entfuhr es mir. »Was mache ich dann?«

»Mit etwas Glück, können die neuen Gäste auch nicht auf die Insel kommen. Dann wäre dein Zimmer zumindest frei.«

Ich raufte mir die Haare. Meine schmerzenden Finger dankten es mir leider nicht. Es fühlte sich an, als ob ein Stromschlag durch die Fingerkuppen fuhr. Ich betrachtete meine vor Kälte gekrümmten Finger. Bis zum zweiten Gelenk waren sie blau angelaufen. Rick zog seine Handschuhe aus und nahm meine Finger behutsam zwischen seine Hände.

»Ich muss aber nach Hause«, jammerte ich verzweifelt.

»Du musst vor allem ins Warme«, sagte er sanft und gab meine Hände frei, um loszufahren.

Mich beschlich ein schlechtes Gewissen, wenn ich daran dachte, dass Rick diese Höllentour auch zurückfahren musste. Wenn ihm dabei etwas passieren würde, könnte ich mir das nie verzeihen.

»Rick? Ich kann das nicht annehmen, du musst mich nicht fahren«, sagte ich mit weinerlicher Stimme.

»Doch bei mir pennen?«, fragte er knapp.

Ich sah zum Seitenfenster hinaus. Schneewehen hatten die Landschaft fest in der Hand. Wir hatten keine zwanzig Meter Sicht.

»Also gut.« Ich seufzte. »Wenn es dir wirklich nichts ausmacht.«

Rick grinste. »Nein, warum sollte es? Ich freue mich, dass du da bist. Dann können wir uns ein weiteres Mal verabschieden.«

Er brachte mich immer wieder zum Lachen. Mit ihm erschien das Leben so sorglos und leicht. Obwohl ich immer wieder schlechte Laune hatte, bemühte er sich weiter um mich.

Ich boxte ihm gegen den Arm. Rick zuckte gespielt zusammen und hielt sich die Stelle, an der ich ihn getroffen hatte. Die Räder rotierten, als er den Wagen auf der Straße wendete. Ich hielt mir die Augen zu vor

Angst, es könnte etwas passieren. Aber Rick hatte sein Auto im Griff. Gekonnt wendete er und gab vorsichtig Gas. Wir mussten nicht weit fahren, schon bog er in eine Seitenstraße ein und parkte den Jeep mitten in einer Schneewehe. Ich reckte den Hals und sah mir unseren Parkplatz an.

»Ob du hier je wieder rauskommst?«, meinte ich zweifelnd.

»Mit Allrad dürfte das kein Problem sein«, sagte Rick zuversichtlich.

Ich stemmte mich gegen die Beifahrertür. Gleichzeitig musste ich sie festhalten, damit sie mir nicht aus den Händen schlug. Der Sturm zerrte wütend am Türschlag.

Rick war zur Beifahrerseite gekommen und half mir beim Aussteigen. Er lotste mich zum Eingang des Hauses, in dem seine Wohnung lag. Schnell schlüpfte ich durch die Tür, die er mir aufhielt.

Das Treppenhaus war schlicht, aber sauber. Wir stiegen die Stufen in den zweiten Stock hinauf und blieben vor der Eingangstür zur Wohnung stehen. Ich wartete, bis Rick den Schlüssel ins Schloss steckte und sie sich öffnete. Wohlige Wärme schlug mir entgegen.

Neugierig trat ich ein. Wie lebte Rick? Der Flur empfing mich mit Schummerlicht. Die hellen Möbel luden unweigerlich zum Wohlfühlen ein. Etwas weiter zum Wohnzimmer hin befand sich eine große Glastür. In der Mitte der Tür waren Ricks Initialen graviert. Schwere Ledersessel dominierten den überraschend großen Wohnraum. Dicke Teppiche schluckten unsere Schritte. Nichts erinnerte an den Wirt Rick.

Meine Finger kribbelten unangenehm, als die Wärme zurückkehrte. Während ich meine Jacke auszog, eilte Rick herbei, um sie mir abzunehmen.

»Setz dich doch«, lud er mich ein. Das musste er nicht zweimal sagen. Erschöpft versank ich in einem Sessel.

»Oh, Entschuldigung, ich habe vergessen, meine Stiefel auszuziehen.« Als ich aufspringen wollte, drückte Rick mich sanft zurück in den Sessel.

»Gib sie mir, ich stelle sie in den Flur«, forderte er mich auf.

Irritiert sah ich zu, wie er mich von den nassen Stiefeln befreite. Es war mir nicht peinlich oder unangenehm. Rick tat es mit einer Selbstverständlichkeit, die mir guttat. Im Anschluss reichte er mir einen Jogginganzug, damit ich mich von den feuchten Klamotten befreien konnte. Ich huschte ins Bad, um in die viel zu großen Sachen zu schlüpfen. Trotzdem war ich dankbar für die trockene Kleidung.

»Möchtest du einen Tee? Ich könnte dir auch einen Grog anbieten«, fragte Rick, als ich zurück ins Wohnzimmer kam.

»Tee wäre fantastisch«, murmelte ich müde.

Bevor er in die Küche ging, legte er mir eine dicke Wolldecke über. Bleiern sank ich in den Sessel. Ich bemühte mich, nicht sofort einzuschlafen, aber es fiel mir schwer, denn die Kälte hatte mir alle Kraft geraubt.

»Bin gleich wieder da«, versprach er.

Ich hörte den Wasserkocher brodeln. Wenn Rick mir nicht geholfen hätte, wäre ich sicher an den Schneemassen verzweifelt und elendig erfroren. Ich rieb die Hände aneinander, die sich noch nicht erholt hatten. Langsam spürte ich, dass die Durchblutung wieder einsetzte. Ich zog die Decke bis zur Nasenspitze. Sie roch nach Rick. Ich schloss die Augen und schnupperte daran. Nicht übel, dachte ich. Rick grinste, als er mit zwei Bechern Tee zurückkam.

»Ich sehe dich immer schlafen.«

»Ich schlafe nicht«, protestierte ich träge.

»Solltest du auch nicht, jedenfalls nicht auf dem Sessel. Ich haben ein gemütliches Gästezimmer, das ist bequemer.«

»Ich finde es hier auch gemütlich, mach dir keine Umstände«, meinte ich und gähnte. »Mir fällt gerade ein, wir sollten Tilda benachrichtigen, dass ich hier bin. Sie macht sich vielleicht Sorgen.«

»Das habe ich bereits erledigt«, sagte Rick. »Ich kenne meine Schwester. Sie bringt es fertig, einen Suchtrupp loszuschicken.«

»Hast du gesagt, dass ich bei dir bin?«, fragte ich verunsichert. Was dachte Tilda nun von mir?

»Wo denkst du hin? Natürlich habe ich ihr geschrieben, dass du in deinem Auto pennst.«

Ich war zu müde, um den Scherz sofort zu verstehen. Es dauerte einige Sekunden, bevor ich den Schalk in Ricks Augen bemerkte. Lachend ging ich darauf ein. »Gut, dann ist ja alles klar. Ich weiß nur nicht, ob Tilda dir morgen ihren Unmut um die Ohren haut.«

»Weihnachten mit Geschwisterstreit wäre doch mal etwas anderes.« Rick schmunzelte. Dann wurde er ernst. Sekundenland sah er mich an.

»Was ist?«, fragte ich unsicher.

»Nichts. Es ist schön, dass du hier bist«, sagte er mit heiserer Stimme.

Ich seufzte. »Ehrlich gesagt, das finde ich auch.«

Rick gab mir irgendwie das Gefühl, etwas Besonderes zu sein. Mir wurde bewusst, dass ich das vorher nie erlebt hatte. Nicht mal bei Sven. Hatte ich mir etwas vorgemacht? Waren Sven und ich gar nicht das perfekte Paar gewesen? Das Schicksal schien nicht immer falsche Entscheidungen zu treffen.

»Es wird Zeit, lass uns schlafen. Morgen wird ein anstrengender Tag.« Ich gähnte. »Wie schätzt du die Chance ein, dass ich morgen auf das Festland gelange?«

»Eher schlecht, wenn ich aus dem Fenster schaue.«

Mehr wollte ich nicht wissen. Auch wenn ich mir Sorgen um die Heimreise machte, würde ich noch früh genug erfahren, wie ich Weihnachten verbrachte. Meine Nichten und Neffen würden hoffentlich keine Enttäuschung erleben. Ich erhob mich mit schweren Gliedern und warf Rick einen fragenden Blick zu.

»Ich zeige dir dein Bett«, meinte er und ging vor in das angrenzende Zimmer. Das Bett war frisch bezogen. Daneben entdeckte ich einen Nachtschrank, auf dem eine Lampe für warmes Licht sorgte. Ich hatte nicht bemerkt, dass Rick das Bett bezogen hatte. Oder war er stets auf alles vorbereitet? Warum war ich nur so misstrauisch?

»Schlaf schön«, sagte Rick sanft. Seine Augen ruhten auf mir, als ob er sich nicht von mir trennen wollte.

»Du auch«, wisperte ich verlegen. Es war ungewohnt, ihn nebenan in seinem Bett zu wissen. Im Friesengewitter hatten wir einen Weg gefunden, locker miteinander umzugehen. Diese Situation war befremdlich für mich.

Nachdem er den Raum verlassen hatte, ließ ich die geborgte Kleidung auf den Boden gleiten und versank in den Kissen.

Schnee auf der Insel

Einen Wecker brauchte ich am nächsten Morgen nicht. Ich erwachte in der Früh, mit leichten Kopfschmerzen, aber einigermaßen ausgeruht. Sofort fiel mir meine bevorstehende Heimreise ein. Rasch sprang ich aus dem Bett, um kurz das Bad aufzusuchen. Von Rick war keine Spur zu sehen, aber es duftete nach frischem Kaffee, den ich ohne Frage brauchte.

Ich spritzte mir kaltes Wasser ins Gesicht und zupfte verzweifelt an meiner Frisur, die hier auf Sylt zu einem Mopp entartet war. Der Wind, die Feuchtigkeit und die salzige Luft hatten meine Haare strohig werden lassen. Ich nahm mir vor, zu Hause eine Pflegekur zu benutzen.

Ich verließ das Bad, um Rick zu suchen, aber er war nirgends zu finden. Ich schlich in die Küche, wo der Kaffeeduft herkam. Auf dem Tisch lag ein Zettel.

Auf Wiedersehen, Semra, ich vermisse dich jetzt schon. Bitte komme bald wieder. Rick

Er hatte sich offenbar nicht ein weiteres Mal von mir verabschieden wollen. Dabei hatte ich mich darauf gefreut, in seinen Armen zu liegen, seinen Duft zu inhalieren und seinen Bart an meinem Hals zu spüren. Mir war, als ob ich ihn spürte.

Ich musste grinsen, als ich an unsere erste Begegnung dachte. Ich war ziemlich sauer auf ihn gewesen. Glocke, der eigentliche Übeltäter, war mir genauso ans Herz gewachsen wie alle anderen Bewohner der Insel, die ich kennengelernt hatte.

Ich riskierte einen besorgten Blick aus dem Fenster. Es hatte aufgehört zu schneien, aber die dunklen Wolken am Himmel ließen weiteren Schneefall vermuten. Ich seufzte. Nur nicht die Hoffnung verlieren. Ich würde schon nach Hause kommen, auch wenn alle anderen das Gegenteil vermuteten. Tilda mit ihrer fröhlichen Art und Rick im Besonderen hatten mir ein wenig die Vorfreude auf das Weihnachtsfest zurückgegeben. Ich freute mich auf meine Familie. Dass sich meine Sorgen und die bedrückenden Gefühle in der kurzen Zeit auf Sylt verflüchtigen würden wie ein Schuss Alkohol auf der heißen Herdplatte, hatte ich bei meiner Ankunft nicht erwartet oder gar erhofft.

Beschwingt klaubte ich meine Sachen zusammen, legte die geliehenen Klamotten sorgfältig ins Bad neben die Waschmaschine und sah mich ein letztes Mal in Ricks Wohnung um. Verstohlen sah ich zur Tür. Dann schlich ich mich in Ricks Schlafzimmer, nahm sein Kopfkissen in beide Hände und drückte mein Gesicht hinein. Es roch nach Rick.

»Auf Wiedersehen«, flüsterte ich. Ich würde bald zurückkommen, so viel war sicher.

Schnell verließ ich das Schlafzimmer, zu dem ich mir unerlaubt Zutritt verschafft hatte. In der Küche trank ich den Kaffee in kleinen Schlucken. Dabei merkte ich, dass langsam Bewegung in meinen Körper kam.

Nach einer Weile stellte ich den Becher in die Spülmaschine, dann zog ich die warme Jacke an. Nun noch die Stiefel ... Stöhnend dachte ich an mein Auto, welches ich von den Schneemassen befreien musste.

Als ich vor die Tür trat, musste ich mich zunächst orientieren. Am Vorabend hatte ich nicht auf den Weg geachtet, den Rick gefahren war. Erleichtert stellte ich fest, dass es nicht so kompliziert war, wie ich vermutet hatte. In einiger Entfernung konnte ich den Polizeiparkplatz ausmachen. Zielstrebig ging ich darauf zu.

Doch was war das? Mein Auto lag nicht wie erwartet unter Schneemassen, sondern ich konnte den Lack erkennen. Abrupt blieb ich stehen. Hatte Rick es etwa vor der Arbeit freigeräumt? Ich legte den Kopf schief, um genauer sehen zu können. Was klemmte da hinter den Scheibenwischern?

Schnell setzte ich meinen Weg fort. Der Schnee knirschte unter meinen Füßen, die Stadtreinigung hatte offensichtlich viel zu tun, denn die Bürgersteige waren noch immer nicht freigeräumt. An manchen Stellen sank ich bis zur Wade in den Schnee.

Beruhigt stellte ich fest, dass zumindest die Straßen grob geräumt waren. Ich würde ohne Schwierigkeiten zu Tilda kommen.

Mit gemischten Gefühlen verharrte ich vor meinem Auto. Auf den Scheibenwischern war ein Schokoladenweihnachtsmann abgestellt worden. In einem kleinen Loch, das sorgfältig in die Schokolade gebohrt worden war, steckte ein Zettel. Ich zog ihn vorsichtig heraus und rollte das Stück Papier langsam auf.

Weihnachten ist gar nicht so schlimm, Abschiednehmen ist weitaus schwerer. Frohe Weihnachten, Semra, bis bald. Rick

Tränen der Rührung füllten meine Augen. Rick musste extra früh aufgestanden sein, um mein Auto vor der Arbeit vom Schnee zu befreien. Mit Zettel und Weihnachtsmann in den Händen stieg ich ein.

Schreck in der Morgenstunde

Die Straßen glichen einer Rutschbahn, aber langsam tastete ich mich vor und gewann die Sicherheit zurück, die ich für gewöhnlich auch bei freier Fahrbahn hatte. Aus Gewohnheit stellte ich das Radio an.

»Alle Züge nach und von Westerland sind voraussichtlich bis nach den Feiertagen gestrichen«, lautete die niederschmetternde Nachricht über den norddeutschen Sender. Ich umklammerte das Lenkrad, als ob die verkrampfte Haltung etwas an den Nachrichten ändern könnte.

In der Ortschaft Kampen wäre ich beinahe in eine Schneewehe gerutscht. Der Schweiß lief mir den Rücken hinunter. Alles gut gegangen. Es gab sicher größere Katastrophen, als auf der beliebtesten Ferieninsel Deutschlands festzusitzen. Ich überdachte meine Situation. Da auch alle Züge nach Sylt gestrichen worden waren, blieb mein Zimmer vermutlich frei. Sollte das Unwetter zum Jahreswechsel nicht besser werden, würde für Moni eine Welt zusammenbrechen. Sie erhoffte sich so viel von der Silvesterparty, wenngleich ich es für blauäugig hielt, dass ihr Traummann nach zwei Jahren Funkstille vor ihr stehen und sie freudig in die Arme schließen würde. Aber die Hoffnung starb ja bekanntlich zuletzt.

Endlich bog ich in die Straße ein, die zur Pension Tilda führte. Ich gab Gas, damit ich nicht in den Schneemassen stecken blieb, denn hier war kaum geräumt. Als ich den Motor abstellte, riss Tilda bereits die Haustür auf und sah mir bekümmert entgegen. Umständlich stieg ich aus dem Wagen, denn meine Glieder schmerzten, weil ich mich offenbar auf der Fahrt doch ziemlich verkrampft hatte.

Steifbeinig lief ich auf Tilda zu. »Es ist nicht zu fassen, aber ich habe eben …«

»Ich weiß«, unterbrach sie meinen Redefluss. »Es kommt nicht oft vor, dass die Züge ausfallen, aber wenn doch, dann gleich richtig. Komm erst mal rein«, forderte sie mich auf. Sie wich zur Seite und ließ mich eintreten. »Lass die Stiefel ruhig an, ich muss sowieso noch wischen.«

»Aber ich muss doch nicht noch mehr Dreck machen. Es wird alles nass«, erwiderte ich und zog die Schuhe auf der Fußmatte aus. Auf Strümpfen ging ich in die Küche und ließ mich auf einen Stuhl fallen. »Was mache ich denn nun?«, jammerte ich.

Tilda hob die Schultern. »Du kannst dein Zimmer behalten, die neuen Gäste haben unter Tränen abgesagt.« Sie blinzelte mich verschwörerisch an. »Des einen Leid ist des anderen Freud«, meinte sie grinsend.

»Aber …«

»Nichts aber, es ist, wie es ist. Du kommst nicht von der Insel, aber ich habe ein Zimmer für dich. Wenn du Lust hast, kannst du mit mir und meiner Familie Weihnachten feiern.«

Mir stockte der Atem. »Aber, Tilda, das ist euer Fest. Was soll ich als Fremde in eurer Runde?«

Tilda lachte. »Du bist doch nicht fremd, sondern eine gute Freundin geworden. Alle anderen werden dich mögen«, meinte sie überzeugt.

Ich hatte da erhebliche Zweifel.

»Rick wäre sicher auch glücklich, wenn du lieber bei ihm im Friesengewitter den Heiligabend verbringen möchtest.«

Ich räusperte mich geräuschvoll. »Ich werde meine Familie vermissen«, sagte ich frustriert.

Tilda schenkte mir einen Tee ein und reichte mir den Becher. »Erst mal in Ruhe Tee trinken.«

Bevor ich den Becher zum Mund führte, schnupperte ich daran. Entsetzt schob ich ihn von mir. »Ist da etwa Alkohol drin?«

»Nur ein ganz klein wenig«, flüsterte Tilda, während sie sich verstohlen umwandte. »Das ist unsere Tradition. Am Morgen des Heiligen Abends gibt es Tee mit Geele Köm.«

»Macht mich locker, oder?« Ich grinste Tilda schief an. Dann nahm ich den Becher und trank von der Tradition des Hauses, obwohl ich Tilda nicht ganz glaubte. Ich hatte eher den Verdacht, dass sie mich betrunken machen wollte, damit ich meinem Zug nicht hinterhertrauerte.

Tilda stellte das Radio an. Die mir in den vergangenen Tagen verhasste Weihnachtsmusik drang aus den Lautsprechern. Mein Fuß wippte im Takt dazu. Tildas Gebräu fand allmählich seinen Weg in mein Hirn.

»Ich kann also mein Zimmer behalten?«, fragte ich.

»Hab ich dir doch schon gesagt«, meinte Tilda gespielt vorwurfsvoll.

»Gut, dann werde ich am frühen Abend zu Rick rüberfahren.«

»Du kannst tun, was du möchtest.« Tilda schmunzelte.

»Er hat mir von seiner Tochter erzählt«, platzte ich heraus.

Tildas Augen wurden tellergroß. »Darüber spricht er für gewöhnlich mit niemandem. Er muss dir wirklich vertrauen. Ich finde das schön, er hat sich nach der Trennung von seiner Freundin nie mehr für Frauen interessiert.«

Ich schluckte. Wie hatte ich das denn angestellt? Ich war nicht gerade zimperlich mit seinen Gefühlen umgesprungen. Das sagte ich Tilda.

»Wir, die Familie und ich, freuen uns, dass er wieder am Leben teilnehmen möchte.«

»Na, aber vergraben hat er sich nun nicht unbedingt«, meinte ich.

»Die Kneipe war alles für ihn. Privates schob er weit von sich.« Sie machte eine Pause, wobei ihr Blick ins Leere ging. »Aber dann kamst du.« Sie sah mir offen in die Augen.

Es fiel mir schwer, ihrem Blick standzuhalten, denn es lag mir fern, mir oder irgendjemandem meine Gefühle einzugestehen. »Kann man denn gar nichts für Rick und seine Tochter tun? Es gibt doch so viele Möglichkeiten, über soziale Netzwerke jemanden zu finden.«

Tilda wich meiner Frage aus. »Die Schneiders sind übrigens gestern sehr spät von Gosch zurückgekehrt. Ich frage mich ernsthaft, was die beiden dort so lange machen.«

Sie zupfte ungeduldig imaginäre Fussel von der Tischdecke. Offenbar wurde ihr die Unterhaltung über ihren Bruder zu viel. Ich ahnte, wie sehr sie sich um Rick sorgte. Die beiden waren ein Herz und eine Seele, daher ging ich auf den Themenwechsel ein.

»Ich habe sie dort neulich getroffen. Ich glaube, sie genießen es, unter Menschen zu sein. Größere Ausflüge sind ihnen vielleicht zu anstrengend, wenn ich daran denke, wie verwirrt Frau Schneider gestern Morgen gewesen ist.«

»Es ist wirklich traurig. So liebe Menschen, ich hoffe, Herr Schneider schafft die Pflege noch lange, ohne dabei auf der Strecke zu bleiben.« Tilda wirkte betrübt. Nicht nur ich litt mit den beiden, Tilda schien es genauso zu ergehen.

»Ganz bestimmt«, sagte ich schnell. Während wir beide mit den aufkommenden Tränen kämpften, leerte ich meinen Becher in einem Zug.

Ich hörte, dass die Brötchen geliefert wurden, und freute mich auf das Frühstück. Ich vertrug keinen Alkohol, erst recht nicht auf leeren Magen. Leicht beschwipst begann ich den Tisch zu decken, denn es stand außer Frage, dass ich mit Tilda gemeinsam in der Küche frühstücken durfte.

Tilda lächelte mir zu. »Du hast dich mit deinem Schicksal abgefunden, die Feiertage auf Sylt zu verbringen?«

Ich nickte. Unbeirrt suchte ich alles für das Frühstück zusammen. »Wo ist denn der Käse geblieben, den ich so liebe?«

»Du musst ein neues Päckchen holen. Es liegt unten in der Kühlschrankschublade«, rief Tilda mir zu. Sie war in der Speisekammer beschäftigt.

Der Kühlschrank quoll über vor Lebensmitteln. Tilda hatte bei ihren Feiertagseinkäufen kräftig zugelangt. Niemand sollte an den Festtagen Hunger leiden. Ich kniete vor dem Schubfach nieder, um den Käse zu suchen. Dabei musste ich einiges beiseitelegen, damit ich dem Gesuchten näherkam.

»Erwartest du einen Bus? Oder wer soll das alles essen?«

»Hast du eine Ahnung. Die Pensionsgäste müssen versorgt werden und meine Familie hat ebenfalls einen gesegneten Appetit.« Tilda strahlte über das ganze Gesicht. Deutlich sah ich, wie sehr sie sich darauf freute, alle zu verwöhnen.

»Ich hoffe doch sehr, dass du dabei nicht zu kurz kommst?« Besorgt sah ich meine Freundin an.

»Ach, nein, natürlich nicht. Ich habe Freude daran, für meine Lieben ein schönes Weihnachtsfest zu organisieren. Außerdem ist die Party bei meinem Bruder später ein herrlicher Ausklang, der meist bis in den frühen Morgen andauert.«

»Das wird sicher hart für dich, wenn du danach deine Gäste versorgen musst. Wie machst du das nur?«

Sie winkte lässig ab. »Meine Eltern helfen mir, einmal im Jahr darf ich ausschlafen.«

»Einmal im Jahr«, sagte ich trocken. »Leben deine Eltern auf dem Festland?« Mit einem Mal war mir klar, dass Tildas Familie vielleicht auch nicht auf die Insel kommen konnte.

»Immer wenn meine Eltern uns besuchen, helfen sie aus. Sie sind wirklich Schätze, du wirst sie mögen. Sie versuchen, mit dem Flugzeug auf die Insel zu kommen, aber leider besteht kaum eine Chance, dass es Flüge gibt.«

Wenn es ihnen nicht gelang, hatte Tilda den Kühlschrank voll, aber keine Gäste. Ich wünschte ihr von Herzen, dass es mit dem Flieger klappte.

Wir lauschten den Nachrichten aus dem Radio. Laufend kamen neue Wettermeldungen durch. Verständnisvoll dachte ich an die Urlauber, die sich auf Sylt gefreut hatten. Dennoch war ich froh, weiter bei Tilda wohnen zu können. Und inzwischen hatte ich auch ein Bett bei Rick. Ein unerklärliches Kribbeln breitete sich in meinem Bauch aus, aber verliebt war ich natürlich nicht. Nein, ich wollte mich nie wieder verlieben. Die Sache mit Sven nagte noch immer an meiner verletzten Seele.

Trotzdem freute ich mich auf das Fest bei Rick, denn der Familienanschluss bei Tilda würde mich überfordern. Die Gäste im Friesengewitter wollten der Einsamkeit ihrer vier Wände entfliehen. Ich fühlte mich ihnen eher zugehörig, und irgendwie waren sie mir näher als Tildas glückliche Familie.

Wir ließen uns das Frühstück schmecken. Zur Feier des Tages hatte Tilda frische Krabben besorgt. Dazu gab es Rührei von glücklichen Hühnern, wie Tilda die frei laufenden Tiere in ihrem Garten bezeichnete. Wir schlugen uns die Bäuche voll, die anschließende Trägheit war eine logische Folge davon. Normalerweise nahm ich erst gegen zehn Uhr eine Kleinigkeit zu mir. Meistens Joghurt oder Quark mit Früchten. Ich sank müde in meinem Stuhl zusammen und sehnte mich nach meinem Bett.

»Du siehst aus, als ob du ein Schläfchen gebrauchen könntest«, meinte Tilda.

»Ich bin gleich wieder fit. Die Krabben und das Rührei müssen nur meine Batterie aufladen, dann helfe ich dir, das Frühstück für die Gäste vorzubereiten«, sagte ich wenig überzeugend.

»Das meiste habe ich erledigt. Es gibt nicht viel zu tun, also kannst du dich ruhig zurückziehen.«

Einen Wimpernschlag lang überlegte ich. Draußen war es dunkel. Zwar ließ der Schnee die Landschaft gedämpft leuchten, aber es war noch nicht einmal sieben Uhr. Träge erhob ich mich.

»Du hast mich überzeugt.« Ich hauchte Tilda einen Kuss auf die Wange und ging ins obere Stockwerk. An der Küchentür drehte ich mich noch einmal um. »Danke ... für alles«, flüsterte ich.

»Gleichfalls«, sagte Tilda in einem Singsang, der ihre Stimme weich klingen ließ.

Oben angekommen wollte ich gerade mein Zimmer betreten, als ich ein lautes Jammern vernahm. Erstarrt hielt ich inne. Die Stimme kam eindeutig aus dem Zimmer des Ehepaars Schneider. Ob Frau Schneider wieder einen Anfall von Verwirrtheit erlitt?

Besorgt sah ich zur Tür, von der ich wusste, dass sich dahinter das

Zimmer der beiden befand. Erneut ein Jammern. Ich überlegte kurz, ob ich nachschauen sollte. Durfte ich so früh an die Tür klopfen? Herr Schneider hatte die Situation gestern Morgen in den Griff bekommen und wirkte nicht so, als ob er über meine Einmischung froh gewesen wäre.

Ich fuhr heftig zusammen, als die Töne aus dem Zimmer lauter wurden. Fieberhaft suchte ich in meinem Hirn nach einer Lösung, um den beiden zu Hilfe zu eilen, ohne dabei aufdringlich zu erscheinen. Warum war Herr Schneider nicht zu hören? Sonst redete er liebevoll auf seine Frau ein. Aber ich hörte nur ihr verzweifeltes Jammern. Jetzt weinte sie herzzerreißend. Was war da nur los?

An Schlaf war nicht mehr zu denken. Ich entschied mich, Tilda um Unterstützung zu bitten. Sie wusste sicher, was man in so einem Fall zu tun hatte. Schnell eilte ich die Treppe hinunter. Tilda war damit beschäftigt, die Kaffeemaschine zu starten. Überrascht sah sie mich an. Sie bemerkte sofort, dass etwas nicht stimmte.

»Ist etwas passiert?«, fragte sie alarmiert.

Ich nickte heftig und suchte nach Worten, um ihr zu berichten, was ich eben vernommen hatte.

Ohne zu zögern, griff Tilda das dicke Schlüsselbund, welches neben dem Küchenschrank auf einem Regal lag, und stürmte an mir vorbei. Ich folgte ihr mit weichen Knien. Ich fürchtete mich davor, auf Frau Schneider zu treffen. Wie sollte ich ihr begegnen? Ich hoffte inständig, dass es ihr inzwischen besser ging. Tilda griff einige Handtücher aus dem hohen Schrank, der sich im Flur befand, klapperte mit dem Schlüsselbund und klopfte kräftig an die Zimmertür.

»Zimmerservice!«

Sie zögerte ein paar Sekunden, dann schob sie den Generalschlüssel ins Schloss und trat ein. Ich folgte ihr mit klopfendem Herzen.

Wir fanden Frau Schneider kniend vor dem Bett ihres Mannes, der sich nicht rührte. Mit tränennassem Gesicht blickte sie hoch. Die Verzweiflung, die ich in ihren Augen las, versetzte mir einen Stich ins Herz.

Das Schicksal schien es nicht gut mit den Eheleuten Schneider zu meinen.

»Mit meinem Mann stimmt etwas nicht! Er ist doch nicht etwa ...?«

Tilda trat an das Bett heran. Ohne zu zögern, befühlte sie das blasse Gesicht. Besorgt beugte sie sich über den bewusstlos scheinenden Mann und horchte auf seine Atmung.

»Er atmet. Semra, ruf den Rettungswagen«, befahl sie knapp. Dann schüttelte sie den bewegungslosen Körper.

Mit zitternden Fingern wählte ich die Nummer des Notdienstes. Ich stotterte die Worte, aber die Dame am anderen Ende der Leitung verstand mich trotzdem. Mit ruhiger Stimme erkundigte sie sich nach meinem Namen und meiner Adresse.

Als ich aufsah, flackerten Herrn Schneiders Lider. Ein Aufatmen ging durch das kleine Zimmer. Auch Frau Schneider stellte ihr Weinen abrupt ein. Erwartungsvoll ruhten unsere Augen auf ihrem Mann. Langsam kam er zu Bewusstsein.

»Was ist denn hier los?«, fragte er verwirrt. Mühevoll richtete er sich auf. »Ist etwas mit meiner Frau?« Erleichtert sank er zurück auf das Kissen, als er seine Gattin neben dem Bett sah. »Ich dachte schon, es sei was passiert.« Er stöhnte erschöpft.

Tilda lächelte ihn an. »Sie machen mir Spaß, es geht hier um Sie!«, flüsterte sie erleichtert.

»Der Rettungswagen ist unterwegs«, mischte ich mich ein.

»Doch nicht für mich?« Verständnislos sah Herr Schneider von einer Person zur anderen, dann blieb sein Blick an seiner Frau hängen. Offenbar erkannte er nun ihr verweintes Gesicht und hatte es plötzlich eilig, ihr zur Seite zu stehen. Liebevoll schloss er sie in seine Arme. Ein lautes Schluchzen war die Antwort. Frau Scheider weinte hemmungslos an der Schulter ihres Mannes.

Tilda warf mir einen fragenden Blick zu. Offenbar überlegte sie, ob wir den Rettungswagen abbestellen sollten. Ich schüttelte stumm den Kopf und meine Lippen formten ein Nein. Wir wussten schließlich nicht, was mit Herrn Schneider passiert war. Was wäre, wenn er wieder bewusstlos wurde und dann nicht wieder aufwachte? Dieses Risiko sollten wir auf keinen Fall eingehen. Herr Schneider zog seine Frau auf die Bettkante.

»Es tut mir leid, dass ich dir einen solchen Schrecken eingejagt habe«, meinte er bedauernd. »Aber ich habe lediglich eine Schlaftablette genommen, um mal eine Nacht durchzuschlafen.«

»Aber du verträgst die doch nicht«, tadelte sie. »Warum machst du denn so was?«

»Ich brauchte einfach mal eine Mütze voll Schlaf. Da waren mir die Folgen egal«, erwiderte er matt. Dabei streichelte er seiner Frau unentwegt den Rücken.

Diese Aussage ließ mich erneut mein Handy hervorholen. Nun war ich überzeugt, die Rettung absagen zu können. Sonst hätte Herr Schneider den Heiligen Abend in der Notaufnahme verbracht, was sicher nicht in seinem Sinn war.

»Bitte entschuldigen Sie, dass ich Ihnen diese Umstände bereitet habe. Ich mache es wieder gut, bitte nicht böse sein.« Herr Schneider sah Tilda und mich beschämt an.

»Ach.« Tilda winkte ab. Sie hatte ihre Fröhlichkeit wiedergefunden. »Machen Sie sich keine Vorwürfe. Ich bin froh, dass es Ihnen gut geht«, versicherte sie ihrem Gast. »Wenn Sie wollen, können Sie frühstücken. Bis gleich.«

Tilda zog mich aus dem Zimmer und schloss die Tür hinter uns. Auf dem Flur lehnte sie sich an die Wand.

»Mann, das hätte mir noch gefehlt.« Ihre Selbstsicherheit war verflogen und Tränen schimmerten in ihren Augen.

Ich nahm sie in die Arme. »Du hast das super gemacht. Ich weiß nicht, ob ich so ruhig bleiben könnte wie du eben.« Bewundernd blickte ich sie an.

»Ich war nicht ruhig, mir ging der Arsch auf Grundeis«, stieß sie hervor. Sofort schlug sie sich mit der Hand auf die Lippen, als wollte sie das eben Gesagte zurücknehmen.

Ich grinste. »Mir auch«, meinte ich.

Eingehakt schlichen wir die Stufen hinunter. In der Küche angekommen, warfen wir uns jeweils auf einen Stuhl. Wir mussten nicht nach Worten suchen, jede wusste, wie die andere sich fühlte. Der Schreck am Morgen musste erst mal verdaut werden.

Rutschpartie ins Glück

Ich half Tilda mit den Frühstücksgästen. Das war eine willkommene Ablenkung von dem Schreck, den Herr Schneider uns beschert hatte.

Tilda war nicht weniger traurig, als ich es war, dass die Züge ausfielen. Ihre Eltern und der Rest ihrer Familie saßen auf dem Festland fest. Mit dem Flug von Hamburg hatte es nicht geklappt, am Flughafen herrschte Ausnahmezustand. Auch ihr Weihnachtsfest verlief in diesem Jahr völlig anders.

Mir fiel eine junge Frau auf, die neu in der Pension war. Ich fragte mich, ob sie bereits am Vortag angereist war oder ob ein Engel ihr zu Flügeln verholfen hatte. Ob sie allein hier war? Ich hatte beobachtet, wie sie sich mit Tilda unterhielt. Aber als ich dazukam, stoben beide auseinander, als hätte ich sie verscheucht. Die junge Frau war wunderschön. Wie alt sie wohl sein mochte? Sie wirkte so kindlich, verletzlich. Am liebsten hätte ich sie vor allem beschützt. Aber das wäre etwas komisch gewesen, ich kannte sie schließlich nicht.

Ein Anruf von Moni lenkte mich von meinen Überlegungen ab. Ich verzog mich auf mein Zimmer, um mir ihre Standpauke anzuhören, weil ich nicht rechtzeitig auf das Festland gefahren war. Bestimmt hatte sie in den Nachrichten gehört, dass keine Züge mehr fuhren.

Moni klang für ihre Verhältnisse äußerst weichgespült. »Liebes, es tut mir so leid. Was machst du denn nun Weihnachten so allein auf dieser verflixten Insel?«

Ich schmunzelte. Moni hatte keine Ahnung, wie viele Freunde ich hier gefunden hatte. Inzwischen hatte ich mich mit meinem Los abgefunden und freute mich sogar darüber, Weihnachten auf Sylt erleben zu können.

»Stell dir vor, Sven veröffentlicht pausenlos Fotos von seiner neuen Liebe auf Facebook. Finde ich ziemlich geschmacklos«, polterte sie weniger einfühlsam los.

Ich schluckte. Über Sven zu reden war schwer für mich. Absichtlich mied ich Facebook, um nicht über seine Fotos zu stolpern. Ich wusste schließlich bereits, wie weh es tat, in seine strahlenden Augen sehen zu müssen. Ich versuchte, gelassen zu wirken. »Der kann mich mal.«

»Was höre ich aus deinem Mund? Gibt es einen Insulaner, der dir den Kopf verdreht hat?« Monis neugierige Frage löste in meinem Inneren einen Sturm aus. Warum dachte ich sofort an Rick? Cool bleiben, Semra!

»Bei mir dreht sich nichts. Schon gar nicht mein Kopf, den brauche ich für wichtigere Dinge«, behauptete ich fest und hoffte, Moni würde das Zittern in meiner Stimme nicht bemerken.

»Wäre aber eine schöne Weihnachtsüberraschung, Liebes«, sagte sie sanft. »Hauptsache, du bist zum Jahreswechsel wieder in Flens.«

»Na, davon will ich mal ausgehen«, meinte ich und spürte Ärger aufkommen. Moni machte sich nur Sorgen um ihr Date, das es gar nicht gab.

»Okay. Ich wünsche dir ein schönes Weihnachtsfest, Liebes, und komme bald nach Hause. Ich vermisse dich schrecklich.«

»Das will ich doch hoffen. Dir auch eine schöne Bescherung«, sagte ich, weil ich wusste, wie sehr Moni Geschenke liebte.

Nach dem Telefonat trat ich ans Fenster. Fassungslos sah ich zu, wie der Schnee in großen Flocken vom Himmel fiel. Der Sturm spielte Streiche mit der weißen Pracht und wirbelte sie zum Meer hinüber. Ein Blick zur Uhr sagte mir, dass es Zeit war, mich ein wenig aufzuhübschen. Es war schließlich Weihnachten. In einer Stunde wollte ich nach Westerland zu Rick fahren. Vielleicht konnte ich ihm bei den letzten Vorbereitungen behilflich sein.

Ich freute mich auf den Abend. Ein Fest, wie ich es nie zuvor erlebt hatte. Rick hatte mir erzählt, dass es völlig ungezwungen werden würde. Ein bisschen fürchtete ich mich zwar davor, dass ich keinen Anschluss finden würde, aber ich kannte Rick, Raik und das Aushilfspersonal. Später würden Tilda und Jon vorbeikommen.

Ich brauchte dann doch länger als gedacht, um das für mich ungewohnte Make-up aufzutragen. Am Ende war ich zufrieden mit meinem Werk. Die Augen hatte ich etwas mehr betont, denn von Moni hatte ich gelernt, dass am Abend ruhig dicker aufgetragen werden durfte. Nur die Garderobe ließ mich verzweifeln. Ich hatte nichts Passendes mitgenommen. Aber was hatte Rick gesagt? Es sollte unkompliziert und bequem werden.

Ich zog meine Röhrenjeans unter dem Stapel Hosen hervor. Kritisch beäugte ich meine Wahl vor dem Spiegel. Sie war in den letzten Tagen eingelaufen, oder ich hatte an Gewicht zugenommen. Letzteres schien mir wahrscheinlicher. Das passende Oberteil war schnell gefunden. Eine Bluse mit winzigen Blüten darauf. Ich fror bereits jetzt, wenn ich daran dachte, damit in die Kälte hinauszumüssen.

Draußen war es inzwischen dunkel geworden. Hoffentlich kam ich nach Westerland durch. Im Radio warnten die Sprecher davor, das Auto zu benutzen. Allerdings war ein Fußmarsch nach Westerland unmöglich. Bei der Vorstellung musste ich grinsen. Semra Sievers mit Eiszapfen an der Nase im Friesengewitter. Rick hätte Freude daran, mich aufzutauen. Ein warmer Schauer überkam mich, als ich an ihn dachte.

Reiß dich zusammen, Semra. Du bist nicht hier, um dich zu verlieben!

Trotzig stampfte ich mit dem Fuß auf. Dann machte ich mich auf den Weg zu Tilda, die in der Küche hektisch herumwirbelte. Auf dem Treppenabsatz blieb ich mit angehaltenem Atem stehen. War das Ricks Stimme? Was machte er hier? Zögernd ging ich weiter, bis ich im Türrahmen zur Küche stehen blieb. Es war Rick!

»Moin, Semra. Ich dachte mir, dass es besser wäre, dich abzuholen. Bei dem Wetter ist dein Auto schlichtweg überfordert. Ich hoffe, es ist dir recht?«

Ich blieb cool. »Unterschätze mein Auto nicht«, antwortete ich und versuchte meine Erleichterung darüber, dass ich nicht allein fahren musste, zu überspielen. »Aber wenn du schon mal da bist ...«

» ... darf ich dich gerne mitnehmen?« Rick schmunzelte.

»Gerne.« Ich wandte mich an Tilda. »Gibt es Neues vom Ehepaar Schneider?«

Tilda zuckte ratlos mit den Schultern. »Ich habe beide eingeladen, gemeinsam mit uns zu feiern. Aber sie haben abgelehnt, sie möchten allein auf ihrem Zimmer bleiben.«

Ich sah meine Freundin entsetzt an. »Aber das geht doch nicht ...«

»Ich habe mit Engelszungen auf sie eingeredet. Aber sie weigern sich.« Tilda wirkte enttäuscht. Als Gastgeberin hatte sie meine uneingeschränkte Bewunderung. Sie war um jeden Gast bemüht und es schien ihr sogar Freude zu bereiten. Nur bei der Familie Schneider biss sie auf Granit. Jetzt sah sie müde aus. Hatte sie sich übernommen? Wenn sie sich weiter so sehr um andere kümmerte, würde sie selbst kein besinnliches Fest haben.

Rick sprach meine Bedenken laut aus. »Schwesterherz, du solltest dir mal eine Auszeit gönnen. Du siehst schlecht aus«, meinte er.

Tilda seufzte. Dann begann sie zu strahlen, als ob sie uns beweisen wollte, wie stark sie war. »Ich erhole mich später bei dir, mein Lieber. Aber danke, dass du dich sorgst, völlig unnötig übrigens. Mir ging es nie besser.«

Rick hob die Augenbrauen. »Du schaust aus Augen, die nur der Weihnachtsmann hat. Du hältst dich hoffentlich an unsere Abmachung? Keine Geschenke?«

Tilda wandte sich ab und war plötzlich übertrieben beschäftigt. »Ich hatte keine Zeit für Weihnachtseinkäufe«, murmelte sie, ohne uns anzusehen.

»Dann ist es ja gut«, sagte Rick. Ich sah ihm an, dass er ihre Aussage für wenig glaubhaft hielt, denn er schüttelte resigniert den Kopf. »Semra, wir müssen los, sonst werden meine Mädels nervös.«

»Ich bin fertig«, meinte ich und beeilte mich, die Stiefel anzuziehen.

Tilda folgte uns zur Tür. Wir umarmten uns und wünschten einander ein gesegnetes Fest.

»Wir sehen uns später«, sagte Tilda. »Ich freue mich.«

»Ich mich auch«, hauchte ich.

Ich war mir nicht sicher, wie der Abend unter fremden Menschen für mich laufen würde. Besorgt richtete ich meinen Blick gen Himmel. Die dunklen Wolken dachten nicht daran, sich zu verziehen. Von Norden her schoben sich immer dickere und düstere über unsere Köpfe hinweg. Der Sturm wehte meine Kapuze hinunter. Sofort hatte ich das Gefühl, dass meine Ohren einfroren. Schützend legte ich meine Hände darüber, während Rick mir die Beifahrertür des Geländewagens aufhielt. Schnell stieg ich ein und ließ mich auf den Sitz fallen. Rick ging mit langen Schritten um das Fahrzeug herum und nahm hinter dem Lenkrad Platz.

»Wann hört das nur mal auf?«, fragte ich.

»Keine Ahnung, ich verkneife mir den Wetterbericht. Da kann man sich ohnehin nicht drauf verlassen.« Er grinste mich an. »Dein Bett bei mir ist ja zum Glück fußläufig zu erreichen. Wenn nichts mehr geht ...«

Er startete den Motor und fuhr mit Vollgas an, um durch die hohen Schneewehen hindurchzukommen. Mein Auto wäre sicher auch durch den Schnee gekommen, immerhin hatte es ebenfalls Allradantrieb, aber ich wäre mit dieser Herausforderung schlicht überfordert gewesen.

Kurz bevor wir auf die Hauptstraße nach Westerland abbogen, drehten die Räder durch und das Heck schleuderte bedrohlich hin und her. Ich konnte nicht verhindern, dass ein greller Angstschrei meiner Kehle entwich. Krampfhaft klammerte ich mich an den Türgriff. Verdammt, ich wollte nicht so ein Schisser sein, sicher machte Rick sich über mich lustig. Aber da hatte ich mich geirrt.

»Entschuldige, ich wollte dich nicht erschrecken. Ich musste Gas geben, sonst wären wir stecken geblieben«, sagte er bedauernd. Er sah abwechselnd zur Fahrbahn und zu mir.

Ich lief rot an. Mein hysterischer Ausbruch war mir mehr als peinlich. Die vereiste Fahrbahn ängstigte mich zunehmend. Auch wenn ich keinen Einfluss auf den Wagen hatte, verfolgte ich die Fahrt, um auf alles vorbereitet zu sein. Mein rechter Fuß war bremsbereit.

Ich versuchte mich zu entspannen, aber Ricks Nähe machte es mir nicht leicht. Er roch wieder besonders gut. Ich schielte zur Seite und betrachtete sein Profil. Er konzentrierte sich auf die Fahrbahn, ohne dabei angespannt zu wirken. Ich an seiner Stelle hätte Schweißperlen auf der Oberlippe gehabt.

»Danke, dass du mich abholst«, sagte ich leise.

»Ist doch klar. Ich kann dich doch nicht bei dem Wetter allein fahren lassen. Nicht dass ich es dir nicht zutraue«, sagte er rasch. Gerade noch rechtzeitig, um meinen Protest im Keim zu ersticken. Er lächelte sanftmütig.

Rick kannte mich inzwischen sehr gut. Er wusste, wie er mich dazu brachte, meine Krallen einzufahren. Ich lächelte versöhnt zurück, vermied es aber, ihm in die Augen zu schauen, wenn er zu mir rübersah.

Die Straße nach Westerland war wie leergefegt. Keine Menschenseele ließ sich bei dem Wetter auf der Straße blicken. Bestimmt war in den meisten Haushalten das Weihnachtsfest im vollen Gange. Ich seufzte. Bei meiner Familie war es zumindest so. Meine Schwester hatte um diese Zeit immer den Braten fertig. Ich sah sie förmlich vor mir, wie sie hektisch durch die Küche wirbelte. In jedem Jahr das Gleiche, dachte ich schmunzelnd.

»Was amüsiert dich so?«, fragte Rick.

»Ach, nichts. Ich dachte eben an meine Schwester, die bei solchen Anlässen krampfhaft versucht, die Ruhe zu bewahren, es aber nie hinbekommt. Ihre Küche sieht bestimmt wie ein Schlachtfeld aus, wie in jedem Jahr.«

Ich hatte zwar die vergangenen Jahre mit Sven auf der Alm verbracht, aber das zählte nicht. Es gab Dinge, die änderten sich nie. Reumütig fiel mir ein, dass ich noch nicht bei meiner Schwester angerufen hatte. Ich setzte das auf meine To-do-Liste für die nächsten Stunden.

Plötzlich geriet der Geländewagen auf der vereisten Fahrbahn ins Schleudern. Entsetzt klammerte ich mich am Sitz fest. Für Sekunden schienen wir in die entgegengesetzte Richtung zu rutschen, um dann auf eine Düne zuzusteuern. Rick drehte das Lenkrad in alle Richtungen, nun schien auch er panisch. Mir wurde schwindlig. Ich kniff die Augen zusammen und biss die Zähne zusammen.

Wenig später spürte ich Ricks Hand in meiner. Ich öffnete die Augen ein Stück und blinzelte durch die Windschutzscheibe. Wir standen! Gott sei Dank.

Ein Schluchzen der Erleichterung entwich meiner Kehle. Ich öffnete die Wagentür und stolperte hinaus. Keine zehn Pferde würden mich zurück in das Auto bringen. Doch der Sturm belehrte mich eines Besseren. Ich konnte kaum atmen, durch den eisigen Wind schmerzten meine Lungenflügel, das Schneetreiben nahm mir die Sicht. Verzweifelt tastete ich mich am Jeep entlang, aber mir fehlte die Orientierung.

Bis ich an einen Körper stieß, der mich festhielt. Rick. Er hüllte mich in seine starken Arme und flüsterte beruhigend auf mich ein. Ich verstand die Bedeutung der Worte nicht, aber ich fühlte mich sicher und geborgen. Erschöpft sank ich tiefer an Ricks Oberkörper. Er küsste meine Haare. Mitten im kalten Wintertreiben spürte ich Lavaströme meinen Körper wärmen.

Ich hätte das ganze Weihnachtsfest so verharren können, aber Rick schob mich sanft ins Innere des Wagens. Bevor er einstieg, küsste er mich auf den Mund. Es prickelte gehörig, aber sobald er meine Lippen berührt hatte, wich er zurück. Verwirrt berührte ich meine pulsierenden Lippen. Ich sah Rick nicht an, aber ich spürte seinen Blick auf mir ruhen. Ob ihm bereits leidtat, dass er mich geküsst hatte?

Zögernd blickte ich zu ihm hinüber und sah direkt in seine flehenden Augen. Bitte nicht böse sein, schienen sie mir zuzurufen. Doch ich war zu erleichtert, dass uns nichts passiert war. Rick konnte schließlich nichts dafür. Ich hoffte nur, dass wir keine weitere Rutschpartie erleben mussten. Das hielten meine Nerven nicht aus.

Ein Engel zum Fest

Wir näherten uns dem Friesengewitter. Schon von Weitem erkannten wir, wie die Angestellten versuchten, den Eingang freizuräumen. Aber es fiel immer neuer Schnee und der Sturm wirbelte den beiseitegeschafften Schnee zum Eingang zurück. Rick versuchte ihnen zuzurufen, aber der Wind trug seine Worte fort. Die beiden Mädchen wirkten völlig erschöpft.

»Lasst es gut sein. Geht nach Hause zu euren Familien, ihr habt genug getan für heute. Den Rest schaffe ich wie immer allein. Fegen bringt heute nichts, wer kommen will, schafft es auch durch die Schneemassen vor der Tür. Frohes Fest und kommt gut heim.«

Das ließen die beiden sich nicht zweimal sagen. Dankbar reichten sie Rick Schaufel und Besen und machten sich bereit für den Nachhauseweg. Rick übernahm den Dienst an Weihnachten immer allein. Nur bei den Vorbereitungen waren die Mädchen behilflich. Auch ich wünschte ihnen ein besinnliches Fest, bevor ich ins Warme ging.

Als ich den Gastraum erblickte, blieb mir der Mund offen stehen. Rick hatte aus seiner Kneipe eine kuschelige Stube gezaubert. Wo für gewöhnlich die Eckbank stand, hatte er ein Buffet aufgebaut, bei dessen Anblick mir das Wasser im Mund zusammenlief. Nur schade, dass ich mich nicht hinten auf der Bank verkriechen konnte. An der Decke hingen leuchtende Lämpchen, die an einen Sternenhimmel erinnerten. Vorne am Tresen war ebenfalls eine Girlande aus Leuchten angebracht worden. Ein riesiger Baum beherrschte die Mitte des Raumes. Für eine Tanzfläche war trotzdem ausreichend Platz geblieben. Rockige Weihnachtsmusik drang aus den Lautsprechern, die mich plötzlich nicht mehr störte. In dieser Atmosphäre hätte ich auch »Stille Nacht, heilige Nacht« ertragen. Ich hatte eine Gänsehaut und spürte Tränen der Ergriffenheit aufkommen, so sehr rührte mich dieses liebevoll geschmückte Lokal.

Für einen Moment schloss ich die Augen. Ich inhalierte den Duft der verschiedenen Gerichte, die auf dem Buffet auf den hungrigen Ansturm der Gäste warteten. Ob bei dieser Wetterlage überhaupt jemand kommen würde? Rick war da zuversichtlich. Ich hatte so meine Zweifel. Dennoch, wir hatten es auch geschafft, von List nach Westerland zu gelangen. Warum sollte es anderen nicht gelingen?

Rick hatte von einer rustikalen Feier gesprochen, aber davon konnte nicht die Rede sein. Bis auf die Holzbalken an der Decke, die durchaus rustikal waren, war alles wundervoll romantisch hergerichtet. Rick hatte die Musik lauter gedreht und steuerte nun auf mich zu. Seine Augen funkelten mit der Beleuchtung um die Wette. Er nahm meine Hand.

»Darf ich um den ersten Weihnachtstanz bitten? Später werde ich nicht so viel Zeit haben.«

Ich nickte glücklich. Eng umschlungen tanzten wir um den Baum herum. Ich genoss jede kostbare Minute in Ricks Armen. Er zog mich näher an sich heran. Ich ließ es ohne Murren zu. Er ist so süß, schoss es mir durch den Kopf, und ich errötete sofort. Ich war nicht sicher, ob ich meine Gedanken laut ausgesprochen hatte, denn Rick strahlte mich noch intensiver an. Durch das dünne T-Shirt fühlte ich seine harten Muskeln, was mir zusätzlich den Atem raubte.

Ich musste versuchen einen klaren Kopf zu bekommen. Daher fragte ich: »Wie kann ich dir helfen, wenn die Bude voll ist? Soll ich mich im Bierzapfen versuchen?«

Rick schluckte. Offenbar hatte ich ihn aus einer Traumwelt geholt, die er nur ungern verlassen wollte. »Sehr gern, wenn du Lust hast.«

Ich nickte zufrieden. So würde mir nicht langweilig werden, falls ich zu den anderen Gästen keinen Zugang fand. Ein vorläufig letztes Mal versanken wir zu den Klängen der Musik.

Ich war irgendwie enttäuscht, als die Tür aufsprang und Raik hereinstapfte, gefolgt von mindestens zehn weiteren Personen, die allesamt im Eingangsbereich stehen blieben, um den Schnee abzuklopfen. Rick drückte meine Hand liebevoll, bevor er sich um die eintreffenden Gäste kümmerte. Wie benommen blieb ich mitten auf der Tanzfläche stehen, unfähig, einen klaren Gedanken zu fassen.

Raik hatte wohl erkannt, dass ich geweckt werden musste. Zielsicher ging er auf mich zu, gefolgt von seinen beiden Hunden. Er grinste merkwürdig. Was hatte das zu bedeuten?

Zur Begrüßung umarmte er mich kurz. »Entschuldige, ich wollte die Hunde nicht allein lassen. Ich glaube, auch sie haben ein schönes Fest verdient.«

Die Hunde genossen meine Streicheleinheiten. Ich hatte mich längst an die beiden gewöhnt und meine Angst vor ihnen war so gut wie weg. Fast glaubte ich, dass ich sie vermissen würde, wenn ich wieder zu Hause war.

»Das hast du genau richtig gemacht, so liebe Kerle gehören einfach dazu.« Glocke jaulte zur Bestätigung und schob seinen dicken Kopf gegen meine Beine, damit ich ihn weiterkraulte.

Raik lachte ausgelassen. »Ich habe Lust auf ein Bier. Kommst du mit oder möchtest du hier weiter wie angewurzelt stehen?«

Sein breites Grinsen machte mich unsicher. Stimmt, ich war wie in Trance gewesen, als Rick die Tanzfläche verlassen hatte. Wie peinlich.

»Das ist das Stichwort. Ich habe Rick zugesagt, mich am Zapfhahn zu betätigen«, sagte ich rasch. »Wir sehen uns, bis gleich«, meinte ich und rauschte davon.

Zuallererst steuerte ich die Toiletten an. Dort ließ ich kaltes Wasser über meine Handgelenke laufen, bis ich mich wiedergefunden hatte. Nur noch einen Kontrollblick in den Spiegel, dann war ich gewappnet für den Abend am Zapfhahn. Kurz wunderte ich mich über meine strahlenden Augen, doch ich machte mein ungewohntes Augen-Make-up dafür verantwortlich. Ich beschloss ab sofort öfter in den Farbtopf zu greifen. Ich lächelte meinem Spiegelbild zu und machte mich auf zum Arbeitseinsatz.

Als ich den Schankraum betrat, prallte ich augenblicklich zurück. In der Zwischenzeit hatte sich die Zahl der Gäste verdoppelt. Lautes Stimmengewirr waberte durch den Raum. Ich straffte die Schultern, setzte ein Lächeln auf und nahm meine Position hinter dem Tresen ein. Dort war Rick gerade dabei, einige Longdrinks zuzubereiten.

»Du kommst gerade richtig. Ich brauche dringend Bier, die wartende Schlange ist lang.« Er nickte mir zu und kümmerte sich weiter um die Drinks.

Da stand ich nun wie ein Ochs vorm Berg. Nie zuvor hatte ich einen Bierhahn bedient. Ich sah mich nach Gläsern um und fand sie über mir auf einem Regal. Nervös holte ich einige herunter. Oft hatte ich in der Vergangenheit Kellnern beim Bierzapfen zugeschaut. So schwer konnte es nicht sein. Mein erster Versuch scheiterte daran, dass nur Schaum in das Glas gelangte. Ratlos hielt ich inne. So würde es mit den gefühlt hundert Bieren nicht klappen.

Rick kam mir zu Hilfe. »Halte das Glas etwas schräg. Dann lässt du es ruhen und beginnst mit dem nächsten«, meinte er in ruhigem Ton. Er stand dicht hinter mir. Sein Körper berührte meinen, sodass ich mich auf nichts konzentrieren konnte.

Kurzerhand schob ich ihn weg. »Danke, du kannst weiter deine Drinks mixen. Ich komme zurecht«, sagte ich freundlich, aber bestimmt.

Ich befüllte ein Glas nach dem anderen, langsam bekam ich den Dreh raus. Zufriedene Gesichter gaben mir recht.

Als die Musik ausging, sah ich hoch. Rick hatte sich in der Mitte der Tanzfläche positioniert. Mit feierlichem Gesichtsausdruck hielt er eine kurze Ansprache. Am Ende der Rede wünschte er allen Gästen frohe Weihnachten und erntete tosenden Applaus. Danach war ich wieder mehr als begehrt, das Bier musste fließen.

Plötzlich erschien Rick an meiner Seite. Sanft, aber bestimmt drehte er mein Gesicht zu sich.

»Frohe Weihnachten, Semra«, hauchte er und gab mir einen liebevollen Kuss auf den Mund, der mir den Atem raubte. Mein Herz schlug wie verrück in meiner Brust. Ich schlang meine Arme um seinen Hals und erwiderte den Kuss.

»Frohe Weihnachten«, hauchte ich atemlos. Dann ließ ich von ihm ab und wollte meine Arbeit wieder aufnehmen. Doch der Zapfhahn wollte mir nicht gehorchen. Als ich bemerkte, dass ich statt des Hahns eine Flasche in der Hand hielt, die Rick zuvor dort abgestellt hatte, wurde ich rot.

Das Gejohle der anderen Gäste, die uns beobachtet hatten, gab mir den Rest. Ich zitterte am ganzen Körper. Raik, der offenbar Mitleid mit mir hatte, erschien neben mir.

»Zeit für eine Pause. Ich löse dich mal ab«, sagte er und schob mich von der Zapfanlage weg. »Wenn du Lust hast, kannst du Glocke hinten in den Hof lassen, er liegt im Personalraum.«

»Und Rufus?«, fragte ich ängstlich. Ich wollte lieber nicht mit Rufus allein sein. So sehr vertraute ich ihm doch noch nicht.

Raik grinste. »Rufus geht nicht ohne mich, keine Sorge. Er war eben schon draußen. Aber Glocke braucht wieder eine Extraeinladung.« Raik lachte, dann begann er mit dem Zapfen. Erst jetzt sah ich, wie gut die Gäste sich unterhielten. Mit gefüllten Tellern standen oder saßen sie in Gruppen im Raum verteilt. Es schien ihnen zu schmecken, am Buffet hatte sich eine Schlange gebildet. Ich nahm mir vor, auch gleich etwas zu essen, nachdem ich Glocke vor die Tür geschickt hatte.

Ich beeilte mich, in den Personalraum zu kommen. Glocke empfing mich freundlich mit der Rute wedelnd. Rufus würdigte mich keines Blickes. Es war mir recht. Ich kraulte Glocke hinter den Ohren und lockte ihn zur Hintertür.

Der Hinterhof war natürlich nicht vom Schneetreiben verschont geblieben. Wie sollte Glocke hier sein Geschäft verrichten? Ratlos sah ich ihn an, aber er hatte keine Probleme damit, mit seinen kräftigen Beinen durch den Schnee zu stapfen. Er hob sein Bein, erleichterte sich und trottete zurück ins Warme.

Zufrieden wollte ich mich zu den anderen begeben, als plötzlich Rufus vor mir stand. Ich bekam einen großen Schreck und traute mich nicht an ihm vorbei ins Innere. Er beschnupperte mich sorgfältig. Wie erstarrt wartete ich ab. Rufus dachte wohl, er müsse näher kommen, was mir allerdings nicht gefiel. Ich wich einen Schritt zurück und fiel rücklings in den Schnee. Bevor Glocke seinem Beschützerinstinkt folgen konnte, erschien Rick.

»Semra! Da komme ich wohl gerade rechtzeitig. Willst du mit mir Engel in den Schnee malen?« Rick lachte, dann gab er mir die Hand, um mir aufzuhelfen. Obgleich mir vom Bierzapfen reichlich warm geworden war, hätte ich auf diese Abkühlung gut verzichten können. »Du bist doch Engel genug, du musst nicht noch einen in den Schnee malen.« Rick schmunzelte liebevoll.

»Ich bin kein Engel und möchte auch keiner sein«, antwortete ich, als wir uns auf den Weg nach drinnen machten. Die Hunde lagen inzwischen wieder unter dem Tisch, als ob nichts gewesen wäre. Verlegen kratzte Rick seinen Bart. Es wirkte so komisch, dass ich lachen musste. »Los jetzt«, kommandierte ich, »auf ans Buffet, bevor ich verhungere. Mit leerem Magen bin ich unausstehlich.«

»Völlig untypisch für dich«, sagte Rick grinsend.

Ich stellte mich zu den anderen und wartete geduldig, bis ich an der Reihe war. Mit den Augen suchte ich die Köstlichkeiten ab. Es gab Lachs, Rinderbraten, Fisch, Krabben und vieles mehr. Ich wollte mich fürs Erste an den Fisch ranmachen. Dazu einen Salat und Bratkartoffeln. Da ich schon lange genug auf den Beinen war, suchte ich mir einen Sitzplatz. Ich fand ihn am Eingang, wo noch zwei junge Frauen saßen und sich angeregt unterhielten. Puh, besinnlich war etwas anderes, aber ich hatte es so gewollt.

Mir fiel auf, dass ich seit Stunden nicht an Sven gedacht hatte. Dafür mehr an Rick. Wie sollte das bloß weitergehen? Ich auf dem Festland, er hier auf der Insel? Gab es überhaupt etwas, das weitergehen konnte? Ich fragte mich, ob Rick vielleicht doch nur nach einem kurzen Weihnachtsflirt gesucht hatte.

Ich stocherte in meinem Essen herum. Plötzlich verspürte ich keinen Hunger mehr. Gefrustet sah ich auf, als Raik an meinem Tisch erschien.

»Ist bei dir ein Plätzchen frei?« Er balancierte einen gefüllten Teller in der einen und ein Bier in der anderen Hand.

Ich rückte ein Stück mit meinem Stuhl, damit er sich setzen konnte, nachdem er einen Hocker gefunden hatte. Längst waren alle Stühle verrückt worden und standen überall, nur nicht dort, wo sie ursprünglich platziert gewesen waren.

Raik begann hungrig zu essen. »Es schmeckt wieder fantastisch«, murmelte er mit vollem Mund. »Du isst ja gar nicht«, stellte er erstaunt fest.

»Doch, ich habe auf dich gewartet«, log ich und begann langsam den Fisch zu essen. Mit jedem Bissen wurde ich gieriger. Ich hatte wirklich Hunger und mein Appetit stieg. Als ich merkte, dass Raik nicht aufhörte mich anzustarren, hielt ich inne.

»Was ist?«, fragte ich ein wenig gereizt.

»Ich finde es schön, wenn eine Frau gerne isst.«

»Verstehe ich nicht«, brummte ich und legte die Gabel neben den Teller. Abwartend griff ich zur Serviette.

»Gefällt dir die Party?«, fragte er, ohne auf meine Worte einzugehen.

»Doch, ich bin nur etwas müde«, gestand ich. Tatsächlich spürte ich meine bleiernen Glieder rebellieren. »Hast du eine Ahnung, wann Tilda und Jon vorbeikommen?«

Raik sah zur Uhr. »Für gewöhnlich wären sie schon hier, aber bei der Witterung kann es länger dauern, fürchte ich.« Besorgt warf ich einen Blick zum Eingang, aber die Tür blieb geschlossen. Durch das kleine Fenster neben unserem Tisch war zu erkennen, dass sich am Wetter in den vergangenen Stunden nichts geändert hatte.

»Hoffentlich ist ihnen nichts passiert«, sagte ich. Plötzlich machte ich mir Sorgen.

Rick winkte lässig ab. »Jon ist ein guter Autofahrer. Mit seinem Jeep kommt er überall durch.«

»Aber wir sind bei der Herfahrt auch hefig ins Rutschen gekommen«, gab ich zu bedenken.

»Du bist doch heil angekommen, oder?« Raik zwinkerte mir aufmunternd zu.

Ich seufzte. »Mir wäre es trotzdem lieber, wenn die beiden gleich unversehrt zur Tür reinkommen würden.«

Raik legte beruhigend seine Hand auf meinen Arm, zog sie jedoch gleich wieder weg. Er hatte gemerkt, dass die Geste bei mir nicht gut ankam.

»Können wir ihnen nicht eine SMS schicken, um sicherzugehen, dass es ihnen gut geht?«

Raik nickte, während er sich eine Gabel mit Krabben in den Mund schob. Gleichzeitig beförderte er sein Handy aus der Hosentasche. Als er auf das Display schielte, hellte seine Miene sich auf.

»Schau, Tilda hat mir bereits geschrieben. Sie sind bald da.« Er hielt mir die Nachricht hin, damit ich mich überzeugen konnte.

»Aber die Nachricht ist vor einer halben Stunde abgeschickt worden«, sagte ich alarmiert. Sofort sprang ich auf, um nach Rick zu suchen. Wir mussten etwas unternehmen. Aber wo sollten wir anfangen?

In diesem Moment öffnete sich die Tür und Tilda trat ein. Gefolgt von Jon ... und ... der jungen Frau, die ich in der Pension schon einmal gesehen hatte. Ich vermutete, dass Tilda ihren Gast eingeladen hatte mitzukommen. Unschlüssig blieb sie am Eingang stehen. Ich musste zugeben, dass sie wunderschön war. Wie bei einem Engel umgab sie eine Aura, die mir den Atem raubte. Auch einige der anderen Gäste betrachteten den Neuankömmling neugierig. Dies hatte zur Folge, dass die Frau noch schüchterner wirkte.

Tilda begrüßte ihren Bruder, während Jon sich ein Bier sicherte. Kurz entschlossen ging ich auf die Frau zu, um sie willkommen zu heißen.

»Hallo«, rief ich gegen die Musik an, »ich bin Semra. Ich glaube, wir haben uns bei Tilda schon mal gesehen.«

Die Unbekannte trug ihre langen blonden Haare offen. Ihre blauen

Augen musterten mich ernst, aber interessiert. Sie trug einen beigefarbenen Pulli aus Merinowolle, dazu eine hautenge Jeans. Ach, schoss es mir durch den Kopf, Jungsein ist etwas Herrliches.

»Ich freue mich, dich kennenzulernen«, meinte sie und sah sich suchend um. Ich war anscheinend nicht die Person, mit der sie sich unterhalten wollte. Auch gut, dachte ich.

»Ich wünsche dir viel Spaß«, sagte ich, dann ließ ich sie allein.

Auf dem Weg zur Zapfanlage steuerte Tilda auf mich zu. Sofort nahm sie mich in die Arme. »Frohe Weihnachten, Liebes«, hauchte sie mir zu.

»Dir auch.«

»Rick braucht mal Ablösung an der Zapfanlage«, flüsterte sie geheimnisvoll an mein Ohr.

»Ich wollte gerade hingehen«, erwiderte ich und drückte meine Freundin kurz, um danach Rick zu erlösen.

Die junge Frau, die mir ihren Namen nicht verraten hatte, ergatterte einen freien Barhocker. Etwas ungeübt schob sie ihren Körper auf den Sitz. Ihre Augen verfolgten Rick, der augenblicklich den Tresen verließ. Er war am Verhungern, wie er mir beteuerte, und begab sich ans Buffet. Oder besser gesagt an das, was übrig geblieben war. Die Gäste hatten ordentlich zugeschlagen.

Ich sah, wie Rick seinen Teller füllte. Als er sich umdrehte, hatte er direkten Augenkontakt mit der jungen Frau und taumelte. Erschrocken hielt ich die Luft an. Ich wusste, dass er kaum Alkohol getrunken hatte, daran konnte es nicht liegen. War er krank? Besorgt wollte ich zu ihm gehen, als ich bemerkte, dass die blonde Frau vom Barhocker rutschte. Hilfesuchend blickte sie zu Tilda, die ihr zublinzelte. Waren da Tränen in Tildas Augen?

Es dauerte eine Weile, bis ich kapierte, was da gerade vorging. Die Frau ging auf Rick zu, der inzwischen aschfahl geworden war. Natürlich, die junge Frau musste Elly sein. Ricks Tochter! Hatte Tilda sie etwa ausfindig machen können?

Rick und Elly redeten miteinander. Ich bedauerte, dass ich nicht hören konnte, was sie sagten. Aber ich sah Rick an, dass er seine Emotionen kaum zurückhalten konnte. Am liebsten hätte er Elly sofort in die Arme geschlossen, aber er schien unsicher. Armer Rick, glücklicher Rick. Ich freute mich für ihn. Welch eine Weihnachtsüberraschung.

»Hallo, Träumerin, gibt es noch Bier oder muss ich es selbst zapfen?« Ein Gast sprach mich an, der vermutlich am Verdursten war, denn er wirkte äußerst ungeduldig.

Ich wandte mich ihm zu und trat einen Schritt beiseite. »Bitte sehr, versuch dein Glück, dann kann ich mir das Näschen pudern«, brummte ich. Über das verdutzte Gesicht des Mannes musste ich lachen. Ich reichte ihm ein Bier, füllte ein weiteres und prostete ihm zu.

»Ich heiße Semra«, sagte ich versöhnlich.

»Dirk.« Er prostete mir ebenfalls zu und hielt mich mit neugierigem Blick gefangen.

Ich schielte ununterbrochen zu Rick hinüber. Es rührte mich zu Tränen, als Vater und Tochter sich in die Arme fielen. Welch ein schöner Moment. Gleichzeitig wurde mir klar, dass ich fürs Erste vergessen war. Das war mir einerseits recht, denn ich hatte keine Ahnung, wie es mit Rick und mir weitergehen sollte. Ich gestand mir innerlich ein, dass ich mich in Rick verguckt hatte, aber war ich bereit für eine neue Beziehung? Ich hoffte, dass die Deutsche Bahn bald ihren Dienst aufnehmen und mich auf das Festland befördern würde. Dann war das Thema Rick auf Eis gelegt.

Ich hatte nicht bemerkt, dass Tilda sich zu mir gesellte. Ihre leuchtenden Augen waren Beweis genug dafür, dass sie hinter dieser Überraschung steckte.

»Du bist die Beste, Tilda. Es gibt eben doch Engel.«

Sie drücke mich. »Pst ...«, machte sie dicht an meinem Ohr, »es ist noch ein Geheimnis.« Sie legte sanft eine Hand auf ihren Bauch, wie es nur eine werdende Mutter machte.

Ich riss die Augen auf. »Tilda ...«, flüsterte ich.

Sie legte den Zeigefinger auf die Lippen. »Schau, ich trage meinen

Weihnachtsengel unter dem Herzen«, meinte sie. Sie sah unglaublich glücklich aus.

»Herzlichen Glückwunsch«, jubelte ich, senkte aber sofort meine Stimme, da ich fürchtete, andere auf uns aufmerksam zu machen.

»Ich habe heute Morgen im Beisein von Jon einen Test gemacht. Wir sind so glücklich«, beteuerte sie. Aus ihren Augen funkelte pures Glück.

»Dann waren es doch nicht die Gummibären, die dein Kleid schrumpfen ließen?«

Tilda fiel in mein Lachen ein. »Offenbar nicht«, gluckste sie albern. »Ich hätte dich gerne als Patentante, könntest du dir das vorstellen?«

Ich öffnete den Mund, um ihn sofort wieder zu schließen, und schnappte nach Luft. »Aber, Tilda, wir kennen uns doch kaum. Meinst du wirklich, du hast die richtige Wahl getroffen?«

»Goldrichtige Wahl«, meinte sie, »auch wenn es sehr früh für derartige Überlegungen ist. Ich möchte, dass du ein Teil unseres Lebens bleibst.«

Ich war sprachlos. »Aber ...«

»Nichts aber, auch ohne meinen Bruder möchte ich dich nicht verlieren.«

»Du meinst, wenn ich ihm zu langweilig werde?«

»Quatsch, Rick ist in dich verschossen, daran gibt es keinen Zweifel. Aber ich habe den Verdacht, dass du nicht weißt, wo dein Weg hinführen soll.«

»Ins Glück«, flüsterte ich kaum hörbar.

»Das wünsche ich dir von ganzem Herzen.«

Ich zuckte zusammen. Ich hätte nicht gedacht, dass Tilda meine Worte vernommen hatte. Doch dann sahen wir, dass Rick seine Tochter zur Tanzfläche führte. Zur gleichen Zeit ertönte »Wenn du da bist« von der Gruppe Pur.

Rick wiegte sein Kind im Takt der Musik, dabei hielt er sie fest umschlungen. Elly hatte ihr Gesicht an seine Brust geschmiegt. Jeder konnte sehen, welch liebevolle Einheit die zwei waren, obwohl es Jahre her war, dass sie sich zuletzt gesehen hatten. Elly dürfte daran kaum Erinnerungen haben.

Tilda klammerte sich an mich. Sie rang mit den Tränen. »Ist das nicht wunderbar?«, fragte sie mit zitternder Stimme.

Ich war lediglich zu einem Nicken fähig. Dieses Weihnachtsfest würde wohl so schnell nicht in Vergessenheit geraten. Bei keinem der Anwesenden hier im Friesengewitter.

»Wie lange kann die Kleine bleiben?«, wollte ich von Tilda wissen.

Sie kicherte. »Elly musste ihrer Mutter versprechen, spätesten am ersten Weihnachtstag zurückzukommen. Dem Himmel sei Dank, und diesmal im wahrsten Sinne des Wortes, muss sie leider warten, bis die Züge ihren Betrieb wieder aufnehmen.«

»Wird das für Elly ein Problem sein?«, fragte ich besorgt.

»Überhaupt nicht.« Tilda lachte ausgelassen. »Aber ihre Mutter wird daran zu knabbern haben.« Tildas Grinsen vertiefte sich.

»Dann ist es ja gut«, meinte ich und sah zur Tanzfläche. Vor wenigen Stunden hatte Rick mich im Arm gehalten. Jetzt durfte er mit seiner Tochter nach den Klängen der Musik träumen.

Rick wirkte unglaublich glücklich und ich freute mich für ihn. Ich konnte mir ein Schmunzeln nicht verkneifen. Sein Bart hatte meinen Hals gekitzelt. Elly musste aufpassen, dass er ihre Nase nicht traf. Doch sie lehnte an der Brust ihres Vaters, den sie offensichtlich viele Jahre vermisst hatte. Der Song endete, aber die beiden störte es nicht im Geringsten. Der nächste Titel begann, ohne ihren Tanz zu unterbrechen. Keiner der beiden wollte sich vom anderen lösen.

Endlich vereint

Die Nacht nahm kein Ende. Wir tanzten und lachten unbeschwert, ohne einen Gedanken an den nächsten Tag zu verschwenden.

Ellys anfängliche Scheu war verflogen. Als sie unvermittelt neben mir auftauchte, grinste sie mich an. »Du bist also die Frau, die meinem Dad den Verstand raubt?«

Ich glaubte, mich verhört zu haben. »Ähm ... ich weiß nicht, wovon du sprichst«, sagte ich verwirrt.

Ein glockenklares Lachen entwich ihrer Kehle. »Das sagt Rick auch.«

»Was?«

»Dass du nie weißt, wovon er spricht. Du glaubst ihm nicht.«

»Es geht dich zwar nichts an, aber ich habe erst vor Kurzem meine Beziehung beenden müssen. Ich muss mich erst wiederfinden.«

Elly musterte mich nachdenklich. Dann hellte ihr Gesicht sich auf. »Danach ist dann Platz in deinem Herzen für Rick? Ich meine nur, wenn ich die Insel verlassen muss, sollte doch zumindest jemand da sein, der ihn tröstet.«

Ich schmunzelte. »Dafür, dass du erst fünfzehn bist, bist du ganz schön klug.«

Elly verzog ihr hübsches Gesicht zu einer Grimasse. »Meine Oma sagt das auch immer, aber sie nennt es altklug.«

Ich lachte schallend. »Vielleicht hat sie da nicht unrecht.« Ich drückte sie kurz, um meine Worte abzuschwächen. Schließlich wusste ich nicht, wie Elly reagierte. Konnte sie Scherze vertragen? Im Austeilen war sie zumindest gut.

Sie erlaubte mir die Umarmung und grinste. »Wenn du meine Stiefmutter werden möchtest, solltest du dich nicht mit mir anlegen.«

Es war herrlich, mit Elly herumzualbern. Sie war ein bezauberndes Mädchen. Zwischendurch rockten wir die Tanzfläche, bis Tilda sich einmischte.

»Darf ich auch mit meiner Nichte tanzen?«

Sofort gab ich den Platz frei und Tilda schwang ihre Hüften im Takt der Musik. Ich hoffte nur, sie überanstrengte sich nicht.

Dann machte ich mich auf die Suche nach Rick. Er stand hinter dem Tresen und beobachtete Elly auf der Tanzfläche. Ich stellte mich dicht neben ihn. Wie selbstverständlich legte er seinen Arm um mich.

»Es ist herrlich«, sagte er versonnen. »Ich habe mir so lange gewünscht, dass Elly unverhofft auftaucht. Diesen Moment werde ich nie vergessen.«

»Du hast ihn deiner Schwester zu verdanken«, erinnerte ich ihn.

»Ich werde ihr ewig dafür dankbar sein«, raunte er. Eine Weile standen wir so da und blickten zur Tanzfläche. Unvermittelt gab Rick mir einen Kuss auf die Stirn.

»Es hat aufgehört zu schneien. Kannst du den Tresen für eine Weile übernehmen? Ich muss draußen den Schnee vor der Tür wegräumen.«

»Mach ich«, sagte ich, obwohl die Müdigkeit in meinen Knochen steckte.

»Es wird ruhiger, die Gäste sind nicht mehr so durstig«, meinte Rick und blickte mir in die Augen. Offenbar sah er mir an, dass ich erschöpft war.

Ich straffte meinen Rücken. »Ich kriege das hin, keine Sorge.« Ich setzte einen zuversichtlichen Gesichtsausdruck auf und begann die Gläser zu spülen.

»Danke«, hauchte er in mein Ohr.

Ricks Nähe brachte mein Gleichgewicht durcheinander. Während ich die Gläser nach und nach ins Becken stülpte, sah ich ihm nach. Er hatte zwar eine Jacke angezogen, aber auf seine wadenlange Hose verzichtete er wohl nie. Mir wären in kürzester Zeit die Beine abgefroren.

Rick verließ den Schankraum und mit ihm eine Handvoll Gäste, die sich überschwänglich bei ihm für den schönen Abend bedankten. Weitere Gäste nahmen die Gelegenheit wahr, um sich ebenfalls zu verabschieden. Der Sturm, der immer noch anhielt, fegte frische Nordseeluft in den Raum. Ich atmete tief ein. Erst jetzt bemerkte ich, wie abgestanden die Luft in der Bar geworden war. Am liebsten wäre ich kurz vor die Tür gegangen.

Als ich mich ein paar Minuten später umsah, stellte ich erstaunt fest, dass nur noch Tilda, Elly, Jon und Raik übrig geblieben waren. Tilda hockte mit Elly auf dem Holzfußboden. Elly hatte ihren Kopf auf Tildas Schulter gelegt und sie unterhielten sich leise. Ein vertrautes Bild von Tante und Nichte. Ja, Elly hatte eine Familie gefunden, die sie mit offenem Herzen aufnehmen würde. Ich hatte von Elly erfahren, dass sie richtig sauer auf ihre Mutter war, weil sie nie damit rausgerückt war, wo oder wer ihr Vater war.

Jon ging mit Raik nach draußen, um Rick mit den Schneemassen zu helfen. Plötzlich fühlte ich mich einsam. Nicht dazugehörig. Ich sollte mich verabschieden. Leider fiel mir ein, dass ich nicht mit dem Auto hier war, sondern warten musste, bis Tilda und Jon nach Hause fuhren. Ich stellte das letzte Glas auf das Abtropfbecken, dann trocknete ich meine Hände und folgte den anderen nach draußen.

Die drei Männer hatten eine Schneeballschlacht angefangen. Übermütig warfen sie große weiße Bälle durch die Luft. Einer davon landete direkt auf meiner Nase. Überrumpelt blieb ich stehen, dann kam Bewegung in mich.

»Na wartet«, rief ich ihnen zu. In Windeseile hatte ich einen Schneeball geformt und feuerte ihn auf Rick ab. Der nächste war für Raik bestimmt, aber dazu kam ich nicht mehr. Jon hatte eine Schaufel genommen und eine Ladung Schnee über mich gekippt. Ich schnappte nach Luft. Die kalte Masse tropfte ungehindert in meinen Nacken.

»Ich ergebe mich«, rief ich laut. Dann ließen wir uns lachend in die weiße Pracht fallen.

Elly und Tilda zogen es vor, kopfschüttelnd in der Tür stehen zu bleiben. Die Hunde hatten sich auf unerklärliche Weise aus dem Personalraum befreit und tobten ausgelassen durch den Schnee. Sie waren genauso übermütig wie wir Zweibeiner, die über ihre Ausgelassenheit vergnügt lachten. Es war urkomisch, wie Glocke versuchte, Rufus zu fangen. Die Hundebeine versanken im tiefen Schnee, aber sie wühlten sich kraftvoll hindurch. Raik und Jon versuchten, Elly in eine Lawine zu befördern. Aber Elly war flinker und freute sich über die erfolglose Jagd auf ihre zierliche Person.

Außer Atem blieb Rick vor mir stehen. Sein Blick traf auf meinen und augenblicklich stand die Welt um uns still. Trotz meiner feuchten Kleidung, ich hätte eine Jacke anziehen sollen, liefen heiße Schauer über meinen Körper. Wo kam die Hitze her? Die Minusgrade hätten mich eigentlich zum Eisklotz mutieren lassen müssen. Unfähig, uns zu bewegen, sahen wir einander an. Rick streckte die Hand nach meiner aus, und mit einem sanften Ruck zog er mich zu sich. Ein langer, fordernder Kuss folgte, den ich nicht abwehrte, sondern hungrig erwiderte. Die Welt um uns herum stand still.

Es begann erneut zu schneien und ein weißer Mantel aus Schnee legte sich über uns. Ich fühlte ihn kaum, trotz meiner dünnen, durchnässten Bluse. Ricks Zunge erkundete meine Mundhöhle. Ich öffnete meine Lippen und ließ ihn gewähren. Im Gegenzug erforschte ich seinen Mund, was zur Folge hatte, dass Rick ein leises Stöhnen entwich. Ich hätte Stunden so weitermachen können, denn statt Kälte floss behagliche Wärme durch mich. Ich zitterte. Verlangte mehr. Rick zog mich näher an sich heran und ließ mich seine Erregung spüren.

Als Raik zu uns trat, fuhren wir auseinander. Verwirrt starrte ich Raik an, der mir freundschaftlich zublinzelte.

»Ich störe euch nur ungern«, sagte er in gedämpfter Stimme, »aber ich fürchte, ihr erstarrt zu Eissäulen, wenn ihr nicht sofort ins Warme kommt.«

Verständnislos legte ich den Kopf schief. »Aber mir ist nicht kalt«, meinte ich. Gelächter tönte von der Eingangstür zu uns herüber. Tilda, Elly und Jon beobachteten uns belustigt.

»Mir auch nicht«, brummte Rick und küsste mich weiter. Da mir nun bewusst war, dass unsere Zuschauer nicht daran dachten, ihren Logenplatz zu verlassen, löste ich mich sanft, aber bestimmt aus der Umarmung.

»Wir führen das an einem anderen Ort fort«, flüsterte ich. Das bewirkte, dass Rick die Party für beendet erklärte.

Tilda legte Protest ein. »Aber einen Absacker wirst du doch noch genehmigen?«

Obwohl Elly sehr müde aussah, stimmte sie ihrer Tante zu. Rick wäre nicht Rick, wenn er die Wünsche der Frauen ablehnen würde. Grinsend gingen wir gemeinsam hinein.

Mein Verstand kehrte langsam, aber brutal zurück. Ich spürte die eisige Nässe auf meiner Haut. Ich musste dringend aus den Kleidern, bevor ich mir eine Grippe einhandelte.

Tilda zog mich in den Personalraum. Sie durchsuchte die Schränke und holte eine Kochjacke mit dazugehöriger Hose hervor. »Zieh deine nassen Sachen aus«, befahl sie.

Entsetzt sah ich auf die Kochkleidung, dann starrte ich meine Freundin an. »Ich hoffe, das ist nicht dein Ernst?«

»Selbstverständlich. Warum gehst du auch ohne Jacke in diese Eiseskälte?«

Ich merkte, wie ich zitterte. Nun aber vor Kälte. Zögernd begann ich mich auszuziehen. »Ich glaub nicht, was ich hier tue«, fluchte ich leise.

Tilda kicherte. »Aber das eben war dir schon bewusst, oder?«

Mir entging ihr sorgenvoller Tonfall nicht. Aber was sollte ich ihr sagen? Dass ich mit wehenden Fahnen auf die Insel zu Rick ziehen und mein Leben in Flensburg aufgeben würde?

Ich gab Tilda einen Kuss auf die Wange. »Dein Bruder hat es mir ganz schön angetan«, sagte ich und hoffte, Tilda wäre mit der Antwort zufrieden.

»Soll was heißen?« Tilda schaute mich forschend an.

Mir riss der Geduldsfaden. »Mensch, Tilda, warum drängst du mich in etwas hinein, von dem ich noch nicht weiß, ob es funktionieren kann?«

Sie wich etwas zurück.

Schnell entschuldigte ich mich. »Tut mir leid. Ich habe mich tatsächlich in Rick verliebt, aber ich brauche etwas Zeit.« Flehend blickte ich in ihr Gesicht.

»Schon gut. Ich glaube, ich bin dir zu nahe auf den Pelz gerückt. Entschuldige.«

Mit klappernden Zähnen nickte ich. Nur mit Unterwäsche bekleidet lief ich auf sie zu und umarmte die werdende Mutter. Zum Glück war die Unterhose nicht völlig durchnässt, ich behielt sie an und schlüpfte mit gemischten Gefühlen in die Kochkleider, die gleich mehrere Größen zu groß waren.

Tilda lachte. »Sexy«, meinte sie gönnerhaft. Ich verzog den Mund zu einem schiefen Lächeln. Tilda drehte sich weg, damit ich ihr Grinsen nicht sah.

»Wie haben die Schneiders ihr Weihnachtsfest gefeiert?«, fragte ich.

Tilda wandte sich zu mir um. »Na, wie wohl. Ich konnte sie überreden, das Weihnachtsessen gemeinsam mit uns zu genießen. Es war wirklich schön, Frau Schneider ging es gut und ihr Mann hatte ausgeschlafen«, sagte sie.

»Wir können uns wirklich glücklich schätzen, unseren Verstand einsetzen zu können, wann immer wir ihn brauchen«, sagte ich gedankenverloren. Im Stillen fügte ich hinzu: außer wenn Rick in der Nähe ist.

»Stimmt. Es ist ein schweres Los, das die beiden tragen müssen. Wobei Frau Schneider ja nichts davon weiß«, meinte Tilda nachdenklich.

»Leider doch. Sie hat noch viele klare Momente, in denen sie weiß, wie es um sie steht«, gab ich zu bedenken. »Aber ich finde es schön, dass die beiden nicht allein auf ihrem Zimmer waren.«

Tilda nickte. »Nun aber hopp, die anderen warten sicher auf uns.«

»Die werden sich totlachen. Ich in diesem Aufzug.«

Tilda winkte lässig ab. »Es ist doch niemand mehr da. Nur die Familie.« Sie blinzelte verschwörerisch. Ich band einen dünnen Gürtel um meine Taille und hoffte, dass er alles zusammenhielt. Nicht dass ich die Hose verlor.

Arm in Arm verließen wir den Personalraum und erhielten tosenden Beifall, als wir den Schankraum betraten. Ricks Blicke waren auf mich gerichtet, neben ihm saß Elly, die offenbar jeden Moment einschlief. Ich fühlte mich unbehaglich, denn sexy Kleidung sah definitiv anders aus.

Elly blinzelte verschlafen. Bei meinem Anblick fuhr sie begeistert hoch. »Semra! Du siehst super aus«, rief sie in die Runde, die sofort in ein haltloses Lachen ausbrach.

Ich beschloss, mit ihnen zu lachen, denn alles andere hätte mich lächerlich wirken lassen. Wenn ich das berühmte Loch, in das ich versinken wollte, doch nur finden würde.

Rick hatte ein Einsehen mit mir. Er sprang auf, um mich in die Arme zu schließen. »Bezaubernd«, murmelte er mir ins Ohr.

Ich schlug nach ihm, ließ mich aber trotzdem küssen. Das Gelächter verstummte abrupt. Offenbar fanden alle, dass wir ein schönes Paar waren. In Tildas Augen schimmerten sogar Tränen. Ich schob das allerdings auf ihre Hormone.

»Möchtest du einen Tee? Ich habe ihn für dich gemacht«, fragte Rick zärtlich. Zu einem Nicken war ich gerade noch fähig.

Wunderwelt

Wenig später waren alle zum Aufbruch bereit. Selbst Rick, der sonst nie schwächelte, wirkte erschöpft. Glücklich darüber, endlich meine Garderobe mit der neuen Winterjacke aufzupeppen, bewegte ich mich gefolgt von den anderen zum Ausgang.

Als wir die Tür öffneten, blieben wir wie angewurzelt stehen. Es schneite ununterbrochen. Das Schneeschippen hätte Rick sich sparen können. Im Eingangsbereich des Friesengewitters hatte sich eine große Schneewehe aufgetürmt. Der Sturm fegte durch die Friedrichstraße, als ob der Himmel mit der Erde Krieg führte. So etwas hatte weder ich noch die Insulaner noch nie erlebt. Elly klammerte sich an Rick. Er schien zu überlegen.

»Ach du grüne Neune«, rief Tilda. Sie hielt sich die Hände vor das Gesicht. »Wie kommen wir nach Hause, Jon? Sollen wir lieber auf das Auto verzichten?« Bekümmert blickte sie zu ihrem Mann, der unweigerlich schmunzeln musste.

»Wenn du zu Fuß gehen möchtest, können wir das Auto gerne stehen lassen. Aber dann hätte ich nicht auf Alkohol verzichten müssen. Wir versuchen es einfach.«

»Versuchen?«, rief ich dazwischen, weil ich Mitwisserin von Tildas Schwangerschaft war. Meinem Patenkind durfte nichts passieren. »Das wäre ziemlich leichtsinnig.« Verärgert suchte ich Blickkontakt zu Jon.

Rick kratzte sich am Kinn. Der Sturm zerrte an seinem Bart. »Ihr kommt alle bei mir unter«, bestimmte er.

»Ich laufe die paar Meter nach Hause. So schlimm wird es schon nicht werden.« Raik klopfte seinem Freund auf die Schulter, verabschiedete uns Frauen mit einer kurzen Umarmung und gab Jon die Hand. Dann trat er vor die Tür, vor der wir minutenlang verharrt hatten.

»Aber du meldest dich, wenn du angekommen bist!«, rief eine besorgte Tilda ihm nach.

Raik hob die Hand. »Geht klar, Mami.«

Das fand ich jetzt interessant. Wussten die anderen Bescheid? Tilda hatte meinen erstaunten Gesichtsausdruck bemerkt. Heimlich legte sie den Zeigefinger auf die Lippen und schüttelte unauffällig den Kopf.

»Raik, so langsam musst du dir eine andere Mami suchen, die Verantwortung wird mir allmählich zu viel.« Wir lachten über ihren Scherz. Nur Jon und ich wussten, was in ihren Worten tatsächlich mitschwang.

Rick rieb die Hände aneinander. »Dann geht es los? Seid ihr dabei?« Er sah in die Runde.

Tilda schien nicht begeistert. »Ich muss doch in die Pension, ich habe in diesem Jahr keine Vertretung«, jammerte sie.

Elly ergriff das Wort. »Dann versuchen wir es eben. Wozu gibt es Rettungsdienste, die bei jedem Wetter ausrücken? Ich musste meiner Mutter versprechen, die Nacht in der Pension zu verbringen. Sie tickt richtig aus, wenn sie erfährt, dass ich nicht dort war.« Sie zögerte, bevor sie weitersprach. »Sie hat mir eine App auf das Handy geladen, damit sie meinen Aufenthaltsort sehen kann.« Beschämt sah sie ihren Vater an. »Nichts gegen dich, aber ich muss es mit ihr noch eine Weile aushalten.«

Tilda schnaubte abfällig. »Du hast bei uns jederzeit ein Zuhause.«

Jon ermahnte seine Frau mit Blicken.

»Was? Ist doch wahr ...« Tilda schwieg.

Ich legte den Arm um Elly. »Engelchen, das hier ist höhere Gewalt. Schalte dein Telefon doch ab.«

Jon drängte zu einer Entscheidung. »Ewig können wir hier nicht stehen bleiben. Ich glaube, wir können die Fahrt nach List riskieren. Wozu haben wir einen Jeep?«

Ellys Mutter überwachte ihre Tochter offenbar auf Schritt und Tritt.

Ich sah Rick an, dass er sauer und kaum fähig war, sich zurückzuhalten. Sanft hakte ich mich bei ihm ein. Dabei merkte ich, dass er ruhiger wurde. Schließlich sah er mir in die Augen. »Bleibst du wenigstens bei mir?«

Bei seinem Blick konnte ich nicht Nein sagen. Elly klatschte in die Hände.

»Siehste, da stören wir nur. Wo steht noch mal das Auto?«

Jon zog den Kragen seiner Jacke höher, dann zeigte er in eine Richtung. Elly hatte es eilig. Sie zog Tilda mit und stapfte durch die hohen Schneewehen.

»Ist das nicht leichtsinnig?«, fragte ich besorgt. Rick schaute seiner Familie ratlos hinterher.

»Bekloppt finde ich das«, meinte er tonlos. Er nahm meine Hand und zog mich fort vom Friesengewitter. Fort von einer wunderbaren Weihnachtsfeier, die längst ein Ende gefunden hatte.

Der Weg durch den Schnee war kräfteraubend. Schweigend liefen wir nebeneinanderher, wir benötigten unseren Sauerstoff zum Atmen. Erleichtert stellten wir fest, dass die Straße nach List geräumt worden war. Trotzdem fand ich es riskant für eine Schwangere, unter diesen Bedingungen mit dem Auto unterwegs zu sein. Verdammt kalt fegte der Wind unter meine Kochhose, daher war ich heilfroh, als wir endlich in Ricks Wohnung ankamen.

Ich begab mich sofort in mein Zimmer, um mich umzuziehen. Dort merkte ich, dass ich meine Kleidung im Personalraum vergessen hatte. Es war nur wenig tröstlich, dass sie ohnehin noch feucht sein dürfte. Mir blieb nichts anders übrig, als Rick nach einem Jogginganzug zu fragen. Er sah mich belustigt an.

»Ich hab nichts anzuziehen«, jammerte ich.

Rick kam langsam auf mich zu. Dann schloss er mich in die Arme. »Zum Glück aber etwas auszuziehen«, hauchte er an meinem Hals, den er zu küssen begann.

Meine Beine versagten den Dienst und knickten kraftlos unter seinen Küssen ein. Rick hielt mich fest und verhinderte damit, dass ich zu

Boden glitt. War es der lange Abend, der mir die Kraft geraubt hatte? Oder warf mich dieser Mann einfach aus der Bahn? Zitternd erlaubte ich ihm, meinen Körper mit Küssen zu bedecken.

Mit wenigen Handgriffen öffnete er meinen Gürtel. Die Hose glitt an mir herunter. Ich seufzte verzückt. Als ich nackt vor ihm stand, betrachtete er meinen Körper.

Nun war ich es, die ungeduldig an seiner Kleidung zerrte. Ich musste ihn spüren, sehen und schmecken. Wir tauchten in eine Welt, die ich längst für unrealistisch gehalten hatte. Aber sie existierte! Die Liebe.

Rick atmete schwer, als ich ihn mit Küssen bedeckte. Wir versanken ineinander und vergaßen alles um uns herum.

Vertrauen

Mein Kopf ruhte auf Ricks Brust und ich lauschte seinem gleichmäßigen Atem. Ein Zeichen dafür, dass er eingeschlafen war. Ich war zu aufgewühlt von meinen Gefühlen, von der Zweisamkeit mit diesem Mann und meinen verwirrten Gedanken, um schlafen zu können. Unsere Körper gehörten zusammen, das hatten die letzten Stunden eindeutig bewiesen. Aber konnte das gut gehen? War die räumliche Entfernung nicht viel zu groß? Wäre der nächste Trennungsschmerz nicht vorprogrammiert?

Ich hob den Blick und sah Rick beim Schlafen zu. Es kribbelte in mir, als würde eine Ameisenarmee meinen Körper einnehmen. Konnte denn etwas so Schönes falsch sein? Ich sehnte mich danach, endlich einschlafen zu können, damit meine Gedanken keine Macht mehr hatten.

Leicht strich ich mit dem Finger über Ricks Bauchnabel. Rick nahm im Schlaf die zarte Berührung wahr. Er zog mich näher zu sich und hielt mich fest. Regungslos blieb ich liegen. Ich entspannte mich und meine Lider wurden schwer. In wenigen Augenblicken schlief ich in Ricks Umarmung ein.

Es war bereits Mittagszeit, als ich aus einem traumlosen Schlaf erwachte. Ich befand mich immer noch in Ricks zärtlicher Umarmung. Vorsichtig hob ich meinen Blick zu dem Mann, der mir in der vergangenen Nacht gezeigt hatte, was Liebe bedeutete. Er lächelte im Schlaf.

Ich rüttelte ihn leicht. »Rick, müsstest du nicht längst im Friesengewitter sein?«

Er streckte sich wohlig und lächelte mich an. »Welcher Tag ist heute?«, fragte er verschlafen.

»Weiß ich nicht, aber es ist der erste Weihnachtsfeiertag«, klärte ich ihn auf.

Das Lächeln auf seinem Gesicht wurde breiter. »Dann habe ich heute frei. Am ersten Feiertag ist immer geschlossen«, murmelte er.

»Dann tut es mir leid, dich geweckt zu haben«, erwiderte ich. »Ich hatte keine Ahnung.« Zerknirscht sah ich ihn an.

Er strich mir liebevoll lächelnd eine Haarsträhne hinters Ohr. Dann begann er mich zu küssen. »Mir nicht«, raunte er und übersäte meinen Körper mit heißen Liebesbekundungen, die mich stöhnen ließen.

Ich spürte seinen Atem überall. Die Hitze unserer Körper ging aufeinander über, wie ich es mir in den kühnsten Träumen nicht hätte vorstellen können. Ich klammerte mich wie eine Ertrinkende an ihn und vergaß die Welt um mich herum.

Viel später saßen wir nackt im Bett und tranken Kaffee. Die Vorhänge waren zugezogen, aber es interessierte mich, ob es aufgehört hatte zu schneien. Ich huschte zum Fenster. Durch einen Spalt sah ich hinaus. Es war alles still, aber es schneite nicht mehr. Gestern hätte ich mich noch darüber gefreut, nun wusste ich nicht mehr, ob es mir gefiel. Wenn die Deutsche Bahn den Zugverkehr wieder aufnahm, bedeutete das Abschied nehmen. Es fiel mir schwer, mich damit abzufinden, dass mein persönliches Weihnachtsmärchen damit beendet wäre. Denn wenn ich ehrlich war, glaubte ich nicht an eine Zukunft mit Rick.

Ich spürte, dass Rick mich beobachtete, aber dass er mir gefolgt war, hatte ich nicht bemerkt. Er schloss mich in eine Umarmung und ich vergaß für eine Weile meine Sorgen.

Am Nachmittag sah ich Rick dabei zu, wie er Kaffee zubereitete.

»Ich bin froh, dass Tilda, Elly und Jon gut nach Hause gekommen sind«, sagte ich in die Stille hinein. »Solltest du dich nicht um Elly kümmern? Sie wird nicht lange bleiben. Wenn die ersten Züge rollen, ist sie weg.«

Rick drehte sich zu mir um und schwang den Kaffeelöffel durch die Luft. »Ich werde persönlich dafür sorgen, dass die Züge nicht fahren«, meinte er mit ernster Miene.

Ich kicherte. »Wie willst du das denn anstellen?«

Rick ließ den Löffel sinken. »Wenn ich das nur wüsste«, sagte er niedergeschlagen.

Ich nahm ihn bei der Hand. »Komm, lass uns schauen, ob es wieder schneit«, rief ich übermütig.

Wir liefen zum Fenster und ein Strahlen stahl sich auf unsere Gesichter. Dicke Flocken segelten vom Himmel.

»Ob das genügt?«, sagte Rick zweifelnd. »Es schneit deutlich weniger als in den vergangenen Tagen.«

»Ich weiß«, erwiderte ich kläglich. »Aber für heute reicht es bestimmt. Ich bleibe bis nach den Feiertagen, dann werden wir sehen.« Ich sah Moni bildlich vor mir, wie sie mit erhobenem Zeigefinger drohte. Die Silvesternacht gehörte ihr.

»Tilda lädt uns zum Essen ein, und Elly hat nach mir gefragt. Ich schlage vor, wir fahren rüber nach List und genießen den Feiertag zusammen.«

Ich fuhr herum. »Warum muss Tilda dafür sorgen, dass alle satt werden? Kann nicht mal jemand anderes den Kochlöffel schwingen?«

Rick blicke mich spöttisch an. »Was hast du denn immer mit Tilda? Die ist nicht so zerbrechlich. Sie macht das jedes Jahr«, meinte er verständnislos.

»Jedes Jahr ist nicht dieses Jahr«, platzte ich heraus und bereute es sofort.

»Was ist denn in diesem Jahr anders?«

Ich druckste herum. Dann aber konnte ich es nicht für mich behalten. »Sie ist ... schwanger«, rief ich aufgebracht.

»Warum weißt du das und ich nicht?« Rick wirkte überrascht.

»Weil ... na, weil sie es mir im Vertrauen gesagt hat«, sagte ich kleinlaut, in dem Wissen, mein Versprechen gebrochen zu haben.

Zunächst war Rick außer sich vor Freude, dann aber machte sich Unmut breit. »Du hättest mir gestern davon erzählen müssen. Ich hätte nicht zugelassen, dass sie bei dem Wetter nach List fährt.« Der sonst so ruhige, bedachte Rick geriet in Rage. Warum war er sauer auf mich? Hätte Jon nicht vernünftig sein müssen? Beide hatten schließlich entschieden, nach Hause zu fahren.

»Mach mich doch bitte nicht verantwortlich für den Leichtsinn anderer.«

»Anderer? Sie ist meine einzige Schwester!« Ricks Stimme wurde höher.

In meinem Kopf drehte sich ein Karussell. Hatten wir etwa Streit? Im Stillen verabschiedete ich mich von dem Weihnachtswunder, welches ich vor wenigen Stunden erlebt hatte.

»Rick, bitte, du musst mir versprechen, Tilda nichts davon zu sagen«, flehte ich.

Rick wanderte wie ein Tiger in der Wohnung auf und ab. Warum war er so außer sich? Erlebte ich gerade sein wahres Gesicht? Es machte mir Angst. Für gewöhnlich war ich es, die schnell aufgebracht reagierte. Von Rick kannte ich das bisher nicht. Plötzlich verharrte er in der Bewegung. Als ob ein Schalter umgelegt worden wäre, war seine Wut verraucht. Bestürzt blickte er mich an.

»Bitte verzeih, ich wollte dich nicht erschrecken.«

Als er mich in den Arm nehmen wollte, stieß ich ihn weg.

»Lass mich bitte erklären«, sagte er niedergeschlagen.

»Bitte«, sagte ich und verschränkte die Arme vor der Brust.

»Tilda hatte bereits eine Fehlgeburt. Sie ist danach in ein tiefes Loch gefallen. Nur mit Mühe konnte sie ihr Leben wieder so aufnehmen, wie es vor dem Verlust des Babys gewesen war. Ich habe das alles miterlebt und mache mir große Sorgen.«

»Verstehe«, meinte ich knapp. Doch seinen Wutausbruch konnte ich nicht so einfach vergessen. Wenn ich im Besitz meiner Kleidung gewesen wäre, hätte ich mich sofort aus dem Staub gemacht.

Wie hatte ich mich nur so schnell auf einen Mann einlassen können, den ich nur wenig kannte? Hatte ich den Verstand verloren?

»Lass uns zu Tilda fahren«, sagte ich kaum hörbar. Ich stieg in die geliehenen Klamotten. Meine Glieder fühlten sich bleiern an, als läge eine schwere Last auf ihnen. Oder auf meiner Seele? Weihnachten war gestern.

Wir schwiegen beim Verlassen der Wohnung und auch auf der Fahrt nach List. Dunkle Wolken begleiteten uns im Inneren des Wagens. Das belastete mich so sehr, dass mein Herz sich schmerzhaft zusammenzog. Trotzdem erlaubte ich den Tränen nicht, über meine Gefühle zu bestimmen. Ich wollte nur noch nach Hause. Mich bei Moni ausweinen und mich von meinen Nichten und Neffen ablenken lassen.

Rick fing ein Gespräch an, aber erntete dafür einen mahnenden Blick von mir und verstummte. Der Zauber war verflogen und ließ sich nicht erneut entfachen.

Rick drehte das Radio lauter. Norddeutsche Nachrichten berichteten über die Verkehrslage: »Der Westerlandexpress nimmt in den Abendstunden den Dienst auf. Die Strecke über den Hindenburgdamm ist geräumt und gefahrenlos passierbar.«

Ich schloss die Augen und eine Träne kullerte mir über die Wange.

Erstaunlicherweise waren die Straßen gut geräumt, sodass wir ohne Probleme bei Tilda eintrafen. Rasch öffnete ich die Wagentür und rannte ins Haus, an der erstaunten Tilda vorbei und direkt in mein Zimmer. Dort zerrte ich den Koffer hervor und warf planlos alles hinein, was mir in die Finger kam. Mit verheultem Gesicht presste ich ihn zusammen und verschloss ihn.

Unschlüssig blieb ich auf dem Bett sitzen. Wie sollte ich Tilda meinen überstürzten Aufbruch erklären? Eigentlich wollte ich mich von niemandem verabschieden. Koffer ins Auto und weg, nichts anderes lag mir im Sinn. Ich war derart enttäuscht und traurig, dass ich mit keiner

Menschenseele sprechen mochte. Ich hielt inne, als ich ein leises Pochen an der Zimmertür vernahm.

»Was ist?«, fragte ich mit brüchiger Stimme.

»Darf ich reinkommen?« Tilda.

Ich nickte, was Tilda natürlich nicht sehen konnte.

»Semra?«

»Ja, komm rein.« Ich schniefte.

Im selben Augenblick stieß sie die Tür auf. In einer Hand hielt die den Generalschlüssel, auf der anderen balancierte sie einen Stapel Handtücher. Nachdem sie beides abgelegt hatte, setzte sie sich zu mir aufs Bett. Ich spürte ihre Hand auf meiner Schulter ruhen, womit sie erneut alle Schleusen bei mir öffnete. Hemmungslos heulte ich, was das Zeug hielt.

Tildas Blick heftete sich an meinen gepackten Koffer. »Du willst weg?«, fragte sie.

»Ich muss. Die Züge rollen ab heute Abend Richtung Festland.«

»Aber es ist nicht gewiss, dass du einen Platz auf dem Autozug bekommst.«

»Ist mir egal. Dann bleibt das Auto eben hier«, schluchzte ich.

Tildas Gesicht hellte sich auf. »Dann kommst du wieder?«

»Erst mal bestimmt nicht«, brummte ich.

»Magst du mir sagen, was passiert ist?« Einfühlsam legte sie den Arm um meine Schulter.

»Eigentlich nichts weiter«, meinte ich. Dabei konnte ich ihr nicht in die Augen schauen.

»Nichts weiter?«

»Nein«, sagte ich trotzig.

»Danach sieht es aber nicht aus.«

»Ich habe nur mein Versprechen gebrochen«, meinte ich. Ich versuchte, Tildas Gesicht zu erkennen, indem ich zu ihr hinüberschielte, aber sie wirkte neutral. Noch schien sie nicht zu ahnen, was ich damit sagen wollte. »Das Versprechen, nichts zu verraten.« Ich richtete mich auf und sah meine Freundin flehend an. »Weißt du … wir waren so vertraut miteinander. Und er hat meine Besorgnis um dich nicht verstanden. Da konnte ich mich nicht zurückhalten ...«

Tilda grinste. »Vertraut? Wie darf ich das verstehen? Sehr, sehr vertraut?«

»Wir haben miteinander geschlafen, ja.«

Tilda lag rücklings auf meinem Bett und sah verträumt zur Zimmerdecke. »Weißt du, Liebes, ich habe vor Jon auch keine Geheimnisse. Irgendjemandem muss man sich immer anvertrauen. Dafür habe ich Verständnis. Und wenn du Rick vertraust, wird es richtig gewesen sein.«

Ich legte mich zu Tilda. Verstört sah ich in ihre Augen. »Du verzeihst mir?«

Tilda lachte. »Wieso ich?«

Ich seufzte schwer. Offenbar hatte sie nicht verstanden, was ich sagen wollte. »Ich habe ihm von deiner Schwangerschaft erzählt«, meinte ich kleinlaut.

Jetzt lachte sie laut und hielt sich ihren Bauch. »Liebes, das habe ich durchaus verstanden. Die Schwangerschaftsdemenz ist noch nicht so weit fortgeschritten.«

Erleichtert fiel ich ihr um den Hals. »Du bist mir nicht böse?«, fragte ich atemlos.

»Nein. Ich frage mich nur, warum du Streit mit Rick hattest.«

»Weil er sich um dich sorgt und mich dafür verantwortlich macht, dass Jon mit euch nach List gefahren ist, obwohl es gefährlich war.«

»Ach, der Spinni. Er soll sich lieber um wichtigere Dinge kümmern. Zum Beispiel um dich.« Tilda krabbelte aus dem Bett und meinte, sich um das Essen kümmern zu müssen. »Aber du bleibst heute noch?«

Ich zögerte mit der Antwort. Dann stimmte ich zu. Warum sollte ich nach der langen ... wundervollen Nacht nach Hause fahren?

Tilda freute sich überschwänglich. »Dann zieh dir etwas Hübsches an und komm runter, wenn du fertig bist.«

Ich zog eine Jeans und einen Pulli über, die ich zuvor neben den Koffer gelegt hatte. Ob ich den heutigen Abend würde genießen können, stand noch in den Sternen.

Sieg der Liebe

Mehrfach war mir zu Ohren gekommen, wie nahe Tilda und Rick sich standen. Ich verstand ihre Geschwisterliebe nur zu gut, schließlich ging es mir mit meiner Schwester genauso. Wer wusste schon, wie ich in Ricks Fall reagiert hätte? Trotzdem fiel es mir schwer, mich auf Rick einzulassen. Mir war nicht wohl zumute, als ich das Wohnzimmer betrat.

Rick, der mit Elly Vater-Tochter-Gespräche führte, unterbrach die Unterhaltung, um mich in die Arme zu schließen. Ich ließ es zu, dennoch war ich zurückhaltend.

Elly kam unverhofft zu Hilfe. »Spielen wir etwas, bevor das Essen fertig ist?« Ihre leuchtend blauen Augen zogen mich in ihren Bann. Alle fanden die Idee gut. Sie beschlossen, eine kurze Runde Rommé zu spielen.

»Ich helfe Tilda in der Küche«, sagte ich. Ich machte mich auf den Weg ins Untergeschoss und begegnete Tilda auf dem Treppenabsatz.

»Kommt nicht infrage, ich bin fertig. Der Braten braucht eine halbe Stunde, dann können wir essen. Ich spiele mit.« Sie hatte offenbar mitbekommen, dass ich ihr zur Hand gehen wollte.

Jon gab zu bedenken, dass wir das Spiel in so kurzer Zeit nicht beenden würden. Alle waren sich jedoch einig, dass wir zumindest damit beginnen wollten. Wir konnten es ja auch später noch zu Ende spielen.

Nachdem jeder einen Platz am Tisch gefunden hatte, entspannte ich mich ein wenig. Ich genoss es, mit meinen neuen Freunden zusammen zu sein.

»Ich habe meiner Mutter geschrieben, dass ich bis einschließlich

Neujahr hier bleibe«, sagte Elly freudestrahlend. Zunächst folgte ihren Worten betroffenes Schweigen. Wir alle wussten, dass Ellys Mutter damit nicht einverstanden sein würde.

»Das ist wunderbar«, meinte ich, »deine Mutter hat nichts dagegen?«

Elly zog eine Schnute. »Ich habe mein Handy abgeschaltet, bevor sie geantwortet hat. Ich weiß auch so, was sie dazu sagen würde. Aber ich will nicht weg von hier, ich habe Dad jahrelang vermisst, und nun, wo ich ihn endlich gefunden habe ...« Sie brach ab. Tränen schimmerten in ihren Augen.

Tilda legte einen Arm um sie. »Du fühlst dich wohl bei uns?«

»Sauwohl«, schoss es aus dem Mädchen heraus. Dann kuschelte sie sich an ihren Vater. Ich lächelte ihr zu.

»Du bist sehr mutig, Kleines«, lobte ich ihre Entschlossenheit, sich gegen ihre Mutter zu stellen.

Rick grinste. »Das hat sie von mir«, meinte er stolz. Dabei sah er mir fest in die Augen.

Ich funkelte ihn ärgerlich an. Alle Augenpaare waren auf mich gerichtet, da jeder inzwischen mitbekommen hatte, dass Rick und ich Streit gehabt hatten. Nun warteten sie auf ein Zeichen, ob wir uns wieder vertrugen.

Jon hatte offenbar die angespannte Stimmung bemerkt und begann die Karten für das Rommèspiel zu verteilen. Geschickt zählte er sie ab. Mein Blick fiel auf seine Hände, die keinen Ehering trugen. Er behielt das Zeichen der Verbundenheit mit Tilda an einer goldenen Kette um den Hals. Die beiden waren ein so schönes Paar. Ein Baby würde in absehbarer Zeit ihre Liebe komplett machen.

Verstohlen sah ich zu Rick. Sofort zogen Schmetterling in meinen Bauch ein. Unvermittelt legte ich eine Hand auf die Höhe meines Bauchnabels, als ob ich ihnen damit Einhalt gebieten könnte. Dann besann ich mich auf das Spiel und sortierte meine Karten.

Ich hatte Mühe, die Karten zu halten. Hinzu kam, dass es ein neues, sehr rutschiges Kartenspiel war. Rick schmunzelte über meine Ungeschicklichkeit, was mich zusätzlich ärgerte. Tilda schien des Öfteren mit Spielkarten umzugehen, ihr bereiteten die vielen Karten keine Schwierigkeiten.

»Wie geht es unseren Sorgenkindern?«, wandte ich mich an Tilda, um von mir abzulenken.

»Du meinst die Familie Schneider?«

Ich nickte, während ich mich darauf konzentrierte, die Karten in die richtige Reihenfolge zu bringen. Es würde lange dauern, bis ich die ersten ablegen konnte. Ich hatte nur niedrige Zahlen und nichts passte zueinander. Ich fluchte leise vor mich hin.

»Ich habe sie heute noch nicht zu Gesicht bekommen. Ich glaube, sie reisen morgen ab.«

Besorgt sah ich auf. »Geht es Frau Schneider schlechter? Hatte sie wieder einen Aussetzer?«

Tilda zuckte mit den Schultern. »Ich habe nichts mitbekommen, aber Herr Schneider wirkte ziemlich erschöpft.«

Rick stieß mich unter dem Tisch an. »Du bist dran, Semra.«

Ich nahm eine Karte auf, die ich aber auch nicht gebrauchen konnte, daher legte ich sie gleich wieder ab.

»Hast du das Spiel nicht verstanden?« Natürlich kam die Frage von Rick. Er blinzelte mich an, als wollte er mich provozieren. Was ihm durchaus gelang.

»Wenn ich das passende Blatt auf der Hand hätte, könnte ich die Spielregeln durchaus anwenden«, sagte ich in seine Richtung.

Offensichtlich zufrieden damit, mich aus der Reserve gelockt zu haben, grinste Rick seine Karten an.

Tilda ließ empört ihr Blatt sinken. »Jetzt ist aber gut. Vertragt euch mal wieder«, meinte sie vorwurfsvoll.

»Machen wir«, riefen Rick und ich wie aus einem Mund.

Elly prustete, dann lachten wir alle.

Rick erhob sich von seinem Platz. Etwas unsicher umrundete er den Tisch, um bei mir stehen zu bleiben. Meine Knie wurden weich, als er mein Gesicht in beide Hände nahm und mir einen zarten Kuss auf die

Lippen setzte. Irgendjemand, ich glaubte, es war Jon, drehte das Radio lauter. »Last Christmas, I gave you my heart ...«, tönte aus dem Lautsprecher.

Da war es restlos um mich geschehen. Sven war ein notorischer Nichttänzer gewesen. Es war schon immer mein Traum gewesen, mit Liebe im Herzen und schmelzendem Verstand in den Armen meines Traummannes zu diesem Lied über den Tanzboden zu schweben. Ausgerechnet in diesem Augenblick nahm Rick meine Hand und führte mich in die Mitte des Wohnzimmers. Die Welt schien stillzustehen.

Die drei Augenpaare, die unseren Tanz mit angehaltenem Atem verfolgten, störten mich nicht. In Ricks Armen träumte ich von der großen Liebe, von der ich nun glaubte, sie auf Sylt gefunden zu haben. Schemenhaft nahm ich wahr, dass Tilda mit Jon neben uns tanzte. Nur Elly blieb auf ihrem Platz.

Plötzlich schrie Tilda auf: »Mein Braten! Ich habe ihn vergessen.« Panisch rannte sie runter in die Küche, gefolgt von Jon und Elly.

Ich kicherte leise. »Das Weihnachtswunder wird mit einem verbrannten Festtagsbraten unvergesslich.«

Rick zog mich fester an sich. »Du bist zum Anbeißen, da brauche ich kein Fleisch«, murmelte er an mein Ohr. Heiße Schauer eroberten meinen Körper, der zu zittern begann. Doch als Elly die Treppe heraufpolterte, lösten wir uns voneinander. Rick hielt weiter meine Hand, als ob er sie nie mehr loslassen wollte.

»Alles im grünen Bereich«, meinte Elly. »Keine Weihnachtskatastrophe in Sicht. Tilda sagt, wir sollen die Karten wegräumen. Wir können dann gleich essen.«

Rick sah mir tief in die Augen. »Wirklich alles im Grünen?«

Ich nickte glücklich. Dann sorgten wir für einen festlich gedeckten Tisch. Wir waren gerade fertig, als Jon die erste Schüssel mit Gemüse hochbrachte. Tilda schritt, stolz auf ihren Braten, strahlend hinterher. Es duftete einfach herrlich.

Ich fühlte mich rundum wohl mit meinen neuen Freunden. Ich hatte

Rick verziehen. Wie es nach Weihnachten weitergehen würde, musste sich jedoch noch zeigen.

Später prüfte ich den Fahrplan der Bahn. Offenbar hatte sie tatsächlich ihren Dienst wieder aufgenommen, aber Tilda hatte recht gehabt, als sie meinte, dass der Bahnhof brechend voll sein würde. Die Nachrichten berichteten von langen Autoschlangen, die sich vor der Abfertigung bildeten. Leider war es nicht jedem Gast vergönnt, auf das Festland zu gelangen. Bis spät nach Mitternacht nahm die Warterei kein Ende.

Ich war froh, mich dort nicht eingereiht zu haben. Hier bei Tilda hatte ich es weitaus behaglicher. Ich buchte einen Platz auf dem Autozug für den nächsten Tag. Dann gesellte ich mich zu den anderen, die bereits ihre Karten aufgenommen hatten und mich abwartend anschauten.

»Für morgen um zehn Uhr habe ich den Autozug gebucht«, sagte ich leise. Ich mochte mir im Augenblick nicht ausmalen, wie es wäre, meine Freunde zurücklassen zu müssen. Vor allem Rick. Es war ein Wechselbad der Gefühle.

Ich freute mich auch für Elly, die ihren Vater besser kennenlernen durfte. Ich dagegen hatte gar keine Wahl, meine Schneiderei hatte zwischen Weihnachten und Silvester geöffnet. Die Braut, für die ich ein Kleid schneidern durfte, wollte meine Entwürfe begutachten. Eine wunderschöne Aufgabe für mich, auf die ich mich freute.

Von Rick hatte ich mich bereits am Vorabend verabschiedet. Ebenso von Elly, die spätnachts mit ihrem Vater nach Westerland gefahren war. Lange hatte ich seinem Wagen hinterhergeschaut, bis die Rücklichter des Jeeps an der Hauptstraße verschwunden waren.

Eine Leere blieb in mir zurück. Wann würden wir uns wiedersehen? Hatte unsere Liebe eine Chance auf Bestand? Ich hatte keine Ahnung und war weit von einer Antwort entfernt.

Tilda hatte mich gerührt in die Arme genommen und gemeint: »Ihr seht euch bald, ich glaube fest daran.« Ich war den Tränen nahe gewesen.

Nun musste ich mich auch von ihr verabschieden. Jon hielt sich im Hintergrund, als wir uns tränenreich einen guten Rutsch ins neue Jahr wünschten. Ich legte meine Hand auf ihren noch flachen Bauch.

»Werde schön groß, meine Kleine«, hauchte ich.

»Na, jetzt übertreibt ihr aber. Flensburg liegt schließlich nicht am Ende der Welt. Natürlich bist du jederzeit bei uns willkommen, Semra. Vergiss das bitte nicht.« Mahnend hob Jon den Zeigefinger, um seine Worte zu unterstreichen. Ich schluckte meine Tränen hinunter.

»Ich weiß, Jon und ich danke euch sehr dafür.« Ich bekam ein schiefes Grinsen zustande. Schnell wandte ich mich um und stieg in mein Auto. Die grauen Wolken hatten sich verzogen und machten einem helleren Himmel Platz.

Mein Plan war aufgegangen, ich hatte Sven und meine Probleme zu Hause erfolgreich vergessen. So sollte es auch bleiben. Für ihn war kein Platz mehr in meinem Herzen, noch weniger in meinen Gedanken. Irgendwann würde er wieder Teil meiner Erinnerungen sein, aber nur noch als ein dunkler Schatten auf meiner geheilten Seele.

Erinnerungen

Der Autozug rollte durch die verschneite Landschaft. Ich staunte über die riesigen Schneewehen, die Nordfriesland bedeckten. Erleichtert darüber, nicht in einem überfüllten Abteil der Bahn zu sitzen, sondern im privaten Raum meines Wagens, genoss ich die Überfahrt. Gedanklich ging ich die vergangenen Tage durch, angefangen bei den liebenswerten Eheleuten Schneider.

Ich bedauerte sehr, dass ich keine Gelegenheit gehabt hatte, mich von ihnen zu verabschieden. Die beiden gehörten wohl nun zu den Menschen, zu denen ich nie wieder Kontakt haben würde. Aber sie würden mir in Erinnerung bleiben. Manchmal war das eben so im Leben. Menschen stiegen mit auf den Zug auf und verließen ihn schneller, als man es vermutet hatte. Dennoch blieb der Zug nicht stehen. Gelegentlich vielleicht, um neue Menschen einsteigen zu lassen. Für eine kleine Weile. Genau wie mein Zug, der mich immer weiter Richtung Heimat beförderte, ohne zu fragen, ob ich es überhaupt wollte. Schließlich war ich eingestiegen. Ich hatte die Wahl gehabt.

Ich sah die fröhliche Tilda vor mir. Das strahlende Lächeln, das ihre liebenswerte Persönlichkeit ausmachte, hatte mir die Insel der Reichen versüßt. Ich war willkommen in ihrem Haus, nicht nur als Feriengast, sondern als Freundin. Ich wünschte mir für sie, dass mit ihrem Baby alles gut ging. Auch Jon war mir sympathisch, obwohl ich ihn weniger gut kennengelernt hatte. Meine Gedanken schweiften zu Elly. Ich konnte mir gut vorstellen, wie sie ihren Vater bis zum Neujahrstag um den Finger wickelte.

Tief in den Sitz des Wagens gerutscht, lächelte ich selig vor mich hin. Rick! Während der Zugfahrt über den Hindenburgdamm hatte ich versucht, nicht an ihn zu denken. Nicht an den Mann, der mir den Kopf verdreht hatte. Er schaffte es immer wieder, mich zur Weißglut zu bringen. Mir war bewusst, dass es ihn überaus reizte und er Spaß daran hatte. Er wusste genau, welche Knöpfe er drehen musste, um mich auf die Palme zu bringen. Mein Unterleib zog sich schmerzhaft zusammen. Selbst aus der Ferne ließ er nicht von mir ab.

Seufzend blickte ich auf mein Handy. Ob ich ihm eine Nachricht schreiben sollte? Ich entschied mich jedoch, es nicht zu tun. Ich ließ das Handy sinken und starrte zur Windschutzscheibe hinaus.

Ein schlechtes Gewissen beschlich mich. Weder meiner Schwester noch Moni hatte ich Grüße zu Weihnachten gesendet. Moni würde mir gewaltig die Meinung sagen. Im Stillen bereitete ich mich darauf vor. Meine Schwester verzieh solche Vergehen, ohne Fragen zu stellen. Dessen konnte ich mir sicher sein.

Ich grinste in mich hinein. Ich hatte gegenüber Moni nur vage Andeutungen preisgegeben, wie es mir auf Sylt gegangen war. Ihre Neugierde würde bald den Ärger überwiegen. Ich sah förmlich, wie sie an meinen Lippen hing, während ich von Rick erzählte. Dabei ließen die Schmetterlinge mich hoffentlich in Ruhe. Moni würde sofort erkennen, wie es um mich stand. Ich war hoffnungslos verliebt in einen Kerl, der mich regelmäßig aus der Reserve lockte. Dabei fiel mir ein, dass ich nicht einmal ein Foto von ihm hatte. Dennoch war ich mir sicher, dass meine Vorstellungskraft ausreichen würde, um Rick zu sehen und zu spüren. Die kleinen Quälgeister in meinem Bauch waren Beweis genug.

Während die Landschaft des Wattenmeeres an mir vorbeirauschte, schloss ich die Augen. Rick war mir so nahe, dass ich abrupt die Augen öffnen musste, um nachzuschauen, ob er neben mir saß.

Semra Sievers, jetzt werde nicht noch verrückt. Mit geschlossenen Lidern tastete ich zum Beifahrersitz. Wie wundervoll wäre es, wenn Rick dort säße.

Der Zug hielt bald in Niebüll. Von dort an musste ich selbst die Verantwortung für einen sicheren Nachhauseweg übernehmen. Ich machte mich für die Abfertigung bereit.

Irgendwie war ich erleichtert, meine Träumerei aufgeben zu müssen, um mich auf den Straßenverkehr zu konzentrieren. Quietschend hielt der Zug im Bahnhof von Niebüll. Fast hätte ich mir die Ohren zugehalten, weil ich die Lautstärke nicht vertrug. Ich riskierte einen Blick zum Himmel. Der von dicken Wolken bedeckte Horizont drohte mit weiteren Schneefällen. Ich hatte eine gute Stunde Autofahrt vor mir. Sollte der Himmel seine Schleusen öffnen, würde die Strecke nach Flensburg sich wie Kaugummi hinziehen.

Ein roter Kleinwagen schlich mit vierzig km/h die Landstraßen entlang. Da ich als Fahrerin im Winter eine glatte Sechs war, klemmte ich mich hinter das Fahrzeug. So war ich zumindest nicht die Bremse in der immer länger werdenden Autoschlange, die sich unweigerlich hinter mir aufbaute. Langsam, aber sicher näherte ich mich meiner Heimatstadt Flensburg.

Im Vergleich zu der sauberen, verträumten Landschaft auf Sylt kam Flensburg dreckig und matschig daher. An den Straßenrändern türmten sich die Schneeberge, die von den Stadtwerken dorthin geschoben worden waren. Einige Autos waren den Räumungsarbeiten zum Opfer gefallen. Entweder mussten die Fahrzeughalter auf Tauwetter hoffen oder selbst zur Schaufel greifen, um ihre Autos frei zu bekommen. Da konnte man nur von Glück sagen, dass hier bei uns im Norden nicht oft solche Schneefälle vorkamen.

Am Sandberg, wo sich meine Wohnung befand, sah es nicht anders aus. Daher war die Parkplatzsuche ergebnisloser als sonst. Ich lenkte mein Auto auf einen öffentlichen Parkplatz und ärgerte mich, dass ich mit meinem Koffer einen langen Fußmarsch vor mir hatte. Ich dachte an meinen Stellplatz auf Sylt, als ich das Gebäude der Flensburger Polizei passierte.

Bevor ich meine Wohnung öffnete, kramte ich die Post aus dem Briefkanten, der überquoll von Werbung und einigen Weihnachtsgrußkarten. Die Stille meiner Wohnung stimmte mich traurig. Ich hatte ein gemütliches Zuhause, aber die Menschen der letzten Tage fehlten mir schmerzlich. Niemand fragte mich, ob ich einen Tee wollte, oder die mir anfangs verhassten Weihnachtskekse, die so himmlisch dufteten, aber noch viel besser schmeckten. Meinen Koffer ließ ich achtlos im Flur stehen. Dann sortierte ich die Post nach Werbung, unwichtig und »kümmere mich später drum«.

Ich starrte meinen Wasserkocher an. Tee? Unerwartet schossen mir Tränen in die Augen. Ich hatte mich nie zuvor dermaßen einsam gefühlt. Halbherzig stellte ich die Kaffeemaschine an. Auf Tee wollte ich lieber verzichten. Zu sehr erinnerte er mich an Sylt.

Während ich den Kaffee schlürfte, starrte ich frustriert die Wände an. Sie gaben mir keine Antworten auf meine Fragen. Was sollte ich mit dem letzten Feiertag anfangen? Meine Schwester und mein Schwager besuchten am zweiten Weihnachtstag traditionell die Eltern meines Schwagers. Ich war auch eingeladen, aber auf die verkorkste Stimmung, die dort jedes Mal herrschte, verspürte ich nicht die geringste Lust.

Da kam mir eine Idee. Ich griff zum Telefon und wählte die Nummer meiner Freundin Moni.

Standpauke

»Ich freue mich ja für dich, dass deine Auszeit auf Sylt erfolgreich war, aber musstest du mit dem Typ gleich in die Kiste springen?« Moni sah mich verständnislos an.

»Es ist eben passiert, ich bin erwachsen genug.«

Moni verdrehte die Augen. Ich hatte recht behalten, sobald ich von Rick erzählt hatte, gerieten die Vorwürfe darüber, dass ich mich nicht gemeldet hatte, in den Hintergrund. Ein wenig hatte ich auch geflunkert und von einem leeren Akku und der schlechten Verbindung auf Sylt gesprochen. Doch meine Rechnung ging nicht ganz auf. Denn Moni schien plötzlich nicht mehr begeistert über meine Liebe zu Rick.

»Zeig mal«, forderte sie mich auf.

Verständnislos sah ich meine Freundin an. »Was meinst du?«

»Ein Foto von ihm.«

»Ich habe kein Foto gemacht, das habe ich selbst schon bereut.«

Moni schaute mich an, als ob ich nicht bei Trost wäre. Langsam ärgerten mich ihre abfälligen Worte. Sie verzog den Mund. »Willst ihn lieber nicht zeigen, was?«

Ich seufzte. »Ich lüge nicht, ich habe kein Foto.«

»Na ja, es hat doch ohnehin keinen Sinn, daran festzuhalten. Fernbeziehungen dauern in der Regel nicht lange.«

Mein Herz zog sich schmerzhaft zusammen. Ich wollte Rick nicht aufgeben, und es musste eine Lösung her. »Wer sagt denn, dass es eine Fernbeziehung bleibt?« Ich hob trotzig das Kinn und genoss den panischen Blick meiner Freundin.

»Du meinst, er kommt nach Flens?«, fragte sie unsicher.

Ich schenkte Moni ein schiefes Grinsen. »Nein.«

Moni riss die Augen weit auf. »Wie muss ich das denn verstehen?«

»Vielleicht gehe ich für immer nach Sylt.«

Ich hatte mir das eigentlich nur ausgedacht, weil ich Moni ärgern wollte. Sie lästerte unaufhörlich über Rick, obwohl sie ihn nicht kannte. Aber der Gedanke, für immer nach Sylt zu ziehen, fühlte sich gut an. Schließlich hatte ich in absehbarer Zeit ein Patenkind. Außerdem Freunde, die mich nahmen, wie ich war. Es blieb aber wahrscheinlich bei der Träumerei. Denn ich besaß in Flensburg meinen kleinen Laden, der für meinen Lebensunterhalt sorgte.

Moni wirkte missmutig. »Das ist nicht dein Ernst, oder?« Sie blinzelte nervös.

Ich zuckte zur Antwort lediglich mit der Schulter. »Freust du dich auf Silvester?«, fragte ich.

»Ach, werde ich dir zu bequem? Oder warum wechselst du das Thema?«

»Ich dachte, die Party wäre dir wichtig? Hast du deine Meinung geändert?«

Inzwischen bereute ich es, Moni besucht zu haben. Ihre schlechte Laune verschlimmerte sich mit jedem Wort. Ich konnte verstehen, dass sie mich als Freundin nicht an Sylt verlieren wollte. Aber ihre Reaktion war mir doch etwas zu heftig.

Moni zögerte, offensichtlich hatte sie bemerkt, dass sie den Bogen überspannt hatte. »Doch, natürlich. Ich habe zwar noch nichts zum Anziehen, aber ...« Sie blinzelte mir zu.

»Kommt nicht infrage. Ich habe viele Aufträge, die ich bis zum Jahreswechsel fertigen muss. Du wirst dir etwas kaufen müssen.« Ich kannte meine Freundin gut. Es wäre keine Überraschung, wenn sie gleich mit einem Stoff auf mich zukommen und fragen würde, ob ich nicht doch ein Kleid für sie nähen könne.

»Das weiß ich doch, aber vielleicht gehst du mit mir einkaufen?«

»Das lässt sich vielleicht einrichten.«

Moni strahlte. »Danke, du bist die Beste«, jubelte sie.

Wir bestellten uns etwas beim Pizzaservice. Mit einer Flasche Rotwein klang der zweite Weihnachtstag dann doch noch recht harmonisch aus.

Böse Überraschung

Ich sträubte mich ein wenig, nach den freien Tagen meine Schneiderei zu betreten. Dennoch blieb mir keine Wahl.

Als ich die Tür meines Ateliers öffnete, schlug mir der vertraute Geruch von Stoffen und Maschinenöl entgegen. Aber irgendetwas war anders. Ein fremder Geruch überdeckte die vertrauten. Ich sah mich prüfend im Geschäft um.

Dann traf mich fast der Schlag. Mein Atelier glich einer Tropfsteinhöhle. Entsetzt starrte ich an die Zimmerdecke. In gleichmäßigem Rhythmus tropfte Wasser auf meinen Schreibtisch und lief von dort ungehindert auf den Fußboden.

Ich unterdrückte einen Aufschrei. Was war hier nur los? Das Wasser schien aus der Wohnung über mir zu kommen. Der Linoleumfußboden quoll bereits auf.

Ich stürmte auf meine Zeichnungen zu, die für das Brautkleid vorgesehen waren. Mit spitzen Fingern zog ich das Papier aus der Wasserlache. Die zarten Linien verwischten und ich musste höllisch aufpassen, dass das Papier nicht zerriss. Vorsichtig beförderte ich den Entwurf in das Umkleidezimmer und legte ihn auf dem Beistelltisch zum Trocknen ab. Ich beugte mich über den Tisch und drehte die Heizung höher, in der Hoffnung, meine Arbeit zumindest halbwegs retten zu können. Dann beeilte ich mich, um bei meinen Nachbarn Sturm zu klingeln. Aufgeregt trat ich von einem Bein auf das andere.

Niemand öffnete. Verdammter Mist, fluchte ich leise vor mich hin. In meiner Not rief ich Moni an, die zum Glück sofort Rat wusste.

»Ruf die Feuerwehr. Du kannst nicht warten, bis die Nachbarn zurück sind.« Das konnte ich wirklich nicht, denn das Wasser schien seit Tagen aus der Decke zu tropfen. »Ich komme gleich zu dir.« Moni unterbrach die Verbindung.

Ich war den Tränen nahe. Warum musste so etwas ausgerechnet mir passieren?

Ich nahm alle Kraft zusammen und rief bei der Feuerwehr an. Die versprachen, so schnell wie möglich herzukommen.

Meine Stoffe! Ich prüfte, wie hoch der Schaden einzuschätzen war. Feuchtigkeit hatte sich in den Schränken festgesetzt. Zum Glück war der Schaden nicht so groß, ich würde alles im Schonwaschgang waschen und vorsichtig trocknen können. Meine Nähmaschinen musste ich in Sicherheit bringen, gründlich reinigen und ölen. Nicht dass die empfindlichen Rädchen im Inneren der Maschinen zu rosten anfingen. Hoffentlich hatten die da oben eine gute Versicherung.

Moni war schneller als die Feuerwehr. Tröstend nahm sie mich in die Arme. »Wird schon alles wieder«, meinte sie.

Überzeugen konnte sie mich aber nicht so recht. In einer Stunde kam die Braut, um sich die Entwürfe anzuschauen. Was sollte ich ihr nur sagen?

»Deine Kundin wird es verstehen, wenn sie diese Sauerei sieht«, sagte Moni.

Verwirrt sah ich zu ihr hinüber. Hatte ich eben laut gesprochen?

Die Feuerwehrmänner waren die Ruhe in Person. Einer lief hinauf zu den Nachbarn und klopfte so laut an der Tür, dass ich es unten hören konnte. Kurz darauf knackte es bedrohlich. Ich vermutete, dass er die Tür gewaltsam aufgebrochen hatte. Dann herrschte Stille. Nur das Tropfen von der Zimmerdecke blieb hartnäckig zu hören.

Zwei weitere Männer der Feuerwehr sahen sich den Schaden an. »Da ist wohl nicht mehr viel zu retten«, meinte der eine fachkundig.

Was hatte das zu bedeuten? Nichts mehr zu retten? Musste ich mein Geschäft aufgeben? Ich hoffte inständig, dass die Mieter von oben eine Versicherung hatten.

»Am besten bringen Sie Ihre Maschinen hier raus. Die hohe Luftfeuchtigkeit ist Gift für so etwas.« Er sah mich aufmunternd an. »Nur nicht den Mut verlieren, Mädchen.« Er tätschelte meine Schulter und bewegte sich nach draußen.

Am liebsten hätte ich ihm eine geknallt, so wütend war ich. Aber er konnte schließlich nichts dafür. Aus dem oberen Stockwerk kam die Meldung, dass die Waschmaschine für die Sauerei verantwortlich war.

»Die können was erleben«, schnaubte ich.

»Wir rücken dann mal wieder ab, es gibt hier nichts für uns zu tun. Ich drücke die Daumen, dass Sie Ihr Geschäft bald wieder aufnehmen können.«

»Wollen Sie denn das Wasser hier nicht rausbefördern?«, fragte Moni empört.

»Es ist nicht so viel, dass wir mit der Pumpe etwas ausrichten könnten. Hier müssen Trockengeräte zum Einsatz kommen, nach einigen Wochen ist die Bude trocken. Tut mir leid, Ihnen nicht weiterhelfen zu können.«

Mit offenen Mündern schauten wir dem Mann nach. Hatte er Wochen gesagt? Mir war zum Heulen. Was würde aus meinen Aufträgen werden? Was aus den Kunden, die zum Jahreswechsel ihre geänderten Kleider abholen wollten? Die Kleider waren zwar fertig, aber feucht und unansehnlich. Ich sah eine Menge Ärger auf mich zukommen.

Resigniert holte ich mein Handy hervor, um der Braut für heute abzusagen. Sie war nicht begeistert, aber verständnisvoll.

»Ich melde mich, sobald ich hier irgendwie den Durchblick habe, wie es weitergeht«, erklärte ich ihr. Einigermaßen zufrieden wandte ich mich meiner Freundin zu. »Ich möchte mir am liebsten die Decke über den Kopf ziehen.«

Moni stemmte die Fäuste in die Hüften. »Lass den Kopf nicht hängen. Wir packen das.«

Wir hörte sich gut an. Moni war also bereit, mir zu helfen. Gerührt sah ich sie an. »Danke, Moni«, sagte ich tränenerstickt.

»Semra! Was hast du denn gedacht? Dass ich dich damit hängenlasse?«, tadelte sie kopfschüttelnd.

Die Einrichtung musste dringend raus, bevor die Feuchtigkeit alles komplett ruinierte. Aber wohin? Planlos begann ich Dinge zusammenzuräumen.

Schließlich hatte Moni die zündende Idee. Ein guter Freund von ihr besaß eine Lagerhalle. Ein kurzes Telefonat und ich hatte eine Unterstellmöglichkeit. Der Besitzer der Lagerhalle war bereits mit einen Kleinlaster unterwegs, um uns zur Seite zu stehen.

Während wir warteten, rief ich bei meiner Versicherung an. Die Dame am Telefon machte mir keine großen Hoffnungen. Die Verursacher waren zunächst für den Schaden verantwortlich.

»Aber die sind nicht aufzufinden«, rief ich in den Hörer.

»Zwischen den Feiertagen sind viele verreist. Ich vermute, wir müssen uns bis ins neue Jahr hinein gedulden«, meinte die Versicherungsangestellte ruhig.

»Wie stellen Sie sich das vor?«, schrie ich sie an. Ich besaß nicht genügend Geld, um eine Firma zu beauftragen, den Schaden zu beheben. Mein Laden würde vollends zerstört werden, wenn nicht bald etwas geschah.

»Melden Sie sich am besten gleich im neuen Jahr, dann schaue ich, wie ich Ihnen helfen kann. Guten Rutsch.« Das nachfolgende Klicken bedeutete, dass sie aufgelegt hatte.

»Guten Rutsch!«, fluchte ich. »Die kann mich mal.«

Monis Versuche, mich zu beruhigen, gingen ins Leere. Ich wusste nicht, wo ich anfangen sollte.

Ein Mann in Fliegerjacke und Boots lenkte mich von meinem Kummer ab. Er trug einen Dreitagebart, der ihm ausgesprochen gut stand. Aus wasserblauen Augen strahlte er uns an. Sein Alter schätzte ich auf höchstens achtundzwanzig. Ohne mit der Wimper zu zucken, gestattete Moni ihm, ihr einen Kuss auf die Lippen zu geben. Meine Kinnlade fiel herunter. Wer war dieser Mann? Hatte Moni verschwiegen, dass sie einen Freund hatte?

Während er sich den Schaden genauer ansah, schob Moni mein Kinn mit dem Zeigefinger hoch. »Mach den Mund zu, sonst wird das Herz kalt«, flüsterte sie mir zu.

»Warum hast du mir nie etwas von dem da gesagt?« Ich wies mit dem Kinn in seine Richtung.

Moni machte eine abfällige Bewegung. »Ach, das hat nichts zu bedeuten.«

»Nichts zu bedeuten?«, wiederholte ich zischend. »Sieht mir aber verdammt nach was anderem aus.«

Moni schmunzelte. »Gib ihm fünf Minuten, dann flirtet er mit dir genauso.«

Ungläubig schielte ich zu ihm hinüber. »Aber er hat nur Augen für dich«, meinte ich.

»Glaub mir, Süße, diese Blicke schenkt er jeder Frau, die nicht bei drei auf den Bäumen ist.«

»Wie heißt er überhaupt?«, wollte ich wissen.

»Paul Jensen, und er ist stockschwul. Er flirtet mit Frauen, damit es nicht weiter auffällt. Er ist Single, auf ewiger Suche nach dem Richtigen.«

Ich wich zurück. »Und du lässt dich von ihm küssen?«

»Warum denn nicht, er ist sexy.« Moni grinste.

Paul hatte seinen Rundgang beendet und war wieder bei uns angekommen. Verstohlen starrte ich ihn an.

»Ich habe den Lkw vor der Tür stehen. Wir können alles einladen, was noch zu retten ist.« Paul krempelte die Ärmel seiner Fliegerjacke hoch und begann meinen Laden auszuräumen. Wir halfen mit, so gut es ging. Zwischendurch rannen einige Tränen der Verzweiflung meine Wangen hinunter, aber ich musste den Kampf aufnehmen. Ich hätte so gern alles rückgängig gemacht, doch dieser Wunsch blieb unerfüllt.

Nach drei Stunden harter Arbeit war endlich alles verstaut. Das Umkleidezimmer war nicht betroffen, aber um dort zu arbeiten, war es zu eng. Ich warf einen prüfenden Blick auf meine Entwürfe. Im trockenen Zustand schien der Schaden nicht allzu groß. Vorsichtig legte ich das dünne Papier zusammen und beförderte es in den Lkw. Die Maschinen waren ganz vorne verstaut worden. Ich musste alles in meine Wohnung verfrachten, um dort ein provisorisches Atelier herzurichten. Wir würden zuerst einige Sachen bei mir zu Hause ausladen, dann ging es weiter zur Lagerhalle.

»Wir haben es geschafft«, sagte Paul zufrieden und mit leuchtenden Augen. »Zu dumm, dass erst die Schuldfrage geklärt werden muss, bevor sich hier etwas tut«, meinte er ernst. »So lange kannst du nicht renovieren.«

Ich nickte traurig. »Ich weiß«, flüsterte ich. Schon wieder hatten die Tränen ein leichtes Spiel mit mir. »Trotzdem, vielen Dank für deine schnelle Hilfe. Ohne dich wäre ich aufgeschmissen gewesen.«

»Kein Ding«, sagte er locker.

Eine Lösung gibt es immer

Die Verwandlung meines Wohnzimmers in eine Schneiderei war schnell umgesetzt. Begeistert war ich zwar nicht, aber ich konnte wenigstens arbeiten. Der Verpächter meines Ladens verzichtete für die Zeit des Trocknens auf die Miete. Ich hatte in der Aufregung fast vergessen, dass er den Schaden seiner Versicherung melden musste. Mir gehörte das Gebäude schließlich nicht.

Gestern waren die Trockner aufgestellt worden. Sie verursachten einen Höllenlärm und waren seitdem Tag und Nacht in Betrieb. Danach sollte der Laden von Grund auf renoviert werden. Ich begann mich auf die neuen Räume zu freuen, fürchtete jedoch die Mieterhöhung, die unweigerlich auf mich zukommen würde.

Ich vermisste Rick. Seine Gelassenheit in schwierigen Situationen, seine liebevollen Blicke, aber am meisten vermisste ich seinen warmen Körper. Wir telefonierten zwar täglich, aber das war mir nicht genug. Es freute mich, dass er mit Elly eine so schöne Zeit hatte. Er hatte sogar das Friesengewitter für einige Tage geschlossen.

Tilda schrieb mir jeden Morgen einen Weckruf per SMS, den ich meistens sofort beantwortete. Ihr und dem baldigen Familienzuwachs schien es gut zu gehen.

Es war ungewohnt, dass meine Kunden mich in meinen Privaträumen aufsuchen mussten, aber es ging nicht anders. Der einzige Vorteil war, dass ich nun morgens im Morgenmantel mit einem Kaffee an die Arbeit gehen konnte. Moni hatte lachend gemeint, ich solle aufpassen nicht zu verlottern. Das passierte natürlich nicht. Aber verlockend war es schon.

Draußen waren am frühen Vormittag bereits Silvesterknaller zu hören. Ich war gerade dabei, meinen Arbeitsplatz aufzuräumen, damit ich über die Feiertage nicht darüber stolperte und womöglich anfing zu arbeiten, als Rick mich anrief. Seine warme Stimme hüllte mich sofort in einen schützenden Mantel. Sehnsüchtig schloss ich die Augen und lauschte mit klopfendem Herzen seinen Worten.

»Komm gut ins neue Jahr, Liebes. Wir vermissen dich hier alle sehr.«

»Ich vermisse euch auch«, wisperte ich und spürte, wie mein Hals enger wurde.

»Wann kommst du mal wieder auf die Insel?«

»Ich weiß nicht, am liebsten sofort.«

»Oh, dann freue ich mich«, meinte Rick. Ich hörte ihn schmunzeln.

Ich seufzte. »Das geht nicht, ich habe Moni versprochen ...«

»Sie in die Bärenhöhle zu begleiten. Ich weiß.«

Wir schwiegen eine Weile.

»Wie geht es Raik? Trauert er seiner Freundin noch nach?«, fragte ich.

Rick atmete hörbar aus. »Puh, ich fürchte ja. Er war diese Woche noch nicht im Friesengewitter. Das macht mir Sorgen.«

»Der Arme, er tut mir leid.«

»Und was ist mit mir? Ich bin auch einsam.«

Ich kicherte. »Du übertreibst«, mahnte ich. »Elly ist bei dir, genieße gefälligst die Zeit.«

»Mache ich, da kannst du drauf wetten«, antwortete er gedämpft. »Ich wünschte, sie könnte für immer bleiben.«

»Ich weiß. Glaube mir, irgendwann gibt es auch für dieses Problem eine Lösung.« Ich drückte den Hörer fester ans Ohr, als ob ich ihn so spüren könnte.

»Komm doch mit dem nächsten Zug nach Sylt«, bat er sehnsüchtig. Ich sagte daraufhin nichts, denn er kannte die Antwort.

Von Tag zu Tag vermisste ich Rick mehr. Ich würde an den Wochenenden bestimmt oft zur Insel fahren. Mit dem Hörer am Ohr zog ich die Vorhänge auf. Es hatte am zweiten Weihnachtstag das letzte Mal geschneit. Nur die Schneeberge am Straßenrand deuteten darauf hin, dass der Winter es mit Norddeutschland ernst gemeint hatte.

»Hui«, machte ich begeistert. »Scheint bei euch auch die Sonne?«

»Kann ja nicht, du bist nicht hier«, raunte Rick.

Sofort durchfuhr ein warmer Schauer meinen Körper. Ich schluckte nervös. »Ich glaube, es ist besser, wir beenden unser Gespräch. Sonst steige ich tatsächlich in den nächsten Zug nach Westerland.«

»Die kleine Kratzbürste vermisst den unmöglichen Kerl?« Rick gluckste amüsiert.

»Ich verstehe das auch nicht.« Unweigerlich musste ich lachen. Unsere Begegnung am Lister Ellenbogen war allgegenwärtig. »Guten Rutsch. Bis bald vielleicht.«

Ich verabschiedete mich nur ungern, aber ich musste noch einige Besorgungen erledigen, bevor das neue Jahr begann. Benommen stand ich eine Weile am Fenster und starrte ins Leere. Flensburg war meine Heimat. Sollte ich ihr wirklich irgendwann den Rücken kehren, um mit Rick ein neues Leben zu beginnen? Ich fühlte mich zerrissen. Obwohl mein Herz Sehnsucht nach Sylt und den liebgewonnenen Menschen hatte, war ich zu einer Entscheidung noch lange nicht bereit.

Ich gab mir einen Ruck. Zu solchen Überlegungen bestand überhaupt kein Grund. Wir kannten uns erst ein paar Tage, darauf war keine Beziehung aufzubauen. Die Zeit musste den Weg zeigen. Erst dann würde ich darüber nachdenken. Momentan war es einfach nur gut, dass es Rick gab.

Es war später Nachmittag, als ich mich auf den Weg zu Moni machte. Die kurze Strecke ging ich zu Fuß. Der Himmel war wolkenlos und es blinkten vereinzelt Sterne am Firmament, die mir den Weg wiesen. Ich stellte mir vor, dass auf Sylt die gleichen Himmelskörper zu sehen waren. Der leichte Frost war angenehm frisch.

Unser Abend sollte mit einem gemütlichen Essen bei meiner Freundin beginnen. Moni liebte das Kochen. Da ich eher keine Künstlerin am Herd war, freute ich mich, dass Moni diese Aufgabe übernommen hatte. Schon beim Eintreten ins Treppenhaus schlugen mir die verführerischen Düfte entgegen. Ich hatte den ganzen Tag nichts gegessen, aber nun knurrte mein Magen gewaltig. Ich klopfte an ihre Wohnungstür und wartete ungeduldig darauf, dass Moni öffnete. Ich vernahm leise Schritte im Flur. Wenig später erschien Monis linkes Auge im Türspion.

Ich kicherte. »Mach schon auf, ich bin es. Oder erwartest du jemand anderen?« Mit einem Ruck wurde die Tür aufgerissen.

»Ich dachte schon, du bist nach Sylt geflüchtet. Warum kommst du so spät?« Vorwurfsvoll sah sie mich an.

Ich schob mich an ihr vorbei. »Noch hätte ich die Gelegenheit dazu, das letzte Sylt-Shuttle ist noch nicht abgefahren«, drohte ich. Dann breitete ich die Arme aus, um meine Freundin ausgiebig zu begrüßen. »Aufgeregt?«, fragte ich schmunzelnd.

»Nur ein bisschen, ich habe den Nachtisch anbrennen lassen. Aber ich habe noch eine Packung Eis im Gefrierschrank.«

»So wie das hier duftet, werden wir sicher nicht verhungern«, tröstete ich Moni.

Moni hatte ihr Wohnzimmer in eine Partyhütte verwandelt. Überall hingen Luftschlangen. Bunte Luftballons schwebten an der Zimmerdecke. Auf den Esszimmertisch hatte sie einen großen Pott Bowle gestellt.

»Moni, wer soll das denn alles trinken?« Ich staunte.

»Och, da kommt vielleicht der Rummelpott mit den Eltern, die freuen sich, wenn auch an sie gedacht wird. Für die Kinder habe ich eine Schüssel Süßkram im Flur bereitgestellt.«

Das bezweifelte ich, in den Vorjahren war auch niemand in das oberste Stockwerk zu Moni gekommen. Die Süßigkeiten hatte sie dann innerhalb einer Woche selbst verputzt. Wenn es ganz dicke kam, würde ich ihre Klamotten weiter machen müssen.

Moni hatte sich mal wieder selbst übertroffen. Die Lammkeule schmeckte hervorragend. Dazu gab es Kroketten und Gemüse. Wir schlemmten, bis wir glaubten platzen zu müssen.

Ich legte mein Besteck auf den Teller. »Ich bin durch, mehr geht beim besten Willen nicht rein.«

Moni seufzte. »Ich auch«, meinte sie. Dann füllte sie die Bowlegläser und reichte mir eines. »Auf das kommende neue Jahr.«

Ich war gespannt, was uns erwarten würde. Tränen oder Freude? Liebe oder Einsamkeit?

Glücklich

Eingehakt und ein bisschen angetrunken machten wir uns auf zum Hafen. Dort in der Bärenhöhle sollte die Party steigen und Monis Sehnsucht nach dem Unbekannten erhört werden. Sie zappelte unentwegt herum. Mal ging ich zu schnell, dann zu langsam.

Ich schmunzelte vor mich hin. Ich mochte mir nicht ausmalen, was wäre, wenn der Typ nicht nach Flensburg kam und Moni die Silvesternacht mit Frustschnute verbrachte. Dann musste ich mir wirklich etwas einfallen lassen, um sie abzulenken.

Moni hatte zu ihren schwarzen Leggings kniehohe Stiefel angezogen. Das Oberteil war schlicht in Weiß gehalten, mit verspielten rosa Blüten. Sie sah einfach toll aus. Zwar entsprach der Stil nicht mehr der heutigen Zeit, sondern eher den Neunzigerjahren, aber Moni konnte das immer noch gut tragen. Ich hätte mich nicht gewundert, wenn sie eines Tages die Mode aus der Zeit ihrer Möbel trug. Ihre langen blonden Haare fielen glänzend über ihren Rücken. Ich hatte mich mit einer Jeans begnügt. Da es kalt war, zog ich einen leichten Pulli einer dünnen Bluse vor.

Wir stellten uns in die Warteschlange der Feierlustigen. Moni redete ununterbrochen. Über das Wetter, über die Musik, die zu uns vordrang, und über die vielen Menschen, die das neue Jahr in der Bärenhöhle begrüßen wollten. Wir hatten noch keine bekannten Gesichter entdeckt. Monis Arbeitskollegen und einige Freunde hatten sich angekündigt, um ebenfalls mit uns zu feiern.

»Ich bin so aufgeregt«, gestand Moni.

»Da wäre ich von allein nicht drauf gekommen.« Grinsend zog ich sie weiter vor, als die Warteschlange kürzer zu werden schien. An der Kasse bezahlte ich den Eintrittspreis für uns beide.

Monis Protest fiel nur dürftig aus. »Die erste Runde geht dann auf mich«, meinte sie lahm. Ihre Konzentration galt dem Absuchen des Innenraumes.

Plötzlich tat sie mir leid. Sie war nervöser, als ich es je bei ihr erlebt hatte. Ich begann zu beten, dass der Typ heute kommen möge.

Wir ergatterten einen Platz in der Kuschelnische am anderen Ende der Tanzhalle. Während Moni ihn besetzt hielt, drängelte ich mich vor zum Tresen, um für Getränke zu sorgen. Ich zuckte leicht, als ich die Bedienung am Zapfhahn sah. Der Anblick erinnerte mich an Weihnachten auf Sylt.

Rick, ich vermisse dich.

Ich bezahlte mit dem Geldschein, den Moni mir in die Hand gedrückt hatte. Es stellte sich als schwierig heraus, mit den Getränken durch die Menge zu schleichen, ohne etwas von dem schwer ergatterten Nass zu verschütten. Von Weitem sah ich Moni, die mit langem Hals die Besucher beobachtete. Im Dämmerlicht der Bärenhöhle wirkte sie blass und zerbrechlich.

Endlich nahm ich neben Moni Platz. »Prost, Moni, auf dich und auf die ewige Liebe.«

»Ach, lass uns lieber auf unsere gute Freundschaft anstoßen, die hat wenigstens Bestand.« Offenbar glaubte sie nach der halben Stunde, die wir hier waren, nicht mehr daran, ihren Traummann zu treffen.

»Komm, wir tanzen eine Runde«, schlug ich aufmunternd vor.

»Nee, lass mal, dann sind die Plätze weg.«

»Quatsch, und wenn schon, wir wollen feiern und nicht wie die Betschwestern in dieser Nische hocken.«

Meine Bemühungen, sie aufzumuntern, scheiterten jedoch. Moni bewegte sich keinen Zentimeter.

»Dann gehe ich eben allein«, sagte ich verärgert. »Wenn du wie ein Trauerkloß hier rumdümpelst, wird dich die Liebe nie finden.«

Auf dem Weg zur Tanzfläche begegnete ich Monis Arbeitskollegin. Ich kannte sie von Monis Geburtstagsparty, die erst einige Monate her war.

»Moni ist dort drüben«, sagte ich. Ich hoffte, dass Moni aus ihrem Schneckenhaus gekrochen kam, bevor das neue Jahr begann.

Ich bewegte mich zu der Musik und dachte an Rick. Plötzlich hielt ich inne. Ein Typ am Tresen erinnerte mich an jemanden. Er hatte schon mal mit Moni getanzt.

Monis Traummann!, schoss es mir durch den Kopf. Ich hielt Ausschau nach ihr, doch ich konnte sie nicht entdecken. Verflixt, sie war doch wohl nicht gegangen? Ähnlich sähe ihr so eine Aktion.

Erleichtert erblickte ich sie drüben am anderen Tresen. Ich versuchte, mit Handzeichen auf mich aufmerksam zu machen. Als das nichts brachte, schob ich mich durch die feiernden Menschen zu ihr hindurch.

»Er ist da«, hauchte ich atemlos, denn ich war jetzt mindestens genauso aufgeregt wie Moni.

»Wo?« Moni suchte mit Blicken den Raum ab.

»Dort, wo du dich vor zwei Jahren von ihm verabschiedet hast. Denk aber bitte dran, dir seine Telefonnummer geben zu lassen.«

»So leicht kommt der mir nicht wieder davon.« Strahlend ging sie hinüber zur anderen Bar.

Ich schloss für einen Wimpernschlag die Augen. Ich freute mich für Moni, hatte aber gleichzeitig Angst vor einer Enttäuschung. Wenn es gut lief, könnte ich mich jedoch in den Zug setzen und nach Westerland fahren. Ich versuchte an den Köpfen vorbei einen Blick auf Moni zu erhaschen. Gerade umarmten die beiden sich. Das Wiedersehen schien beiderseits gelungen. Na also, ging doch.

Ich hatte zu lange mit der Frage gehadert, ob ich mich in den letzten Zug nach Sylt setzen sollte. Laut Fahrplan war er vor einer halben Stunde abgefahren. Ich ärgerte mich über meine Unentschlossenheit.

Moni hatte nur noch Augen für Sönke Zwischendurch hatte sie ihn mir vorgestellt. Dann waren beide wieder in ihrer eigenen Welt versunken.

Genervt warf ich einen Blick auf die Uhr. Nicht mehr lange, dann war das neue Jahr da. Ich nahm mir vor, spätesten nach dem Feuerwerk den Heimweg anzutreten. Es waren weder Freunde noch Bekannte von mir anwesend. Ich langweilte mich und Müdigkeit machte sich breit. Der DJ spielte Musik aus den Siebzigern. Auch wenn diese Musikrichtung Thema des Abends war, hätte ich mich gefreut, wenn er eine andere Wahl getroffen hätte.

Der DJ zählte den Countdown zum neuen Jahr herunter. Wie alle anderen hing ich an seinen Lippen und zählte mit. Zwar nicht aus denselben Beweggründen, denn ich wollte bald nach Hause, aber mit Inbrunst.

Verärgert spürte ich, ich wie jemand die Hände über meine Augen legte. Ich griff nach ihnen und drehte mich wütend funkelnd um.

Dann sah ich in die schönsten Augen der Welt. Rick! Mir stockte er Atem.

»Wie kommst du denn so plötzlich her?«, fragte ich verwirrt. Ich fiel ihm um den Hals und schmiegte mich an ihn.

»Na, du kleine Kratzbürste.« Rick hielt mich in seinen Armen und bewegte sich zu der Musik, die ich auf einmal nicht mehr blöd fand. »Frohes neues Jahr«, hauchte er in mein Ohr.

»Dir auch.« Mir fehlten immer noch die Worte. Seit Stunden sehnte ich mich nach ihm. Nun stand er ohne Vorwarnung dicht neben mir. »Wo ist Elly?«, fragte ich besorgt.

Rick grinste. »Sie schaut mit Tilda und Jon im Friesengewitter nach dem Rechten. Sie meinten, es sei mit mir nicht auszuhalten, deshalb haben sie mich zu dir geschickt. Sie hatten recht. Jetzt, wo ich dich sehe, geht es mir viel besser.«

»Aber muss Elly morgen nicht nach Hause?«

»Nö, sie bleibt bis zum Ende der Ferien. Wir konnten ihre Mutter überzeugen. Komm, lass uns die bösen Geister vertreiben und dem Feuerwerk zusehen.«

Er nahm meine Hand und führte mich vor die Tür. Die Raketen starteten mit bunten Lichtern in den sternenklaren Himmel, dann schwebten sie langsam über der Stadt zu Boden. Rick legte seine Arme von hinten um mich. Wange an Wange ließen wir unsere Blicke schweifen.

Ich war noch nie in meinem Leben so unendlich glücklich gewesen. Rick war hier. Er war gekommen, weil er es ohne mich nicht mehr ausgehalten hatte. Könnte ein neues Jahr schöner beginnen?

Ich fühlte mich, als ob ich mit Rick ganz allein auf der Welt wäre. Ich wandte mich zu ihm und küsste ihn innig. Unser Jahreswechsel war ein besonderes Feuerwerk der Liebe.

»Hallo, was sehe ich da?« Moni drängelte sich durch die Menge, ohne ihren Traummann loszulassen. Sie wollte mir offenbar ein glückliches neues Jahr wünschen. »Wer ist das?«, fragte sie neugierig und deutete auf Rick.

Ich lächelte geheimnisvoll. »Rick. Er ist gekommen, weil er es ohne mich nicht ausgehalten hat«, raunte ich ihr zu. »Wie läuft es bei dir? Ist er immer noch dein Traum?«

»Unbedingt«, schwärmte Moni. Dann flüchtete sie zurück in Sönkes Arme. Ich wollte ihr noch zurufen, dass wir gleich gehen würden, aber da war sie schon weg.

Ich wandte mich an Rick. »Wollen wir uns auf den Heimweg machen?«

Er berührte mit dem Handrücken meine Wange. »Schenkst du mir noch diesen Tanz?«

Ich nickte glücklich.

Auf der Tanzfläche tummelten sich viele Paare, die offensichtlich nie glücklicher gewesen waren als in dieser Nacht. Eng umschlugen wiegte Rick mich im Takt der Melodien. So ganz glauben konnte ich mein Glück noch nicht, aber mit jedem Tanzschritt führte Rick mich in den siebten Himmel der Liebe.

Inselglück

Es verging nicht ein einziges Wochenende, an dem ich nicht in den Zug stieg, um auf die Insel zu fahren. Ich hatte alles erlebt. Verspätung der Bahn, Gegenstände auf den Gleisen und nicht zuletzt überfüllte Zugabteile mit Touristen, die ungeduldig ihrem Urlaub auf der Nordseeinsel entgegenfieberten. Ich benutzte nicht den Autozug, das wäre auf Dauer zu kostspielig geworden.

Ein halbes Jahr war vergangen, seit Rick mir in der Silvesternacht gezeigt hatte, wie sich Glück anfühlte. Mein Geschäft hatte ich aufgeben müssen. Wie ich vermutet hatte, zog der Vermieter den Mietpreis an, der für mich unerschwinglich geworden war. Ich musste von vorn beginnen und mein Wohnzimmer blieb gleichzeitig mein Arbeitszimmer. Ich war trotzdem glücklich, denn mit Rick war alles rosarot.

Es war Freitagnachmittag, die Sonne schien von einem wolkenlosen Himmel und ich befand mich auf dem Weg nach Sylt. Mein Herz klopfte immer noch wild in meiner Brust, sobald ich über den Hindenburgdamm zu Rick unterwegs war.

Moni hatte seit der Silvesternacht mit ihrem Traummann ein Tief zu verarbeiten. Er hatte ihr unverblümt klargemacht, dass er nur nach Flensburg gekommen war, um mit ihr die Nacht zu verbringen. Zunächst noch überglücklich, hatte sie Paul mit zu sich nach Hause genommen. Der Neujahrsmorgen hielt dann eine Abkühlung für sie bereit. Paul war verheiratet und ließ, wie er es nannte, zu Silvester die Puppen tanzen. Gegen Mittag hatte er sich verabschiedet, ohne eine Handynummer zu hinterlassen. Als er ihr eine Verabredung für das nächste Jahr vorgeschlagen hatte, warf Moni ihn kurzerhand aus ihrer Wohnung. Sie hatte das neue Jahr mit Tränen begonnen und sich geschworen, niemals wieder einen Mann in ihr Leben zu lassen.

Ich zermarterte mir den Kopf, wie ich ihr helfen konnte, aber Moni wehrte alle guten Ratschläge ab. Es würde wohl noch eine Weile dauern, bis ihr Herz wieder bereit für einen Neuanfang war.

Ich schaute auf das Wattenmeer, als der Zug den Hindenburgdamm überquerte, und schmunzelte. Vor einigen Monaten war ich kurz entschlossen auf die Insel gefahren. Inzwischen war diese Reise zur Routine geworden. Auch ohne Autozug genoss ich die Fahrt und freute mich auf Rick. Herzklopfen begleitete mich regelmäßig zur Insel.

»Schön, dass du da bist«, sagte Rick, als er mich freudestrahlend in die Arme nahm. Seufzend ließ ich mich fallen. Angekommen. Wir küssten uns zärtlich und vergaßen die anderen Reisenden, die um uns herumlaufen mussten, weil wir den Bahnsteig versperrten.

»Wie geht es Tilda?« Das war bei jedem Treffen meine erste Frage.

Rick schmunzelte. »Wie immer gut. Sie ist schon kugelrund.«

Lachend nahmen wir uns bei den Händen und beeilten uns, den zugigen Bahnhof zu verlassen. Wir beförderten meine Reisetasche in Ricks Wohnung. Anschließend gingen wir an den Strand. Am letzten Wochenende war das Wasser nicht besonders warm gewesen, aber für heute waren angenehme Temperaturen gemeldet worden.

»Sag mal, Semra, hast du dir vielleicht doch überlegt, ob du zu mir ziehen willst? Ich möchte dich nicht nur an den Wochenenden bei mir haben. Wie wäre es mit jedem Tag und jeder Nacht?«

Diese Frage stellte er mir mindestens einmal im Monat. Regelmäßig erhielt er die gleiche Antwort. Nämlich, dass ich mein Geschäft in Flensburg hatte und nicht abhängig von ihm sein wollte. Wir schlenderten durch die Friedrichstraße, auf dem Weg zum Strand.

Rick nickte wissend. »Dein Wohnzimmergeschäft. Es wird Zeit für etwas Besseres.«

Ärgerlich blieb ich stehen. Er wusste genau, dass meine Suche nach einem bezahlbaren Laden bisher vergeblich gewesen war und wie ungern ich daran erinnert werden wollte.

Er blieb stehen und grinste mich herausfordernd an. »Bitte nicht gleich in die Luft gehen.«

»Meinst du, ich bekomme hier in der Friedrichstraße einen Laden, den ich bezahlen kann?« Ich funkelte ihn an.

Sein Grinsen wurde immer breiter. »So ist es«, meinte er kühn.

Verständnislos schüttelte ich den Kopf und ging weiter. Doch Rick hielt mich am Arm zurück. Er fasste nach meinen Schultern und drehte mich nach links. Mein Blick fiel auf das Nähgeschäft, in dem ich kurz vor Weihnachten eingekauft hatte, um Tildas Kleid ändern zu können. Die Scheiben waren mit alten Zeitungen beklebt.

»Ach, wie schade. Hat die alte Dame ihr Geschäft aufgeben müssen?« Ich verstand nicht gleich, was dieser Umstand für mich bedeutete, und hob die Hände abwehrend hoch, als ich ahnte, was Rick meinte. »Dafür reicht mein Einkommen nicht«, rief ich aus und schüttelte seine Hände ab.

»Und wenn doch?«

»Wäre es ein Traum«, gab ich seufzend zu.

»Ich habe mich erkundigt, so hoch ist die Pacht nicht. Du könntest eine Nähschule anbieten. Für Ferienkinder. Und die Einheimischen würden dir sowieso die Türen einrennen.«

Fragend blickte ich zu ihm auf. »Du hast dich erkundigt?«

Rick nickte kurz, schwieg dann aber.

»Muss ich dir alles aus der Nase ziehen? Sprich mit mir!«, forderte ich ungeduldig.

»Vorher möchte ich wissen, ob du bei mir bleiben willst.«

Ich trommelte mit den Fäusten auf ihn ein. »Natürlich will ich das!«, rief ich atemlos und fiel in seine Arme. »Hattest du etwa Zweifel?«

»Ein bisschen«, sagte er leise. Dabei strich er mir mit dem Handrücken über die Wange. »Du kannst den Laden haben, ich habe mit der Eigentümerin gesprochen. Sie bittet nur darum, hin und wieder bei dir aushelfen zu dürfen, bis ihr der Absprung in den Ruhestand völlig gelingt.«

Ich schnappte nach Luft und konnte nicht fassen, was ich eben gehört hatte. Über eine zuverlässige Aushilfe würde ich mich sicher freuen. Rick hatte für Samstag einen Termin mit der Eigentümerin vereinbart, damit ich mit ihr in Verhandlung gehen konnte.

Ich jubelte, dann zog ich Rick übermütig an den Strand. Im Sommer war es traumhaft auf Sylt. Die Sonne brannte auf der Haut, die nach einer Abkühlung rief. Später wollte ich bei Tilda vorbeischauen, aber nun ging es in die Fluten. Ich hatte längst eine Dauerkarte für die Sylter Strandabschnitte. Übermütig liefen wir zur Wasserkante. Zwischendurch ließen wir unsere Kleider fallen.

Als ich bis zum Po im Wasser stand, stockte mir der Atem. Rick kraulte bereits im tieferen Wasser. Ob er es merkte, wenn ich wieder zurück an den Strand ging? Das Meer war kälter, als ich gedacht hatte. Für Sekunden stand ich bewegungslos da.

Plötzlich tauchte Rick vor mir auf. »Ist das Wasser etwa zu kalt für die Insulanerin?« Er gluckste vergnügt, dann zog er mich an sich und küsste mich so intensiv, dass ich nach einer Abkühlung wimmerte.

Das weiche Wasser umhüllte seidig meine Haut. Es war herrlich und kein bisschen kalt mehr. In Ricks Armen schwebte ich auf dem Wasser, schloss die Augen und träumte. Von einem kleinen Laden auf Sylt und von der Liebe.

Der Umzug auf die Insel

Mein Auto war beladen bis unters Dach. Der Autozug rumpelte über die Schienen. Mit jedem Meter, der mich der Insel näher brachte, klopfte mein Herz heftiger.

Moni saß entspannt neben mir auf dem Beifahrersitz. Es war nicht das erste Mal, dass sie mich in meine neue Heimat begleitete. An den vergangenen Wochenenden hatte sie mir bei der Einrichtung meines Geschäftes tatkräftig geholfen. Zusammen mit Raik, Jon und Rick hatten wir bis spät in die Nächte geschuftet. Morgen sollte der Eröffnungstag sein, daher war es mit meinem Nervenkostüm nicht so weit her. Was wäre, wenn das Geschäft nicht angenommen wurde? Hatte ich mit Zitronen gehandelt?

Rick hielt meine Bedenken für unnötig. Zu gerne wollte ich seinen Optimismus teilen, aber es fiel mir schwer. Außerdem, was wäre, wenn ich es auf der Insel auf Dauer nicht aushielt? Dann gab es kein Zurück.

Moni betrachtete mich prüfend von der Seite. »Du hast Muffensausen, stimmt's?«

»Darauf kannst du wetten«, meinte ich gedankenverloren.

»Für einen Rückzug ist es zu spät. Du schaffst das, ich bin mir ganz sicher.«

Ich drückte ihre Hand, die auf meinen Oberarm ruhte. »Danke, ohne dich hätte ich das alles nicht geschafft.«

»Unsinn. Raik und Rick haben die schwerste Arbeit gemacht, ihnen musst du danken.« Moni sah verträumt aus dem Seitenfenster. Ich grinste in mich hinein.

»Dich hat es erwischt, hab ich recht?«

Ihr Kopf flog in meine Richtung. Ich las blankes Entsetzen in ihrem Blick.

»Merkt man das?«, fragte sie unsicher.

»Kaum«, meinte ich und mein Grinsen wurde breiter.

»Heilige Scheiße ...« Moni schwieg, bis wir am Westerländer Bahnhof den Autozug verlassen mussten. Aber dann, als ich meinen Wagen zu Ricks Wohnung lenkte, hörte sie nicht auf zu reden. Nicht darüber, dass sie sich in Raik verguckt hatte, nein. Vielmehr gab sie mir Ratschläge, wie ich mich am besten durch den Verkehr schlängeln sollte. Geduldig ließ ich ihre Worte an mir abprallen.

Wir hatten Glück. Ein Fahrzeug fuhr gerade aus einer Parklücke vor dem Haus, das von nun an mein Zuhause werden sollte. Dort wurden wir freudestrahlend von Rick und Raik empfangen. Sie hatten auf den Eingangsstufen gesessen und auf uns gewartet. Raik trug bereits Arbeitshandschuhe, um mein Auto auszuladen. Rick begrüßte mich liebevoll, indem er mich in seine Arme schloss und schwor, mich nie wieder loszulassen.

Ich lachte glücklich. »Aber dann können wir mein Auto nicht ausladen.«

Er knabberte an meinem Hals und murmelte: »Ich finde, Raik und Moni machen ihre Sache schon ganz gut. Wie wäre es, wenn wir abhauen?«

Empört sah ich ihn an. »Du hast Ideen. Die beiden werden sich bedanken.«

Rick gluckste amüsiert. »Bedanken dürfen sie sich gerne.«

Als wir die letzten Möbel aus meiner Flensburger Wohnung untergebracht hatten, machten wir uns auf zu meinem Laden, um die Vorbereitungen zur Eröffnung abzuschließen. Meinen Umzug nach Sylt hatte ich mir in meinen Träumen romantischer vorgestellt. Nur mit Rick und Begrüßungssex. Doch ich wollte nicht undankbar sein, wir würden das Verpasste später nachholen. Nun stand die Eröffnung an, da war für Romantik kein Raum. Ich war schließlich dankbar für die Hilfe.

Tilda hatte von ihrer Ärztin absolute Ruhe verordnet bekommen. Das Baby hatte es eilig, auf die Welt zu kommen, auch wenn es besser wäre, wenn es noch im sicheren Mutterleib blieb, damit es sich vollständig entwickeln konnte. Dementsprechend nervös war Jon. Ich schickte ihn nach Hause zu Tilda. Beide brauchten vor der Geburt Ruhe, um Kräfte zu sammeln.

Tildas Eltern waren gekommen, um in der Pension auszuhelfen. Wir freuten uns alle auf den neuen Erdenbürger. Selbst Elly hatte angekündigt, sich sofort in den Zug zu setzen, wenn er auf der Welt war. Die Schule musste dann auf sie verzichten. Ihre Mutter hatte sich etwas beruhigt und hatte keine Einwände, wenn Elly in den Ferien ihren Vater besuchte. Ein toller Erfolg für die beiden. Auch ich freute mich, Elly bald wiederzusehen.

Schnittgerecht

Moni hatte gerade die Kaffeemaschine angestellt, als die ersten Kunden das neue Stoffgeschäft betraten. Ich begrüßte sie freundlich und führte meinen Laden vor. Ich hatte die neuesten Stoffe vom Großhändler geordert. Mir kribbelte es in den Fingern, daraus Traumstücke zu entwerfen.

Außerdem befand sich im hinteren Teil des Ladens ein Raum für Schulungen, gleich neben meinem Arbeitszimmer. Hier konnte ich in Ruhe Entwürfe fertigen, zuschneiden und nähen. Die kleine Küche am Ende es Flures war für Pausen vorgesehen. Zusätzlich würde ich Kurse in der nahen gelegenen Schule abhalten.

Die Verhandlung mit der ehemaligen Eigentümerin des Ladens, war sehr gut gelaufen. Frau Uhlig hätte es zwar lieber gesehen, wenn der ursprüngliche Name erhalten geblieben wäre, aber ich blieb hart. Das *Schnittgerecht* war geboren. Wir einigten uns darauf, dass Frau Uhlig montags bei mir im Geschäft aushelfen würde. Dann könnte ich freimachen oder in meinem Studio neue Entwürfe fertigen, ohne von Kunden abgelenkt zu werden. Nachdem wir uns geeinigt hatten, tranken wir in ihrem Wohnzimmer gemütlich Tee. Dazu gab es Friesenkekse. Anschließend hatten wir beide das Gefühl, ein gutes Geschäft mit guten Menschen getätigt zu haben.

Auch für den Tag der Eröffnung hatte sie mir ihre Hilfe angeboten, die ich nur zu gern angenommen hatte. Eine Kundin wünschte Informationen zu der neuesten Nähmaschine, die ich in das Verkaufsprogramm aufgenommen hatte. Frau Uhlig bat mich dazu, damit sie nichts Falsches sagte, denn die neuesten Modelle waren ihr nicht geheuer.

Es gab sogar Anfragen für ein Abendkleid und ein Brautkleid. Ich war glücklich. Meine Schneiderei schien Erfolg zu versprechen.

Rick sah mich zerknirscht an. »Ich fürchte fast, du hast nie mehr Zeit für mich«, sagte er bekümmert.

»Für dich habe ich immer Zeit.« Ich sah mich verstohlen um, bevor ich ihn in mein Büro schob und leidenschaftlich küsste.

Erst am späten Abend waren die letzten Kunden gegangen. Der Sekt war in Strömen geflossen. Die Kunden hatten sich pudelwohl gefühlt. Bis Rick in einem unbeobachteten Moment die Flaschen verschwinden ließ. Auf dem Trockenen wollte offenbar keiner sitzen. So waren sie nach und nach gegangen und Moni hatte die Tür hinter ihnen verriegelt.

Müde fiel ich auf einen Stuhl im Nähzimmer. »Trägst du mich nach Hause?«, fragte ich kraftlos.

»Ich trage dich, wohin du willst«, sagte Rick heiser.

Ich kicherte. »Versprich lieber nichts, was du nicht halten kannst.«

»Habe ich das schon mal getan?«

»Nein, auf dich ist immer Verlass«, hauchte ich glücklich. Dann fand ich, dass es Zeit wurde für Romantik. Ich erhob mich vom Stuhl und zog Rick mit mir mit. »Auf geht's, nach Hause.«

Ich schenkte Rick meinen verführerischsten Blick, um anzudeuten, dass der Abend noch nicht beendet war. Hand in Hand schlichen wir durch das Geschäft und hielten nach Moni und Raik Ausschau. Rick zog mich zurück, als er die beiden entdeckte. Sie lagen sich in den Armen. In der Küche fühlten sie sich offenbar ungestört.

Moni und Raik waren sich nähergekommen, während wir meinen Laden eingerichtet hatten. Sie versuchten zwar, sich nichts anmerken zu lassen, aber Monis Strahlen war nicht zu übersehen. Raik schien auf Wolken zu schweben, wenn er Moni von der Insel erzählte. Dann sah er ihr tief in die Augen und vergaß dabei, dass er nicht allein war.

Grinsend beschlossen wir, sie nicht zu stören. Rick legte den Zeigefinger auf die Lippen und ich nickte. Auf Zehenspitzen schlichen wir auf die Straße und verschlossen die Tür. Moni hatte einen Ersatzschlüssel, sie waren also nicht eingeschlossen.

Draußen schlug mir die frische Seeluft entgegen. Mit ein paar tiefen Atemzügen füllte ich meine Lungen. Die anfängliche Müdigkeit war verflogen. Herausfordernd blinzelte ich Rick an.

»Liebe am Strand?«, fragte ich übermütig. Rick, der große Augen bekam, konnte seinen Kopf nur heben und senken. Seine leuchtenden Augen taxierten meinen Körper.

Hand in Hand gingen wir mit klopfenden Herzen hinunter zum Strand. Dorthin, wo die Sorgen aufs offene Meer hinauszogen, aber das Glück mit wildem Rauschen in den Herzen der Liebenden versank.

Wir steuerten auf eine Düne zu, von der wir glaubten, dass sie uns genug Sichtschutz bot. Als Rick mich in seine Arme schloss, spürte ich sein Verlangen. Ich sank in den noch warmen Sand und zog Rick zu mir. Rick atmete schwer, er riss mir die Kleidung vom Leib und fiel über mich her. Ich nestelte ungeduldig an seiner Hose.

In kürzester Zeit waren wir nackt unter dem Sternenhimmel. Der leichte Wind strich über unsere Haut und versetzte uns in Ekstase. Mein Atem ging stoßweise, ich spürte, dass Ricks Hände überall waren. Er keuchte meinen Namen. »Semra«, hörte ich ihn sagen. »Ich liebe dich so sehr.«

All die Gefühle der letzten Woche, als wir uns nicht sehen konnten, kamen nun als Leidenschaft aus mir heraus. Ich schrie seinen Namen, klammerte mich an ihm fest und spürte, wie sehr er mich begehrte.

Nur der Sternenhimmel wachte über unsere Liebe, die hier in den Dünen von Sylt ihren Höhepunkt erreichte.

Epilog

Der Sommer neigte sich dem Ende zu und das Geschäft in der Friedrichstraße lief gut. Eine große Freude war für mich, wenn ich einen Vormittag in der Woche die Schule aufsuchte und den Kindern die Geheimnisse des Nähens näherbrachte. Sie hatten großen Spaß daran und himmelten mich beinahe liebevoll an, wenn ich mit den neuen Stoffen der Kollektion bei ihnen auftauchte und verkündete, dass ich mit ihnen ein angesagtes Sweatshirt aus der Naketano-Serie nachnähen wollte.

Der Spätsommer meinte es gut und die Sonne schien von morgens bis abends. Das Meer hatte seine Anziehungskraft nicht verloren. Ich ging jeden Morgen, bevor ich meinen Laden öffnete, mit Rick an den Strand. Hand in Hand liefen wir an der Wasserlinie entlang und genossen unsere Zweisamkeit vor Arbeitsbeginn. Manchmal, wenn die Sonne am Horizont über dem Meer aufging, liebten wir uns mal zärtlich, mal ungeduldig, mal gierig in den Dünen. Mit Bedauern dachte ich an den kühlen Herbst oder den bitterkalten Winter, dann mussten wir wohl oder übel darauf verzichten. Zum Glück gab es noch andere Orte für Zweisamkeiten.

Tilda hatte ein wunderschönes Mädchen zur Welt gebracht. Die süße Stella hatte die Herzen aller im Sturm erobert. Inklusive meinem, dem ihrer Patentante.

Moni hatte mit Raik die große Liebe gefunden. Nun war sie diejenige, die an den Wochenenden mit dem Zug nach Sylt pendelte. Nicht nur Raik liebte meine Freundin, auch die Hunde hatten einen Narren an Moni gefressen. Glücklicher hatte ich meine Freundin nie gesehen. Ich freute mich nicht nur für die beiden, sondern auch für mich. Denn ich bekam Moni viel öfter zu Gesicht als früher. Den Ruhetag im Friesengewitter nutzten wir oft für gemeinsame Unternehmungen.

Auch das Ehepaar Schneider hatte im Spätherbst wieder einen Urlaub bei Tilda gebucht. Ich freute mich schon sehr darauf, ihnen zu begegnen. Wie es Frau Schneider gesundheitlich ging, wusste ich nicht, aber die Reise nach Sylt schaffte sie offenbar, und das wertete ich als ein gutes Zeichen.

Meine Schwester Maja würde mit den Kindern die Herbstferien auf Sylt verbringen. Ich musste mich beizeiten um eine Unterkunft bemühen, denn mit zusätzlichen fünf Personen kamen wir in unserer Wohnung an unsere Grenzen. Mein Schwager würde erst einige Tage später nachkommen. Dennoch war ich zuversichtlich, etwas Passendes zu finden. Tilda hatte bereits augenzwinkernd angedeutet, eine Lösung zu wissen.

Im Schneesturm hatte ich die Liebe gefunden. Eine Liebe, die auch bei grauen Wolken Sonnenschein für mich bereithielt.

Versonnen beobachtete ich eine Möwe, die über dem Meer zu schweben schien. Für einen Moment flog ich mit ihr, bis ich Rick neben mir spürte, der meine Hand festhielt. Ein unbeschreibliches Glücksgefühl.

Ende